Stop making sense: Antonius versucht der allgemeinen Sinnlosigkeit Herr zu werden, indem er selbst nur noch sinnlose Dinge tut. Darum räumt er Mülltonnen auf. Als er jedoch keine Antwort auf die Frage findet, ob Mülltonnenkontrolle nicht vielleicht doch eine sinnvolle Tätigkeit sei, hört er sofort wieder auf damit. Renate hingegen möchte gerne verschwinden, weil sie ihr Leben so langweilig findet. Dabei ist gerade ihres recht angenehm. Doch bereitet es ihr keine Freude.

Das ist die Gegenwart, ein heilloses Durcheinander. Die Vergangenheit war nicht besser, im Rückblick jedoch scheint sie wohlgeordnet, auch spielte Antonius in ihr nur eine Nebenrolle. Andere waren aktiver: sie kämpften um ihren Platz auf der Welt oder im Unternehmen; sie verfolgten ein verschwundenes Buch, das wieder aufgetaucht schien; sie waren verliebt oder gerade nicht; Eltern waren ermordet worden, Weltreiche gingen unter. Es war ziemlich viel los damals. Wo ist das alles hin? Und nun ist die Vergangenheit schon größer, als die Zukunft sein wird.

Iris Hanika, geboren 1962 in Würzburg, lebt seit 1979 in Berlin. 2006 erhielt Iris Hanika den Hans-Fallada-Preis. Ihr Roman »Treffen sich zwei« (2008) gelangte auf die Shortlist zum Deutschen Buchpreis, »Das Eigentliche« (2010) wurde mit dem European Union Prize for Literature und dem Preis der LiteraTour Nord ausgzeichnet.

Iris Hanika bei btb

Treffen sich zwei

Das Eigentliche

Tanzen auf Beton

Iris Hanika

Wie der Müll geordnet wird

Roman

btb

Der Verlag weist ausdrücklich darauf hin, dass im Text enthaltene externe Links vom Verlag nur bis zum Zeitpunkt der Buchveröffentlichung eingesehen werden konnten. Auf spätere Veränderungen hat der Verlag keinerlei Einfluss. Eine Haftung des Verlags ist daher ausgeschlossen.

MIX
Papier aus verantwortungsvollen Quellen
FSC® C014496

Verlagsgruppe Random House FSC® N001967

1. Auflage
Genehmigte Taschenbuchausgabe Februar 2017,
btb Verlag in der Verlagsgruppe Random House GmbH,
Neumarkter Straße 28, 81673 München

www.droschl.com
Umschlaggestaltung: Umschlaggestaltung: semper smile, München
nach einem Entwurf von Sonja Hennersdorf
Druck und Einband: GGP Media GmbH, Pößneck
MK · Herstellung: sc
Printed in Germany
ISBN 978-3-442-71370-7

www.btb-verlag.de
www.facebook.com/btbverlag
Besuchen Sie auch unseren LiteraturBlog www.transatlantik.de

Herzlichen Glückwunsch zur Wahl dieses Buches!

Sie haben sich für ein Produkt von hoher Qualität und zeitloser Eleganz entschieden. Alle in diesem Buch verwendeten Wörter und Satzzeichen wurden sorgfältig ausgewählt und geprüft, bevor sie in die ihnen angemessenen Satzstrukturen eingefügt und nach den Regeln der deutschen Grammatik sowie der bewährten Rechtschreibung zu einem angenehm lesbaren Text verarbeitet wurden.

Damit Sie recht viel Freude an diesem Buch haben, beachten Sie bitte die folgenden Empfehlungen:

– Schalten Sie vor der Lektüre alle Telekommunikationsgeräte (insbesondere Rundfunkempfänger und Fernsehapparate) sowie Ihre Stereoanlage aus. Auch Ihr Mobiltelefon sollten Sie während der Lektüre in den „Lautlos"-Modus versetzen.

– Wählen Sie für die Lektüre die für Sie angenehmste Körperhaltung. Aufgrund der über Jahrhunderte bewährten haptischen Eigenschaften eines Buches ist auch die Lektüre im Liegen (z. B. im Bett) problemlos möglich.

– Seien Sie unbesorgt, wenn Sie etwas nicht sofort verstehen. Dabei handelt es sich um eine normale Begleiterscheinung der Rezeption anspruchsvoller Texte. Meist hilft es schon, die betreffende Stelle ein zweites, gegebenenfalls auch ein drittes Mal zu lesen. Sie werden bald feststellen, daß gerade solche Stellen den Lektüregenuß vollkommen machen.

Über weitere Qualitätserzeugnisse unserer seit vierzig Jahren bestehenden Textmanufaktur informiert Sie unsere Website, die Sie unter der Adresse www.iris-hanika.de finden.

Erster Teil:

Durcheinander (Gegenwart)

– Eins –

Weil er die Absicht hatte, ein wahrhaftiges, ehrliches und auf diese Weise erfüllendes Leben zu führen, hatte Antonius folgende Vorsätze gefaßt:

– In Einkaufszentren gehen, um den Menschenhaß zu stärken; ansonsten Umwege in Kauf nehmen, um den Anblick des »Alexa« zu vermeiden. Mit offenen Augen durch die Stadt gehen. Eine Liste der häßlichsten Gebäude der Stadt anlegen (noch unklar, zu welchem Behufe).

– Beim Essen nicht die Arme von der Tischkante nehmen, sondern sich immer zu der mit drei Fingern unmittelbar hinter den Forken gehaltenen Gabel hinunterbeugen. Auch Löffel so halten, Messer an der Klinge. Suppen schlürfen (nur bei Essen in Gemeinschaft).

– Mit offenem Mund Kaugummi kauen (ebenfalls nur in Gemeinschaft).

– Nicht mehr nur die Mülltonnen daheim, sondern den gesamten öffentlichen Raum aufräumen (nach dem Vorbild des förmlich gekleideten älteren Mannes in der Straßenbahn, der seiner Aktentasche eine Grillzange und eine Plastiktüte entnahm, um mit der Grillzange einen Plastikbecher aufzuheben, den er dann in die Plastiktüte steckte. Vorher hatte ein Kind mit diesem Plastikbecher Fußball gespielt; der Mann trat erst in Aktion, nachdem das Kind ausgestiegen war).

– Keine Scham über große Ich-Bezogenheit heucheln, sondern diese vielmehr offenlegen durch die Forderung, es möge mehr über die eigene Person gesprochen werden. (Sich an diesem Schauspielerwitz orientieren: »Ach, jetzt habe ich die ganze Zeit nur von mir geredet – jetzt sag doch du mal, wie du mich findest!«)

– Von anderen nur sprechen, wenn ein direkter Bezug zu sich selbst hergestellt werden kann: mein Freund, mein Lehrer usw.; zur Not, bei tatsächlich Unbekannten, auch: der von mir hochgeschätzte Soundso, die verehrungswürdige Lalala usw. Auf sein Personal hinweisen: mein Friseur, mein Zahnarzt u. ä. »Meine Mutter« hingegen nur mit verständnisheischendem abschätzigen Lächeln sagen, um klarzustellen, daß »meine Mutter« eine vollkommen unmögliche, in ihrer unerschütterlichen Liebe nämlich tendenziell lächerliche Figur ist, über die man ernsthaft gar nicht sprechen kann. Bei allem, was einem erzählt wird, als Antwort darauf hinweisen, daß man dies Erzählte schon lange wisse, es von großer Bedeutung im eigenen Leben gewesen und man auch weiterhin eng damit verbunden sei.

– Nur den eigenen Humor gelten lassen, Heiterkeit nur zu den eigenen Bedingungen gestatten. Die anderen dürfen nur über die Witze lachen, die man selber macht. Sollten sie jedoch versuchen, selbst einmal einen Witz zu machen, dann nicht darüber lachen, sondern etwas Ernstes erwidern. Diese Erwiderung sollte einer Zurechtweisung gleichkommen. Sich auf diese Weise gegen die Zumutung verwahren, daß andere Leute sich für lustig halten und für berechtigt, Heiterkeit zu verbreiten.

Just zu der Zeit, als er sich mit diesen Vorsätzen beschäftigte, geriet er bei der Suche nach der libanesischen Konditorei in Moabit ans Ende der Turmstraße (nicht an das Ende, wo das Gericht ist, sondern ans andere). Dort sah er innerhalb von nur fünf Minuten drei Personen, deren T-Shirts Aufschriften trugen, und zwar diese:

– Fuck you / I have enough friends (auf der Brust)

– Dann zieh' ab (auf dem Rücken)

– Polizei (auch auf dem Rücken, aber wirklich ein Polizist; Bestandteil der Polizeiuniform) (Polizisten in T-Shirts!)

Er erkannte, daß er einem allgemeinen Trend folgte und sich in der Mitte des gesellschaftlichen Diskurses befand. Das erzeugte in ihm das wohlige Gefühl der Befriedigung.

Er hatte die Idee zu diesen Vorsätzen bekommen, als er einmal bei seiner Schwester zu Besuch war und ihr versehentlich einen halben Becher Kaffee mit Milch auf ihren neuen Teppich schüttete. Als sie fluchend in die Küche eilte, ging er ihr hinterher und bat sie, die gerade unter dem Wasserhahn einen Lappen feucht machte, ihm, wenn sie mit der Teppichreinigung fertig sei, doch eine Tasse Tee zuzubereiten. Das war ganz spontan geschehen; später fiel ihm auf, daß er schon im vorhinein ganz im Sinne seiner Vorsätze und darum vollkommen richtig gehandelt hatte. Schon bevor er sie gefaßt hatte, war diese Art des Handelns zum Leitstern seines Lebens geworden. Er fühlte sich mit sich im Reinen. Das war etwa so:

> Die Mutter liegt auf dem Sofa und liest die Zeitung. Das Kind spielt in der Küche, wo der Vater kocht. Die Großmutter sitzt im Wirtshaus und spielt Karten, derweil der Großvater aus dem Wohn- ein Eßzimmer macht.

In Wirklichkeit wollte Antonius aber gar nicht so sein. Es war bloß aus Weltekel geschehen, daß er diese Vorsätze faßte, nachdem er festgestellt hatte, daß die anderen sich alle so gerierten, wie er es sich eigens vornehmen mußte, denn er verstand nicht, wie man sich so aufführen konnte. Er dachte, er könne sich vor den Zumutungen der anderen vielleicht schützen, indem er sie spiegelte, sie einfach zurückgab. Seine guten Vorsätze waren ein Akt der Notwehr und teilten am Ende das Los sämtlicher guter Vorsätze, nämlich strikt nicht befolgt zu werden, nur manchmal ein wehmütiges Lächeln zu erzeugen (aber wenigstens kein schlechtes Gewissen).

Um einerseits ihr Kennenlernen zu beschleunigen, andererseits die Bekanntschaft zu einer profunden zu machen, berichtete er Antonina von diesen seinen guten Vorsätzen. Antonina fand diese Vorsätze sehr interessant und sehr gut. Sie wolle sie sich auch zu eigen machen, sagte sie, und schon waren sie einander wieder etwas nähergekommen. Aber das störte sie beide gar nicht, denn sie hatten keine Probleme mit Distanz und Nähe.

Hintergrundinformation

Diese guten Vorsätze waren Teil seines viel größeren Vorsatzes, nur noch sinnlose Dinge zu tun.

weitere Hintergrundinformation

Sehr wohl kannte er das russische Genie Daniil Charms, das heißt, dessen Werk natürlich, aber so kann man das auch nicht sagen. Vielleicht so: Sehr wohl hatte Antonius zu irgendeiner Zeit seines Lebens die Bekanntschaft mit einem Teil des ins Deutsche übertragenen Teils von Charms' Werk, der überhaupt veröffentlicht ist/wurde/worden war, gemacht. Doch hatte das keinen direkten Einfluß auf die sein Leben betreffenden wichtigen Entscheidungen; als er die nämlich traf, tat er es nicht im Bewußtsein, mit dem Werk von Daniil Charms bekannt zu sein. Namentlich nicht bewußt war ihm diese Bekanntschaft, als er seine Arbeit auf- und damit seinen Arbeitsplatz freigab für jemanden, dem es nichts ausmachte, einer fremdbestimmten Arbeit nachzugehen und dafür finanziell entschädigt zu werden. Antonius aber hatte, als er sich dazu entschlossen hatte, nichts Sinnvolles mehr zu tun, klar erkannt, daß er, wenn es ihm wirklich ernst damit war, als erstes aufhören mußte, Geld zu verdienen, weil das nämlich in den gesellschaftlichen Verhältnissen, in denen er lebte, für das allersinnvollste Tun von allem gehalten wurde.

Für Geld gab es alles, was man zum Leben brauchte.

Alles, was man zum Leben brauchte, gab es für Geld.

Was man zum Leben brauchte, gab es alles für Geld.

Was man zum Leben alles brauchte, gab es für Geld.

Für Geld und nur für Geld?

Was brauchte man zum Leben? Alles?

Alles oder Geld.

Antonius aber wollte alles, nur kein Geld. Denn davon hatte er wahrlich genug.

Hommage an Daniil Charms

Antonius wollte gerne sein bis in die Zehen ausgestrecktes und zugleich weitestmöglich ausgedrehtes rechtes Bein bis auf die Höhe der Stirn heben, wobei sein linker Fuß gleichfalls weit nach außen gedreht sein, das linke Bein aber fest wie eine alte Birke stehen und seine Arme auf graziöse Weise ausgebreitet sein sollten, doch es gelang ihm nicht, so oft er es auch versuchte. Daß es beim ersten Versuch nicht klappte, nahm er hin. Er dachte: »Übung macht den Meister«, aber beim fünften Versuch gelang es ihm noch immer nicht, vielmehr schwankte er jedesmal wie eine junge Birke im Sturm und fiel auch jedesmal fast hin. Und sein rechtes Bein war dabei kaum auf Hüfthöhe angehoben.

Voller Wut fuhr er an die See, um es dort zu versuchen, doch stellte er fest, daß ihm diese Übung am Strand aus Sand noch weniger gelang als auf dem Schwingboden der Ballettschule, weswegen er mit noch größerer Wut (wenn das möglich ist!) wieder nach Hause fuhr.

Heringsdorf sei ein Scheißkaff, sagte er zu Antonina, die das nicht hinnehmen wollte.

Um ihn einerseits zu trösten, andererseits zu tadeln, wies sie ihn darauf hin, daß es sowieso nur den wenigsten gelinge, ihr bis in die Zehen ausgestrecktes und zugleich nach außen gedrehtes rechtes Bein bis auf die Höhe der Stirn zu heben, ganz zu schweigen von dem, was gleichzeitig der Rest seines Körpers tun solle. Er solle nicht so viel auf seine Mitschüler in der Ballettschule schauen, sagte sie ihm,

Ende der Hommage an Daniil Charms

sondern sich lieber daran erfreuen, wie während der *exercices* an der Stange seine Muskeln vibrierten und schmerzten. Das war ein guter Rat, doch Antonius erfreute dieser tadelnde Trost, tröstende Tadel

naturgemäß
NICHT,
und er legte das Bein in Gips.
Und ist es erst in Gips gelegt,
geht sich's fortan ganz unbewegt.
»Das wird es lehren!« sagte er.

Aufgabe:

a) Was wird das es lehren? Was ist überhaupt »das«?

b) Warum spricht jemand von einem Teil seines eigenen Körpers als »es«? Inwiefern folgt ein solches Sprechen den Regeln von Grammatik und Lebenserfahrung?

c) Berechne das Gewicht des rechten Beines eines erwachsenen Mannes von durchschnittlicher Größe und durchschnittlichem Gewicht. Wie viele Gipsbinden sind nötig, um ein solches Bein ruhigzustellen/stillzulegen? Welche Kraft ist nötig, um ein solcherart eingegipstes Bein so anzuheben, daß der Fuß sich in Höhe der Stirn, in diesem Falle also etwa 1,80 m über dem Boden befindet?

as we get older and stop making sense

Antonius hieß gar nicht so, Antonina auch nicht. (Es muß zudem bemerkt werden, daß es Antonina in Wirklichkeit gar nicht gab, sondern Antonius sie sich ausgedacht hatte, als er einmal merkwürdigerweise stark darunter litt, völlig alleine zu sein, obwohl er sich das doch selbst so ausgesucht hatte, nachdem er lange Zeit nie alleine gewesen war und gerade darunter stark gelitten hatte.) (Bis zu ihrem frühen Tod hatte es auch Magelone nicht gegeben.) Sie hatten sich diese Namen gegeben, weil ihnen die, welche sie von ihren Eltern bekommen hatten, nicht gefielen. Jene fanden sie nicht zeitgemäß; es gefiel ihnen nicht, daß man ihnen ihr Alter und damit das ihrer Träger gleich anmerkte. Mit den neuen Namen aber fühlten sie sich nicht nur nicht so alt, wie sie waren (was nicht ungewöhnlich gewesen wäre, weil das nun keiner über dreißig tut), sondern tatsächlich alterslos. Und es kam noch anderes hinzu.

Antonius hieß in Wirklichkeit Manfred und Antonina Renate. (In wirklicher Wirklichkeit hieß Antonius aber tatsächlich so und schon immer, denn seine Eltern hatten ihm diesen Namen gegeben, doch stellte er sich vor, daß ihm dieser Name in Kindheit und Jugend peinlich gewesen wäre und er damals lieber Manfred geheißen hätte; er stellte sich vor, sich damals vorgestellt zu haben, daß das Leben dann einfacher wäre.) Als Manfred beschloß, hinfort Antonius zu sein, sagte Renate, dann wolle sie auch anders heißen. Das fanden sie beide eine gute Idee, und vor allem gefiel es ihnen, sich Namen zu geben, die anzeigten, daß sie zusammengehörten. Manfred fand, daß »Antonius« besser klinge als »Anton«, es klang voller, außerdem zugleich lustiger und seriöser, also sowohl lustiger als auch seriöser als »Anton«. Das war ein eigenartiger Effekt, den er noch bei keinem anderen Namen bemerkt hatte. Als er darüber nachdachte, fielen ihm aber noch weitere solche Namen ein, als erstes »Otto« (der Klassiker), als nächstes »Hans« (Arrivederci, Hans, / das war der schönste Tanz), dann (oh, tanz doch bitte noch einmal mit mir), dann aber fiel ihm (ich tanz' mit keinem so gerne wie mit dir), dann aber fielen ihm keine solchen Namen mehr ein. Indes war das total egal, denn es ging nur um diesen einen Namen, den er sich gewählt hatte und der ihm von selbst eingefallen war, ohne daß er je von einem Antonius gehört hätte (weil er selbst der einzige war, den er kannte). Darum war er der einzige (also auch in wirklicher Wirklichkeit).

»Antonina« hingegen war ein Name, den Renate durchaus schon einmal gehört hatte, und zwar zu der Zeit, als sie sich für Isaak Babel interessierte. Es war ein russischer Name. Babels Witwe Antonina Piroshkova hat unter dem Titel »Ich wünsche Ihnen Heiterkeit« einen Band mit Erinnerungen an ihren Mann veröffentlicht. Renate fand, der Name passe perfekt zu »Antonius«. Zu »Anton« hätte »Antonia« gepaßt, das Renate, weil es leichter auszusprechen war, eigentlich besser gefiel als die russische Variante, aber da es nun auch sehr darum ging, die Gemeinsamkeit mit Manfred alias Antonius (bzw. Antonius alias Manfred) hervorzuheben, paßte das nicht allein gleichsilbige, sondern dabei auch noch fast noch deutlicher als »Antonius« gesilbte »Antonina« besser als »Antonia«. »Antonina« auszusprechen war zwar etwas umständlich, doch hatte dieser Name etwas Exotisches, was auch viel wert war. Das Exotische an Manfreds neuem (altem) (eigentlichem) Namen war, je nach Betrachtungsweise, das elegant Gebildete oder gebildet Elegante.

»Wir tragen ja auch immer die gleichen Anoraks«, hatte Renate gesagt, »nur in verschiedenen Größen und einmal für Frauen, einmal für Männer geschnitten, dabei aber von derselben Firma und in fast derselben Farbe, warum sollten wir da nicht solche praktisch identischen Namen tragen?« Ja, warum nicht.

»Mir erscheint es geradezu logisch«, hatte Renate gesagt.

»Mir auch«, hatte Antonius geantwortet.

Und so geschah es, daß sie sich beide umbenannten.

Ihren Freunden und dem Standesamt teilten sie das allerdings nicht mit, denn es sollten nur für sie allein ihre Namen sein. Weil sie nämlich zusammengehörten und beide sowieso mit niemandem lieber zusammen waren als mit sich allein. Und wenn sie einander nun beim Namen riefen, dann war es immer, als würde ein jedes nicht das andere rufen, sondern sich selbst, und so gefiel es ihnen. (Indes muß bemerkt werden, daß sie beide eigentlich sowieso keine Freunde hatten, denen sie das hätten mitteilen können oder müssen oder sollen.)

Hintergrundinformation

Weil dieser Unsinn keine Hommage an Daniil Charms war, sondern eine Beleidigung seines Gedächtnisses, konnte Antonius solcherlei Gedöns nur für sehr kurze Zeit als Leitstern dienen, nur für außerordentlich kurze Zeit, eigentlich nur für die Dauer einer Idee, also nur so lange, wie es braucht, bis eine Idee mit der Wirklichkeit kollidiert und dadurch vernichtet wird. Mit anderen Worten: er gab dieses Gedöns sofort wieder auf, kaum daß es ihm während der endlosen Stunden, die er im Internet verbrachte, als Idee durchs Hirn geblitzt war. Und mit Antonina machte er es genauso.

am 26. August 2012 erworbenes Material für Partygespräche, das nicht gebraucht wurde, weil solche Gespräche nicht stattfanden

Der Penis von John Holmes war legendär groß, aber wie groß, weiß keiner genau, jedenfalls wohl so zwischen zehn und fünfzehn *inches* lang (ein *inch* [in.] = 2,54 cm => 10–15 in. = 25,4–38,1 cm). John Holmes behauptete, mit vierzehntausend Frauen geschlechtlich verkehrt zu haben, aber das wird von Nachrechnern bezweifelt, ist er doch bereits im vierundvierzigsten Lebensjahr infolge von AIDS verstorben. Wahrscheinlich waren es dreitausend Frauen. (Georges Simenon behauptete in fortgeschrittenem Alter, er habe mit sieben- bis achttausend Frauen geschlechtlich verkehrt. Er wurde viel älter als John Holmes, und wenn er wirklich alles begattet hätte, was nicht bei drei auf den Bäumen war, dann könnte es hinhauen.) John Holmes spielte in zweitausendzweihundertfünfzig Pornofilmen mit. Seine Lebensgeschichte inspirierte Paul Thomas Anderson zu dem Kurzfilm »The Dick Diggler Story«, den er als Achtzehnjähriger drehte, und später zu seinem zweiten abendfüllenden Spielfilm »Boogie Nights«, mit dem er den Durchbruch schaffte. Nächsten Monat kommt sein neuer Film »The Master« in den USA ins Kino. (Überhaupt war Antonius auf der Suche nach Informationen über Paul Thomas Anderson, als sich plötzlich John Holmes auf den Bildschirm schob.)

Was am selben Abend, an dessen Nachmittag diese Informationen gesammelt wurden, auf der Oranienstraße stattfand, hieß »Fuckparade« und war eine Reminiszenz an die Loveparade, die seit einigen Jahren nicht mehr stattfindet.

Später schrie ein Mann etwa eine Stunde lang draußen auf dem Platz herum.

Noch später, gegen Mitternacht, zündete jemand extrem laute Kracher, die auch einen Lichteffekt machten. Die Leute, die hinten im Hof eine Art Gartenhaus gebaut hatten, weil sie *urban gardening* betrieben, und am Abend dort zusammengekommen waren, wobei sie aus der Ferne an Leonardo da Vincis Darstellung des Letzten Abendmahls erinnerten, weil sie in einer Lichtinsel im Dunkeln saßen, standen auf, um zu sehen, was da los war.

Es war ein sehr warmer Abend. Draußen saßen überall Leute herum, denn alle Lokale hatten Tische auf die Straße gestellt, und es war der erste Spieltag der neuen Saison der Fußball-Bundesliga, die im Jahr 1962 etabliert wurde und darum ihr fünfzigjähriges Jubiläum feierte.

In Wirklichkeit

betrachtete er nicht nur das Internet, um zu erfahren, was in der Welt vor sich ging, sondern ging schon auch hinaus auf die Straße, wo er Zeitung las, also nicht auf der Straße, sondern im Café oder auf einer Bank im Park oder an einem ähnlichen öffentlichen Ort, will sagen: er konfrontierte sich durchaus auch direkt mit der Welt und beschäftigte sich dann mit ihr, indem er dort erlebte Dinge in Worte faßte. Wenn sie ihm nur auffielen, er sie aber nicht in Worte fassen konnte, legte er eine Liste an; in den anderen Fällen betätigte er sich als Dichter. Zumindest empfand er es so. Hier zwei Beispiele:

draußen in der Welt 1

Am Café ging eine Frau vorüber, die als Farben für diesen Tag Gelb und Grau gewählt hatte. Unter ihrem leuchtend gelben Kostüm aus einem dicken Plastikmaterial, das aussah, als sei es in den sechziger Jahren hergestellt worden, trug sie einen dünnen grauen Rollkragenpullover, während die Beine eine graue Wollstrumpfhose wärmte. An den Füßen vereinigten sich die Farben des Tages in Stiefeletten aus gelbem und grauem Leder.

Die hatten hohe Absätze, und auf denen stöckelte die Frau mehrere Male an dem winzigen Café an der Ecke vorbei. (Der Tag indes war nur grau, die Blätter an den Platanen waren noch nicht gelb geworden, wenn man auch jeden Tag darauf gefaßt sein mußte, immerhin war es Mitte September.) Das Publikum für ihre so wohlüberlegt zusammengestellte Garderobe bildeten zwei gemischtgeschlechtliche Paare, die an den winzigen Tischchen des Cafés saßen. Zwar schauten alle acht Augen jedesmal gemeinsam auf, wenn sie vorüberging, aber nur, weil sonst nichts passierte. Es war schon verwunderlich, daß hier überhaupt jemand ging.

An der Hand führte die Frau einen kleinen Jungen, dessen Kleidung überhaupt nicht auffiel. Er war vielleicht sieben Jahre alt und trug Jeans und einen Baumwollpullover mit einem so uninteressanten Muster, daß es niemand wiedererkannt hätte; es war nur zu bemerken, daß der Pullover nicht einfarbig, sondern irgendwie hauptsächlich blau war.

Die Kleidung des Jungen paßte nicht zu der Sorgfalt, mit der die Frau, an deren Hand er ging, die ihre zusammengestellt hatte. Ihr Sohn konnte das nicht sein, denn wie hätte diese Frau zu einem so unspektakulär gekleideten Sohn kommen können?

Vielleicht stellten sich die vier Personen, denen die acht Augen gehörten, diese Frage, vielleicht aber auch nicht.

Antonius stellte sich sowohl diese Frage, als auch zusätzlich die, ob die vier Personen sie sich stellten. Er saß auf der anderen Straßenseite auf dem Mäuerchen, das die Rollschuhbahn von der Straße trennte, und beobachtete alles, während er doch eigentlich die Zeitung hatte lesen wollen. Er konnte natürlich nicht sagen, wer sich welche Frage stellte, er stellte nur fest, daß die vier Personen zwar zuverlässig jedesmal aufschauten, wenn die Frau mit dem Kind an der Hand vorüberging, sie das jedoch nicht in irgendeine Handlung umsetzten, weil sie alle ins Gespräch vertieft waren. Womöglich war es angenehme Unterhaltung, die einen Kindsraub nicht vereitelte! Wahrscheinlich hatte aber sowieso niemand an Kindsraub gedacht. Warum auch. Immerhin hatte auch Antonius an nichts Schlimmes gedacht, während er der Frau, dem Kind, den zwei Männern, den zwei Frauen und ihren Kaffeetassen zusah. Erst, als er wieder daheim war, fiel ihm ein, daß eine Kindsentführung der Grund für das Mißverhältnis zwischen der Kleidung der Frau und der des Kindes gewesen sein könnte. Er beruhigte sich aber bald mit der naheliegenden Einsicht, daß eine Entführerin nicht mit ihrem Opfer hin und her, sondern rasch fortgegangen wäre.

Es war gewiß nichts Schlimmes geschehen. Er hatte nur auf dem Mäuerchen neben der Rollschuhbahn gesessen und eine Weile von der Zeitung hochgeschaut.

dichterische Verarbeitung 1

Gelbe Wolle und graues Leder, das gellende Wollen im grauenden Leben.

(Zwar hatte die Frau keine Wolle getragen und war das Leder ihrer Schuhe eben nicht nur grau gewesen, aber Antonius hielt das nicht für entscheidend, sondern dachte vielmehr, das Schöne an der Dichtung sei, daß man es da mit der Wirklichkeit nicht so genau nehmen müsse. Er dachte also, es sei Dichtung, was er produzierte, weil es nicht der Wirklichkeit entsprach, was er zur Verarbeitung derselben in eines seiner vielen kleinen Hefte geschrieben hatte.)

draußen in der Welt 2

In den Lokalzeitungen wurde ausführlich von einer Frau berichtet, die nicht sagte, wie sie hieß, wo sie geboren, wer ihre

Verwandten waren usw., sondern nur angab, die letzten zwanzig Jahre in den Wäldern gelebt zu haben und nun in die Stadt zurückgekommen zu sein, weil sie alt und krank werde und sich nicht von Schmerzen den Lebensabend vergällen lassen wolle. Vielmehr, gab sie an, wolle sie in einem Krankenhaus behandelt werden oder auch von niedergelassenen Ärzten, aber in diesem Fall bräuchte sie auch eine Wohnung. Ihr wurde mitgeteilt, daß sie seit zwanzig Jahren in keine Krankenkasse eingezahlt habe, und wenn sie kein Geld für die Miete aufbringen könne, dann werde sie auch nicht in einer Wohnung leben können, weil sie die dann gar nicht bezahlen könne. Auch hatte sie keine Möbel, sondern besaß nur, was sie auf dem Leibe trug, außerdem mehrere Plastiktüten voller Fundstücke aus dem Wald (kleine vermooste Steine, interessant geformte Holzstücke, auch Tierknöchelchen und Bruchstücke von Vogeleierschalen sowie etwas Munition aus dem Zweiten Weltkrieg).

Es brach ein Sturm der Empörung/der Entrüstung/des Entsetzens über die außerordentliche Unmenschlichkeit der Behörden los. Indes hatten die weiter nichts getan, als ihren Vorschriften entsprechende Auskünfte zu geben. Sowieso ließ man natürlich niemanden auf der Straße verrecken, bloß weil er es ablehnte, in den Wäldern zu verrecken. Natürlich war die Frau sehr bald in einer kirchlichen Einrichtung untergebracht, wo sie ein Zimmer im Erdgeschoß mit Tür zum Garten hatte, die sie stets offenstehen ließ, um der Erde immer nah zu sein. Zudem übernahm sie die Pflege des Gartens dieser kirchlichen Einrichtung, worüber die Zeitungen ebenfalls ausführlich berichteten. Allerdings gab es keine Fotos von dieser Frau, weil sogar die Boulevardpresse deren imperative Abneigung gegen das Fotografiertwerden respektierte, obwohl ein Foto von ihr vielleicht von einem möglicherweise vorhandenen Verwandten hätte gesehen und die Identität der Frau dann doch hätte festgestellt werden können. Jedoch ist anzunehmen, daß eventuelle Verwandte gefürchtet hätten, in einem solchen Fall entweder für die Kosten ihres Unterhalts aufkommen zu müssen oder eines Erbes verlustig zu gehen. Man hätte also ruhig ein Foto veröffentlichen können, es wäre schon nichts passiert, aber da die Geschichte so noch viel dramatischer erzählt werden konnte, verzichtete die Boulevardpresse darauf (und damit sogar auf mögliche Fotos und Berichte von einer Familienzusammenfindung, nach so vielen Jahren!) und gab an, dies geschehe aus Respekt vor menschlichen Gefühlen, womit sie sich bei ihren Lesern, für die menschliche Gefühle, auch wenn es sich dabei nur um ihre niederen eigenen handelte, das höchste nur denkbare Gut darstellten, in ein gutes Licht setzte, sie noch enger an sich band, wenn das überhaupt möglich war, und ihnen sorglos auch weiterhin, jeden Tag aufs neue, menschliche Gefühle als das höchste nur denkbare Gut darstellen konnte.

dichterische Verarbeitung 2

Die Waldfrau verfremdet die Wohlfahrt. Der Sozialstaat reagiert mit sorgfältigem Respekt.

Hintergrundinformation

Das Alliterieren lag Antonius im Blut, war er doch aufgrund seines Namens praktisch als Alliteration aufgewachsen. Verstärkt worden war das noch durch die strenge Befolgung des Alphabets, die seine Eltern hatten walten lassen (das heißt, sein Vater; seine Mutter hatte sich wenig eingemischt. Sie hatte ihren Namen bei der Eheschließung aufgegeben, und wenn ihr Mann nun diesen Namen, der ihrer ursprünglich nicht, seiner aber schon seit jeher war, an den Verlauf der Weltgeschichte nicht nur anklammern, sondern in diese quasi einpfählen wollte, dann ließ sie ihm gerne seinen Willen, bitte, was soll's, Liebe verzeiht alles usw.), nachdem also schon Alliterationen ihre Namenswahl bestimmten, verstärkten sie (das heißt, er) das noch durch korrekte alphabetische Abfolge. Ihre Kinder hießen also:

– Adrian Antonius
– Barbara Bettine
– Christian Christophoros
– Dankwart Daniel

Die beiden älteren Söhne wurden bei ihren ersten Namen gerufen, die Tochter und der jüngste Sohn bei ihren zweiten.

Sein Vater fand es praktisch, seine Kinder dem Alphabet folgend zu benennen. Er wußte, daß man es in der Hundezucht so machte, wo die Namen der Welpen aus dem ersten Wurf einer Hündin alle mit A beginnen, die aus dem zweiten Wurf mit B und so fort. Weil es aber bei Menschen in der Regel nur ein Junges pro Wurf gibt, bekamen alle Kinder jeweils zwei Vornamen mit jeweils demselben Anfangsbuchstaben.

Als Adrian Antonius später selbst Kinder bekam, hatte er sich noch lange nicht aus der Familie und von seinem Vater gelöst (man hatte ihn sehr jung verheiratet; seine Frau Gabriele war die Tochter eines ostwestfälischen Möbelfabrikanten, dessen Produktion zum allergrößten Teil von seinem Vater weiterverkauft wurde, weswegen ihre Väter auf diese Weise eine Möbeldynastie zu begründen hofften) und darum dieses Prinzip fortgeführt. Da er der Älteste war, ging das leicht. Außerdem waren seine Geschwister bei seiner Hochzeit noch so jung, daß man sich gar nicht vorstellen konnte, daß sie womöglich auch einmal Eltern sein würden. Hier ging es um seine Brüder; seine Schwester zählte man nicht mit, weil man annahm, daß sie, wie ihre Mutter, ihren Namen bei der Eheschließung aufgeben würde. Adrian war damals achtzehn, Christian aber erst zwölf und Daniel erst zehn Jahre alt; Bettine war fünfzehn. Adrian machte also dort weiter, wo seine Eltern aufgehört hatten, und er zeugte, wie sein Vater, vier Kinder (das heißt, sein Vater hatte vor seiner Eheschließung schon ein anderes Kind gezeugt, wobei er ebenso jung war wie später sein erster ehelich geborener Sohn, als der zum ersten Mal Vater wurde, aber das tut nun wirklich nichts zur Sache). Adrians im Zweijahrestakt geborene Kinder hießen:

– Elisabeth Emilia
– Friedrich Fabian
– Georg Giselher
– Helene Hadumoth

Seine Töchter und der jüngere Sohn wurden bei ihren ersten, der ältere Sohn aber wurde bei seinem zweiten Namen gerufen.

Listen

INTERESSANTE GEBÄUDE

– Haus in der Spenerstraße in Moabit im Vergleich mit den (nicht weit entfernt liegenden) Häusern im Hansaviertel: dieses Haus folgt demselben Prinzip wie jene, denn es ist ebenerdig durchlässig, so daß man darunter hindurchgehen kann. Nur werden hier unter dem Haus Autos geparkt, was bei keinem der Häuser im Hansaviertel so ist; dort liegen die Parkplätze entweder neben dem Gebäude oder es gibt eine Tiefgarage. Die Stockwerke sind bei diesem Haus in der Spenerstraße sehr niedrig, vermutlich folgen sie sklavisch Le Corbusiers Modulor. Das Haus atmet die Modernität einer vergangenen Zeit (der sechziger Jahre).
– kaputtes Krankenhaus Mariendorfer Weg Ecke Eschersheimer Straße (dort Hausnummer 25): über dem Eingang des Altbaus, dessen Dach an einer Stelle schon eingestürzt ist,

steht: »Erbaut während des großen Krieges 1914–1917«; eingeschlagene Scheiben. Auf demselben Grundstück, aber um die Ecke (Eingang in der Eschersheimer Straße) ein Siebziger-Jahre-Bau, ebenfalls mit eingeschlagenen Scheiben, auch das Pförtnerhäuschen ist vandalisiert.

Inschrift über dem Altbau aus einer Zeit, als man sich noch nicht einmal vorstellen konnte, daß es einmal einen noch viel größeren Krieg geben könnte als diesen; zugleich rührend, indem sie daran erinnert, daß der eigentliche Epochenbruch der Erste Weltkrieg war, nicht der Zweite.

An der nächsten Straßenecke lehnte ein Mann am Geländer, den ich fragte, ob er wisse, was das für Gebäude gewesen seien. Er wußte es nicht genau, da er auch nicht in der Gegend wohnte, glaubte aber zu wissen, es sei ein Krankenhaus gewesen. Im weiteren belehrte er mich darüber, daß es Orte gebe, an denen sich dunkle Energie sammle; dieser sei einer davon. Wenn ich ihn recht verstanden habe, hielt er Luzifer für eine wirkmächtige Kraft in der Welt.

Unangenehme Stimmen

– R***** P****
– B**** B******
– Maria Callas
– L*** G******[1]

Diese beiden Listen waren besonders dadurch, daß sie über das Stadium der Planung hinausgelangt waren und es in ihnen überhaupt Einträge gab.

1 Um nicht durch Beleidigungen Mißmut in die Welt zu bringen, wurden die Namen noch lebender Besitzer unangenehmer Stimmen unkenntlich gemacht (Anm. d. Red. [iha]).

Die Liste der

Orte, an denen Geld gefunden wurde

zum Beispiel hatte er sofort aufgegeben, nachdem er sie angelegt hatte. Nur diesen Titel hatte er in ein kleines Heftlein geschrieben, nachdem er einmal an zwei Tagen hintereinander kleine Münzen auf der Straße gefunden hatte (einmal einen, einmal zwei Cent). Er hob alle Münzen auf, die er fand, und steckte sie auch immer ein; nicht allein, weil es unmöglich gewesen wäre, den jeweiligen Besitzer zu ermitteln, sondern auch, weil er absolut kein Verständnis dafür aufbrachte, daß Leute heruntergefallenes Kleingeld liegenließen. Daß sie es nicht bemerkt haben sollten, wenn sie es verloren, konnte er nicht glauben, bzw. hätte das bedeutet, daß sie an allen möglichen Orten, vorzugsweise mitten auf der Straße, ihr Geld herumwarfen oder zumindest ihren Geldbeutel öffneten. Oder sie trugen es in der Hosentasche mit sich herum, das war am wahrscheinlichsten, und es fiel ihnen dann beim Fahrradfahren heraus; denn wie sonst könnten solche Münzen mitten auf Straßenkreuzungen gelangen? (Wohin sie nämlich merkwürdig oft gelangten.) Auch dafür hatte er kein Verständnis; er fand eine Hosentasche grundsätzlich nicht den richtigen Ort, um Geld aufzubewahren, eben weil es so leicht aus ihr herausfallen konnte.

Er bemerkte schnell, daß er sich diese Liste in einem Zustand mittlerer Grantigkeit vorgenommen hatte. Darum sah er davon ab, sie zu führen. Er wollte seine schlechte Laune nicht mutwillig verlängern und verfestigen. Eigentlich hatte er aus demselben Grund auch vorgehabt, die Liste

Schwachsinn des Tages

sofort wieder aufzugeben, die er nach einem Besuch im Kaufhaus angelegt hatte, wo er feststellen mußte, daß seine Lieblingsschokolade wieder einmal nicht vorrätig war. Offenbar war sie vieler Leute Lieblingsschokolade. Als er eine Verkäuferin darauf hinwies, daß diese Schokolade nicht zum ersten Male nicht vorrätig sei, sagte sie ihm, sie würden sie durchaus immer nachbestellen, aber dann kämen die Kunden und kauften sie, manche kauften gleich zehn Tafeln auf einmal. So bekannt ist, dachte er, daß diese Schokolade regelmäßig nicht vorrätig ist, daß zum einen andere als er sofort einen Vorrat anlegen, wenn es sie doch einmal gibt, und zum anderen diese Verkäuferin sofort eine Entschuldigung dafür weiß, wenn die auch vollkommen schwachsinnig ist, weil der Geschäftszweck eines Kaufhauses doch der ist, Dinge vorrätig zu halten, damit man sie dort kaufen kann, wodurch man zum Kunden wird. Ein sich beschleunigender Mißstand. Aber das konnte er der Verkäuferin nicht erklären.

Er dachte, er hätte sich nun einmal geärgert, müsse aber darum nicht jeden Tag darauf achten, ob jemand etwas besonders Dummes sagte. Vielmehr wollte er sich hierauf gar nicht konzentrieren, um sich nicht mutwillig schlechte Laune zu machen. Allerdings fiel ihm dennoch fast jeden Tag etwas besonders Dummes auf. Gleich am nächsten Tag zum Beispiel hörte er vor einem anderen Supermarkt einen Angestellten einen Autofahrer mit der Bemerkung vertreiben, die Parkplätze hier seien nur für »Profikunden« gedacht (der hatte die von der der Vortagesverkäuferin gegenteilige Auffassung vom Kunden), und am übernächsten Tag las er in einer Zeitungsreportage, daß jemand im Protest gegen Leute, die wiederum gegen den Staat protestierten, auf die Straße geschrieben hatte: »Die Freiheit des einen beginnt erst dort, wo die des anderen endet«. Darüber mußte er sehr lange nachdenken. Er konnte nicht entscheiden, ob dieser Satz dasselbe bedeutete wie der allseits bekannte »Freiheit ist immer die Freiheit von Radio Luxemburg« oder aber, daß niemand frei sei außer dem

Tyrannen, oder aber völlig unsinnig war. Um sich von dieser Überlegung zu befreien, holte er das »Schwachsinn des Tages« betitelte Heftlein doch wieder hervor und notierte ihn, nachdem er »Profikunden« hineingeschrieben hatte, beides jeweils mit Datum und Quelle versehen.

Die Liste

ORTE, DIE ALS VERWIRKLICHUNG EINER SCHÖNEN IDEE GEPLANT WAREN, WAS MAN AN DER VERWIRKLICHUNG ABER NICHT AUF DEN ERSTEN BLICK, SONDERN NUR, WENN MAN ÜBER ARCHITEKTURGESCHICHTE BESCHEID WEISS, ERKENNEN KANN

führte er nicht fort, weil sie doch zu umständlich war. Hier war der Titel länger als die Liste, bzw. war gar keine Liste vorhanden, sondern nur eine Überschrift. Er hatte sie notiert, als er einmal vor dem Asia-Imbiß am Rande des Mehringplatzes saß. Dieser Platz war kreisrund von einem zweistöckigen Wohngebäude umfangen, unter dem man an vielen Stellen hindurchgehen konnte, und in zweien dieser Durchgänge befanden sich Imbißlokale. Diese Durchlässigkeit mußte eine Maxime der Nachkriegsmoderne gewesen sein, dachte er, da er mit den zur Bauausstellung 1957 von Architekten aus aller Herren Länder entworfenen Häusern im Hansaviertel vertraut war (siehe oben). Daran war zu erkennen, daß seinerzeit in erster Linie an die Bewohnbarkeit von Städten gedacht wurde. Die Wohnanlage am Mehringplatz war von Hans Scharoun entworfen worden, ganz und gar an den Bedürfnissen des Menschen orientiert und nicht an der Repräsentation, weil der Mensch als extrem soziales Wesen doch gerne im Kreis ums Lagerfeuer herum- oder aber an einem runden Tisch sitzt. Nur war dieser Kreis zu groß und seine Mitte leer, denn hier war das Kreisprinzip aufgehoben und ein breiter Weg zur U-Bahnstation und der sich anschließenden Friedrichstraße gepflastert worden; die schmalen Kreissegmente an den Seiten waren bepflanzt, zwischen den Beeten konnte man leicht hindurchgehen, und es spielten dort zwar einige Kinder, ansonsten hielt sich aber niemand hier auf, vielmehr wurde der Platz nur überquert und wirkte auf diese Weise einigermaßen öde. Vielleicht war die Pflasterung in der Mitte nicht geplant gewesen, vielleicht hatte hier nicht mehr der Architekt gewirkt, sondern das Straßenbauamt sich durchgesetzt. Im Grunde war dieser Platz den Nichtorten zuzuschlagen.

Bald fing er an, auch Überlegungen in ein kleines Heft einzutragen, statt immer nur Listen anzulegen (er nahm für jede neue Liste ein neues kleines Heft. Das hatte zur Folge, daß er eine Unmenge fast leerer kleiner Hefte besaß. Meistens stand nur auf der ersten Seite überhaupt etwas. Für die Überlegungen wählte er jedoch gleich ein etwas größeres und stabileres Heft). Damit hatte er begonnen, nachdem er die Liste

VORBILDLICH SINNLOSE TÄTIGKEITEN

angelegt hatte. Er hatte in einem Parterrefenster, das ansonsten von einer Spitzengardine verhüllt war, ein gehäkeltes Engelchen auf dem Fensterbrett stehen gesehen und darum »Handarbeiten« eingetragen, was er sofort spezifizieren mußte, wodurch er zu weiteren Überlegungen gelangte (weswegen es dann keine Liste wurde):

– Handarbeiten, wenn damit weder Gebrauchsgegenstände (Topflappen) hergestellt werden, noch Kleidung oder sonstige Textilien, sondern sie nur zur Verschönerung des Heims dienen, allein dem Willen zum Ornament entspringen (Stickbilder, Stehrumchen aus Stoff, Hülle für den iPad).

Das Dumme ist nur, daß durch Handarbeiten Dinge erzeugt werden, die einen immer an das sinnlose Tun erinnern werden, wenn man sie nicht sofort wegwirft. Es war darum zu überlegen, ob Handarbeiten anzufertigen wirklich eine vorbildlich sinnlose Tätigkeit ist oder einfach bloß so sinnlos. (»Einfach bloß so sinnlos« ist immer vorzuziehen.) Zugleich war zu überlegen, ob es wirklich sinnlos ist, seine Umgebung zu individualisieren, indem man, zum Beispiel, das iPad nicht in eine vorgefertigte (normierte) und für teures Geld im Apple-Store direkt erworbene Hülle steckt, sondern in eine, die es nur ein einziges Mal gibt. Eine solche kann man auch verschenken oder geschenkt bekommen (wenn man überhaupt ein iPad hat).

Frauenbeschäftigung.

Auch nicht wahr; entsprechend veranlagte Männer häkeln halt keine Hüllen oder Engelchen, sondern basteln an ihren Autos herum.

– Partys feiern. Sich an einem Ort versammeln, an dem es etwas zu essen, viel zu trinken, dazu Musik gibt. Herumstehen und sich vollaufen lassen, dabei aber mit anderen reden, oft Fremden, denen man traut, weil sie mit dem Gastgeber bekannt oder befreundet sind, wie man selbst, womöglich auch über deren und die eigene Arbeit sprechen, das aber nur am Rande; sich vor allem halbprivate Dinge erzählen (Anekdoten, keine Intimitäten) und Meinungen jenseits der Politik äußern. Am Ende betrunken sein und fröhlich.

In Wahrheit keine sinnlose Tätigkeit, sondern eine der wichtigsten überhaupt, da zwischenmenschlicher Kontakt lebensnotwendig.

Müllkontrolle

Den ganzen Sommer über war Antonius immer schon früh um vier in den Hof hinuntergegangen, um die Mülltonnen aufzuräumen. Zum einen schlief er so schlecht, daß ihn die Vögel weckten, sobald sie kurz vor halb vier, mit der allerersten

Ahnung des Tages, ihr Morgenkonzert begannen, zum anderen wollte er den Mülltonnenschiebern zuvorkommen, die, ebenfalls recht pünktlich, gegen halb fünf die Tonnen zum Leeren abholten, jeden Tag eine andere.

Den ganzen Sommer über ging Antonius jeden Tag in der allerersten Frühe hinunter in den Hof, bevor das Licht des jungen Morgens alles vergiftete mit seiner aggressiven, Tätigkeit erheischenden Helligkeit. Der Himmel war nicht mehr schwarz, wenn er aufstand, sondern, eine gute Stunde vor Sonnenaufgang, nur noch grau, die Farben ließen sich schon wieder unterscheiden. Es war die Stunde der unbehelligten Vögel, ihr brachiales Gezwitscher das einzige Geräusch (bis dahinter, aus der Ferne, das Gegröl einiger Spätbetrunkener zu hören war und das ein oder andere Auto in diesem allerersten Licht und Leben des Tages).

Es standen für die bei der Müllabfuhr denkbaren Formen von Abfall insgesamt sieben Tonnen im Hof: eine sogenannte Gelbe Tonne für Verpackungsmaterialien, eine blaue Tonne für Papier jeglicher Art, eine braune, genannt »Biotonne«, für kompostierbaren organischen Abfall, drei grüne für Glas (braunes, grünes und klares, das in der Müllbranche jedoch als weißes bezeichnet wird) und eine graue für Hausmüll (was auch immer das – angesichts der vielen verschiedenen Tonnen – noch sein sollte). Antonius ärgerte sich jeden Morgen darüber, daß es keine Tonne für Aluminium gab, sondern das wertvolle Aluminium zu den Verpackungsmaterialien in die Gelbe Tonne geworfen werden mußte, hätte es aber zwanghaft gefunden, sich bei der Hausverwaltung oder bei der Müllabfuhr darum zu bemühen, daß eine solche aufgestellt würde, obwohl eine solche Beschäftigung natürlich einigermaßen und damit vorbildlich sinnlos gewesen wäre. Es war sowieso kaum noch Platz im Hof, weil alles mit Mülltonnen vollstand. Glücklicherweise war das jedoch kein klassischer Berliner Hinterhof, er wurde nicht von Mauern begrenzt, sondern von einem Maschendrahtzaun, hinter dem sich eine Grünanlage befand, weil die Hinterhäuser in diesem Block – teils durch Kriegseinwirkung, teils infolge der in den späten siebziger Jahren aktuellen Mode der Stadtplanung – alle entfernt worden waren. Sie waren teils weggebombt, teils im Zuge eines »Entkernung« genannten Vorgangs abgerissen worden, und wenn sich diese »Blockpark« genannte Grünanlage auch in einem jämmerlichen Zustand befand, von Abfall übersät und von Unkraut überwuchert war – der Blick wurde nicht aufgehalten, der ging bis in den Himmel, und die Sonne beschien die nackte Erde.

Womit Antonius am meisten zu kämpfen hatte, waren die Plastiktüten, die seine Nachbarn in die Papiertonne, in die drei Glastonnen und in die Biotonne warfen. Auch warfen sie manchmal Plastikschüsseln und -flaschen in die Glastonnen. Und sie wollten und wollten nicht begreifen, daß Zellstoff (sogenannte Küchentücher, fälschlich so genannte Papier-, tatsächlich aber Zellstofftaschentücher) nicht in die Papier-, sondern in die Hausmülltonne gehörte. Antonius holte immer alle Störstoffe aus den falschen Tonnen heraus und warf sie in die richtigen hinein. Im Verlauf dieses Prozesses verwandelten sie sich aus Störstoffen in korrekten Müll. Glas zu Glas, nicht mehr benötigte Verpackungsmaterialien zu nicht mehr benötigten Verpackungsmaterialien, Schmutz zu Schmutz.

Antonius wußte, daß die manuelle Mülltrennung durch unqualifizierte Privatpersonen mittels verschiedener Tonnen zwar vorbildlich sinnlos, weil vollkommen überflüssig, leider aber auch tendenziell kontraproduktiv war, weil es in den Müllverarbeitungsbetrieben technische Anlagen gab, die zuverlässig einen jeglichen Müll präzise in seine Bestandteile trennen konnten. (Das besänftigte auch seinen Ärger über die fehlende

Aluminiumtonne, denn Aluminium wurde von diesen Anlagen mittels großer Magnete als erstes aus dem Mülldurcheinander der Gelben Tonne gezogen.)

Oft dachte er an einen bereits verstorbenen Bekannten aus der Irrenanstalt, der mit Nachnamen Müller geheißen und gerne über seinen Namen geklagt hatte, der sei doch nur die Steigerung von Müll. Wenn Antonius an diesen bereits verstorbenen Bekannten dachte, den er gut hatte leiden können, dann wurde ihm manchmal klamm im dunklen Herzen (und feucht in den hellen Augen), und er fand »Müll« bloß ein Stummelwort, von dem das Wichtigste abgehackt war, die Endung nämlich, die den Namen daraus machte, den sein Bekannter getragen hatte.

– ZWEI –

Die Zeit der Ereignisse war vorüber. Er war in dem Alter angekommen, da man mit den Resultaten leben muß – mit den Resultaten der Ereignisse/Entscheidungen/Schicksalsschläge der frühen Jahre, die zum Teil ohne eigenes Zutun geschehen, zum Teil selbst ins Werk gesetzt worden waren (wobei es sich um bewußte wie unbewußte sowie schreckliche Fehlentscheidungen handelt). Zum allergrößten Teil aber hatten sich irgendwelche Dinge einfach ereignet, und nun mußte man sehen, wie man damit zurechtkam. Glücklich, wer dem, was die Alten sungen, in der Jugend nicht mißtraut hatte! – nein, nicht glücklich, denn der saß in der Regel in irgendeiner Spießerhölle® fest. Glücklich vielmehr, wer über einen Vitalitätskern verfügte, wer getan, was die Natur einem auferlegt, also Kinder gezeugt hatte, und das für selbstverständlich hielt und nicht unglücklich wurde, sondern vielmehr gar keine Differenz zu einem möglichen anderen Leben spürte/bemerkte. (Das ist allerdings fahrlässig allgemein gesprochen, denn in Adrian Antonius' Fall hatte es nun gar nicht geholfen und überhaupt keinen Unterschied gemacht.)

Eine lange Weile hatte Antonius geglaubt, mit der allumfassenden Sinnlosigkeit eines jeglichen Tuns fertigwerden zu können, indem er sich nicht mehr gegen sie wehrte und sie nicht mehr zu überwinden trachtete, sondern sie, ganz im Gegenteil, nicht nur hin-, sondern auch annahm, ihr nichts entgegenzusetzen versuchte, sondern, ganz im Gegenteil, mit ihr im Strom zu schwimmen versuchte. Das tat er, bis er bemerkte, daß man die allumfassende Sinnlosigkeit auf diese Weise nicht besser erträgt, sondern, ganz im Gegenteil, Depressionen davon bekommt. Doch ich greife vor.

Eine lange Weile hatte Antonius nicht nur nicht mehr versucht, Dinge zu tun, denen er irgendeinen Sinn hätte abgewinnen können, sondern sich mit Fleiß um sinnloses Tun bemüht.

Er war jeden Tag mehrere Stunden mit dem Fahrrad durch die Stadt gefahren, wobei er sich kein Ziel vornahm, sondern eine Himmelsrichtung, und ansonsten nur, vor Einbruch der Dunkelheit wieder daheim zu sein. Weswegen er im Winter nicht so lange unterwegs war wie im Sommer, auch ging er im Winter, sobald die Straßen zum Radfahren zu gefährlich geworden waren, zu Fuß. Das heißt, dann fuhr er mit dem ÖPNV irgendwohin (in eine bestimmte Himmelsrichtung) und ging von dort zurück. Wenn es dunkel wurde, bevor er zuhause anlangte, fuhr er mit dem nämlichen ÖPNV den letzten Rest der Strecke.

Außerdem räumte er die Mülltonnen auf, aber nur bei sich im Hof, nicht bei anderen und auch nicht im öffentlichen Raum. Er wollte nicht mit jemandem verwechselt werden, der für seinen Lebenserhalt auf die Mülltonnen angewiesen war. Denn für so einen war die Mülltonnenkontrolle eine sehr sinnvolle Tätigkeit, bewahrte sie ihn doch vor dem Verhungern. (Essen und Schlafen sind von der allumfassenden Sinnlosigkeit ausgenommen. Solange man nicht das Totsein dem Lebendigsein vorzieht, stehen Essen und Schlafen nicht zur Debatte.)

Den Rest der Zeit verbrachte er im Internet.

Er hatte lange darüber nachgedacht und ziemlich ausführlich. Als er sich nach dem Tod seiner Frau aus der Schockstarre gelöst und begriffen hatte, daß der Zustand, in dem er sich befand, das war, was gemeinhin mit Trauer bezeichnet wird, das heißt, als ihm klargeworden war, daß es einen unbestreitbaren, realen Grund für diese Trauer, diesen Zustand, diese Schockstarre gab, als er also endlich begriffen hatte, daß Magelone wirklich gestorben und darüber nicht zu diskutieren war, hatte er angefangen, über die Sinnlosigkeit des Daseins nachzudenken, was er zuvor, seit dem sehr lange zurückliegenden Ende der Pubertät, nicht mehr getan hatte.

(Was hier die allumfassende Sinnlosigkeit genannt wird, ist tatsächlich nur das gewöhnliche Leben, in dem man irgendwelche Dinge tut, irgendwelchen Sport treibt, irgendwelche Leute besucht, irgendwelche Musik hört usw., und das ist alles nicht unbedingt miteinander verbunden, sondern eingebettet in die gewöhnlichen lebenserhaltenden Tätigkeiten. Es gibt aber auch komplett sinnloses Tun, welches den lebenserhaltenden Notwendigkeiten hart abgerungen wird, wie zum Beispiel die Komplettdurchquerung der Antarktis zu Fuß und im Winter, also in völliger Dunkelheit und bei einer Höchsttemperatur von minus fünfzig Grad Celsius. Die Vorräte genau abgezählt, auch das Klopapier blattweise genau zugeteilt. Die Leitung dieser schon mit großem Aufwand vorbereiteten Unternehmung hatte ein Engländer inne, Sir Ranulph Fiennes, der sie jedoch schon nach wenigen Tagen in der Antarktis, noch bevor er mit seiner Truppe wirklich losgewandert war, aufgeben mußte, weil er trotz der unmenschlichen Kälte einen Handschuh hatte ausziehen müssen, um die Bindung seiner Skier zu richten, worauf ihm sofort die Finger abzufrieren begannen [die er später auf Anraten und mit Hilfe seiner Frau selbst amputierte]. Daraufhin wurde die Sache insgesamt abgeblasen.)

Ist der Ruf erst ruiniert, lebt sich's fortan ganz ungeniert.

Ganz genauso ist es, wenn man sich in die allumfassende Sinnlosigkeit hineingefunden hat, wenn man sie hinnimmt, statt darüber zu verzweifeln. Wenn man ihr nichts entgegenzusetzen versucht, seinem Dasein keinen Sinn mehr abgewinnen will, nicht mehr glaubt, daß das nötig sei.

Es ist dann eigentlich ganz schön.

Man ist dann für nichts mehr verantwortlich. Ohne darum verantwortungslos zu sein.

Es könnte sein, daß die Erkenntnis der allumfassenden Sinnlosigkeit sowie die darauf folgende Hingabe an sie sehr viele Leute in der Mitte ihres Lebens ereilt – wenn man annimmt, daß alle hundert Jahre alt werden. Sagen wir lieber, am Ende des zweiten Drittels ihres Lebens. Es könnte sein, daß diesen Leuten darum dann alles scheißegal ist.

Was die anderen von ihnen halten.

Wie sie aussehen. (Das ist eigentlich dasselbe.)

Wie es weitergehen soll.

Wie die Welt eine bessere werden könnte.

Was aus den Kindern mal werden soll. Und so weiter.

Da die Rente ja sicher ist, muß man sich um solche Dinge auch tatsächlich keine Gedanken machen, sondern kann sich vielmehr überlegen, in welches ferne Land die erste Reise nach Beendigung der Berufstätigkeit führen soll. (Muß nicht sein. Man kann sich genausogut Gedanken über den Ausbau seines Geräteschuppens im Schrebergarten machen.)

Oh, glückliche Zeit! Wenn alles egal geworden ist, nur die Beschäftigung mit dem eigenen Körper nicht, weil der nämlich anfängt, Probleme zu bereiten und jede unsachgemäße Behandlung sofort und streng bestraft. Und wenn man ihn in den vorhergehenden fast zwei Dritteln seines Lebens mehr oder weniger konsequent unsachgemäß behandelt und die einem von der Natur auferlegten Vorschriften mißachtet hat, dann steht man jetzt ganz schön dumm da und ist damit beschäftigt zu retten, was zu retten ist, sowie mit Wiedergutmachung. (Da ist des Jammerns und Klagens kein Ende! Da wird die ganze Welt belästigt mit den Gebresten, die einem zu schaffen machen, da ist die Reue groß. Doch nur selten äußert diese Reue sich in demütigem Rückzug und bescheidener Dankbarkeit dafür, daß man trotz allem noch lange nicht tot ist und die Medizin so enorm viel kann, um die Gebresten erträglich zu machen und das eigene Leben auf eine dem der anderen ähnliche Länge auszudehnen, sondern es wird der Groll über die nicht beherzigten Warnungen und jahrzehntelang als überflüssig, weil unerwünscht abgetanen wohlgemeinten Ratschläge nach außen verlagert und die Meinung verfestigt, es gehe ungerecht zu auf der Welt, weil es ungerecht sei, daß man leiden muß, während es welche gibt, die nicht leiden, und das müssen dann ebendie erleiden, die nicht leiden müssen, als könnten die was dafür, aber die müssen erleiden, daß die anderen leiden, mit anderen Worten, es teilt sich dann die Menschheit in die egomanen und die sozialen Wesen.)

Wenn man jedoch in der allumfassenden Sinnlosigkeit auch noch lauter sinnlose Dinge tut, verdoppelt man sie, anstatt sie aufzuheben, und das ist fatal, weil sie dadurch unerträglich wird. Darum bemühen sich eben alle um sinnvolle Tätigkeiten, darum wird bei allem möglichen betont, wie sinnvoll es sei; auch wenn auf den ersten Blick gar nicht zu erkennen, sei es am Ende doch sinnvoll – ob es sich nun um die vollständige Entfernung des Kastanienlaubs im Herbst handelt (was der Raupe der Miniermotte den Lebensraum zerstört und sie zum Aussterben zwingt, was wiederum für das Überleben der Kastanienbäume essentiell ist, welche als Schattenspender im Sommer und Gute-Laune-Spender im Herbst für DIE MENSCHEN® unverzichtbar sind), oder um Spenden (welche natürlich keine Tätigkeit sind, sondern eine Ablaßzahlung, die von einer Tätigkeit entbindet), oder um das Erlernen einer

Fremdsprache in fortgeschrittenem Alter (das dient nicht allein der Völkerverständigung, also dem Weltfrieden, und erleichtert nach der Verrentung das Reisen in jene Länder, wo die frisch erlernte Sprache gesprochen wird, sondern es beugt auch der Demenz im Alter vor, weil es das Hirn trainiert [so sagt man]), oder um das Sterilisieren freilaufender, wildlebender Katzen und Hunde (macht die Straßen sauberer und sicherer und verhindert viel Leid im Tierreich). Sie werden sicher selbst viele weitere Beispiele finden! Schlagen Sie nur einmal die Zeitung auf, da steht bestimmt was drin; noch zuverlässiger sind in dieser Hinsicht natürlich Illustrierte (die mehr auf *human interest* setzen), und am allersichersten ist das Internet (geben Sie Ihrer Suchmaschine einfach den Befehl »Sinnvolles tun«).

Antonius stand nun vor dem Dilemma, die allumfassende Sinnlosigkeit klar erkannt zu haben, sie aber nicht durch sinnvolles Tun einerseits bekämpfen, andererseits ignorieren zu wollen. Keinesfalls wollte er so tun, als gäbe es einen Sinn, doch hatte er begriffen, daß man depressiv wird, wenn man nicht so tut, als gäbe es einen. Irgendetwas mußte er also tun, nur wußte er nicht, was. (*Fun fact:* Dostojewski soll gesagt haben, man könne einem Menschen nichts Schlimmeres antun, als ihm eine sinnlose Arbeit zu geben.)

Wir halten fest: sinnloses Tun verdoppelt die Sinnlosigkeit, statt sie aufzuheben, und sinnlose Tätigkeiten sind gar keine, sondern kommen einem nur so vor.

Doch enthebt uns das keineswegs der Frage »Was tun?«, vielmehr fragt es sich weiterhin und fragt und fragt sich ohne Sinn:

Was tun?

Diese Frage steht hier nicht nur so zum Spaß, denn es ist eine sehr ernste Frage. Natürlich war Antonius nicht der erste, der sie sich stellte, sondern das war, wie wir alle wissen, Nikolaj Gawrilowitsch Tschernyschewskij[2], dessen Roman diesen Titels[3] Wladimir Iljitsch Lenin »fünfmal in einem Sommer« las.[4] »Später gab [Lenin] zu, daß das für seine Bekehrung zur revolutionären Bewegung entscheidend gewesen sei. ›Es hat mich vollständig umgewandelt‹, erzählte er Walentinow 1904.

2 Николай Гаврилович Чернышевский, wissenschaftliche Transkription: Nikolaj Gavrilovič Černyševskij – in allen deutschen Veröffentlichungen aber Tschernyschewski, darum so in den folgenden Zitaten, aber nicht im Text, dort vielmehr, der Lesbarkeit halber, Tschernyschewskij: „russ. Publizist, 24.7.1828 Saratov – 29.10.1889 ebda. [diese Daten nach dem erst im Februar 1918 in Rußland eingeführten gregorianischen Kalender; nach dem zuvor und damit zu seinen Lebzeiten geltenden julianischen Kalender wurde Tschernyschewskij am 12. Juli 1828 geboren und starb am 17. Oktober 1889; Vf.]; Vater Geistlicher; Priesterseminar, 1846–50 an der Hist.-Philol. Fakultät der Univ. Petersburg, wurde Anhänger des utop. Sozialismus (Fourier), Lehrer, Redakteur der Zs. ›Sovremennik‹, 1864–83 als Gefangener bzw. Verbannter in Sibirien. – S. Denken gründet auf dem vulgär-naturwiss. Materialismus s. Zeit; Lit.kritiker unter dem Eindruck der Gedankengänge Belinskijs; Rationalist; die Diss. über ›Die ästhet. Beziehungen der Kunst zur Wirklichkeit‹ ist Versuch e. realist. Ästhetik; s. Utilitarimus läßt ihn e. zweckfreie, sich selbst genügende Kunst ablehnen, die Wirklichkeit stehe über der Kunst; s. Roman ›Čto delat'?‹ ist soziale Utopie ohne lit. Wert, übte aber auf die revolutionäre ›Intelligencija‹ stärkste Wirkung aus. Führender Theoretiker des russ. Nihilismus. [Abs.] W: Ėstetičeskie otnošenija iskusstva k dejstvitel'nosti, Diss. 1855 (d. 1954); Očerki gogolevskogo perioda russkoj literatury, Abh. 1855/56; Lessing, Abh. 1856f. (d. 1957); Čto delat'? R. 1863 (Was tun?, d. 1947). – Polnoe sobranie sočinenij (GW), XVI 1939–53. – Übs.: Ausgew. philos. Schriften, 1953; Das anthropologische Prinzip, 1956; Prolog, R. 1963 [Abs.] L: M. M. Grigorjan, 1955: N. V. Bogoslovskij, 1957; E. I. Pokusaev, 1960; F. B. Randall, N. Y. 1967; N. Pereira, Haag 1975; U. Gural'nik, 1980." (Lexikon der Weltliteratur. Band I. Biographisch-bibliographisches Handwörterbuch nach Autoren und anonymen Werken. Unter Mitarbeit zahlreicher Fachgelehrter herausgegeben von Gero von Wilpert. Dritte, neubearbeitete Auflage. – Stuttgart: Kröner 1988. S. 278.)

›Das ist ein Buch, das einen fürs ganze Leben verändert.‹«[5] So groß war Lenins Verehrung für Tschernyschewskij, daß er später

3 »Seinen Roman ›Was tun?‹ schrieb Tschernyschewski in seiner Einzelzelle hinter den Mauern der Peter-Pauls-Festung [in Sankt Petersburg; Vf.] von Dezember 1862 bis April 1863. Es war die schwerste Zeit seiner Untersuchungshaft. Die zaristische Untersuchungskommission zögerte wegen der fehlenden Beweise den Fortgang des Verfahrens hinaus. Im Laufe von zehn Monaten fanden nur zwei Vernehmungen [...] statt. Aus Protest trat [Tschernyschewskij] Ende Januar 1863 in einen neuntägigen Hungerstreik. [...] Unter diesen Umständen ein so großes literarisches Vorhaben in vier Monaten zu vollenden (sic) hieß ein ungewöhnliches Maß an Charakterstärke und Selbstbeherrschung aufbringen. [...] [E]s erscheint zunächst wie ein Wunder, daß das Manuskript dennoch legal aus dem ›Allerheiligsten‹ der zaristischen Staatspolizei herausgekommen (sic) und mit offenbar unerheblichen Zensurkürzungen 1863 im ›Sovremennik‹ gedruckt werden konnte.« (Wolf Düwel, Nachwort zu: N. G. Tschernischewki: Was tun? Aus Erzählungen von neuen Menschen. [Что делать? Dt.] Aus dem Russischen übersetzt von Dr. M. Hellmann und Hermann Gleistein. Mit einem Nachwort von Wolf Düwel. – Berlin und Weimar: Aufbau [8]1988. S. 565 f.)

4 Orlando Figes: Die Tragödie eines Volkes. Die Epoche der russischen Revolution 1891 bis 1924. [A People's Tragedy. The Russian Revolution 1891–1924. – London: Cape 1996. Dt.] Aus dem Englischen von Barbara Conrad unter Mitarbeit von Brigitte Flickinger und Vera Stutz-Bischitzky. – Berlin: Bloomsbury [2]2011. S. 145. – Vermutlich handelt es sich dabei um den Sommer des Jahres 1888: »Lenin äußerte sich darüber 1904 in Genf in einem Gespräch mit russischen Sozialisten. Er erzählte, daß er nie zuvor soviel gelesen habe wie im Jahre 1888, als er, von Kasan aufs Land verbannt, im Dorf Kokuschkino lebte.« (Düwel, a.a.O., S. 553.)

5 Figes, a.a.O. – »Dann sagte er: ›Mein Lieblingsautor war Tschernyschewski. Alles, was von ihm im ›Sowremennik‹ gedruckt ist, habe ich bis zur letzten Zeile gelesen, und nicht nur einmal. Tschernyschewski verdanke ich meine erste Bekanntschaft mit dem philosophischen Materialismus. Er hat mich als erster auf die Rolle Hegels in der Entwicklung des philosophischen Denkens hingewiesen, und von ihm habe ich das Verständnis für die dialektische Methode, wodurch es dann viel leichter für mich war, mir die Dialektik von Marx anzueignen. [...] Ich las Tschernyschewski ‹mit dem Bleistift in der Hand› und machte mir große Auszüge und Konspekte. Die Hefte, in die ich das alles eintrug, habe ich dann noch lange aufbewahrt. [...] Es gibt Musiker, von denen man sagt, daß sie ein

selbst einer Schrift die Frage »Was tun?« zum Titel gab.[6] Diese Schrift setzte das Unheil fort, das Tschernyschewskij mit seinem Roman in die Welt gepflanzt hatte.[7] (Im übrigen könnte

absolutes Gehör haben, und so gibt es auch Menschen, von denen man sagen kann, daß sie einen absoluten revolutionären Instinkt haben. Ein solcher Mensch war Marx, ein solcher Mensch war auch Tschernyschewski.‹ [...] Auch später hat Lenin immer wieder zu den Werken Tschernyschewskis gegriffen, über seine historische Bedeutung geschrieben, und es war kein Zufall, daß die Tschernyschewski-Gesamtausgabe von 1906 in seinem Arbeitszimmer im Kreml stand. Nadeshda Krupskaja bezeugt: ›W. I. Lenin hat wohl kaum jemand so geliebt wie Tschernyschewski. Das war ein Mensch, dem er sich unmittelbar nahe fühlte und den er überaus hoch achtete.‹« (Düwel, a.a.O., S. 553 f.) – Da Tschernyschewskij Lenins Lieblingsschriftsteller war und dieses Buch so entscheidenden Einfluß auf ihn gehabt hatte, war es in der Sowjetunion Schullektüre. (Auskunft von Wassilij Kusnezow, Jg. 1953, an Vf. am 13. November 2013.)

6 Im März 1902 in Stuttgart im Dietz-Verlag erschienen, »ein Pamphlet [...], das durch die Revolution von 1917 zum Leitfaden seiner eigenen Partei und zum Gründungstext des internationalen Leninismus wurde. Es paßte vollkommen, daß sein Titel [...] Tschernyschewskis berühmtem Roman entlehnt war. Denn der Berufsrevolutionär, wie er von Lenin auf diesen Seiten skizziert wurde, hatte eine starke Ähnlichkeit mit Rachmetjew, Tschernyschewskis diszipliniertem und sich selbst verleugnendem militanten Verfechter der Sache des Volks, während sein Beharren auf einer strikt disziplinierten und zentralisierten Partei ein Echo auf die russisch-jakobinische Tradition war, in der Tschernyschewski nur einen Schnörkel bildete. Lenins schneidender Prosastil, der von allen großen Diktatoren und Revolutionären des 20. Jahrhunderts nachgeahmt wurde, zeigte sich in *Was tun?* zum ersten Mal. Er hatte einen bellenden, militärischen Rhythmus, eine manische Heftigkeit und Entschlossenheit mit sich steigernden Kadenzen des Ausdrucks oder der Beschimpfung, wo die Gegner durch Synekdoche in einen Topf geworfen wurden.« (Figes, a.a.O., S. 163.)

7 »Tschernyschewskis Roman hat das seltene Schicksal gehabt, sogleich nach seinem Erscheinen einen unbeschreiblichen Enthusiasmus auszulösen, der jahrzehntelang andauerte. ›Wir suchten‹, schreibt ein Zeitgenosse des Revolutionärs [lies: Tschernyschewskijs], ›in dem Roman das Programm unseres Handelns. Wir lasen ihn fast auf den Knien ...‹ In einem geheimen zaristischen Zensurbericht der sechziger Jahre wird sorgenvoll vermerkt, der Roman habe ›großen Einfluß auf das äußere Leben einiger kurzsichtiger

auch dieses Buch hier, also das, welches Sie gerade in Händen halten, so heißen, doch was im Alltag so selbstverständlich, gilt bekanntermaßen in der Weltgeschichte nicht: es seien aller guten Dinge drei; vielmehr finden Dinge in der Weltgeschichte, laut Hegel, zweimal statt, und da Marx dem hinzusetzte: »das eine Mal als Tragödie, das andere Mal als Farce«[8], wissen wir

und in ihren Moralbegriffen ungefestigter Leute sowohl in der Hauptstadt als auch in den Provinzen ausgeübt‹. Es sei vielfach vorgekommen, daß Menschen, dem Beispiel der Tschernyschewskischen Romanhelden folgend, ein anderes Leben begannen: ›Töchter verließen ihre Mütter und Väter, Frauen ihre Ehemänner, manche gingen noch weiter zu äußersten Extremen; es gab Versuche, in der Art von Vereinen oder Handwerkerartels kommunistische Wohngemeinschaften einzurichten.‹ Insbesondere hätten ›alle diese abgeschmackten und schädlichen Anschauungen als neue Ideen‹ die Sympathie der meisten jungen Pädagogen gefunden.« (Düwel, a.a.O., S. 574.) Vgl. hierzu Figes, a.a.O., S. 143 f.: »Literatur war im modernen Rußland immer ein Ersatz für Politik. Nirgends sonst war Shelleys Maxime – wonach ›Dichter die inoffiziellen Gesetzgeber der Welt‹ seien – so tragisch relevant wie in Rußland. Wo glaubwürdige Politiker fehlten, suchte die russische Öffentlichkeit bei ihren Schriftstellern nach moralischer Führung im Kampf gegen die Autokratie. ›Deshalb schenkt man bei uns jedem sogenannten liberalen Trend, selbst bei geringster Begabung, so viel Aufmerksamkeit, und deshalb sinkt auch die Popularität großer Dichter, die sich – ob aufrichtig oder nicht – in den Dienst der [...] Autokratie [...] stellen, so rasch‹, schrieb Wissarion Belinski 1847 an Gogol. Im Laufe des 18. und 19. Jahrhunderts bildete die Intelligenzija ihre sozialen Codes und Konventionen nach literarischen Vorbildern und der Moral, die von den Literaturkritikern daraus gezogen wurde. [Belinski, Polnoje, 10: 217 f; Lotman, ›Poetika bytowowo powedenija w russkoi kulture 18-owo w‹ und ›Dekabristy w powsednewnoi schisni‹.] Die russische Literaturkritik, durch Belinski begründet, diente als Vehikel für politische Ideen, wenn auch in einer äsopischen Sprache, die sorgfältige Lektüre zwischen den Zeilen erforderte. All die frühen revolutionären Theoretiker (Herzen, Belinski, Dobroljubow, Tschernyschewski) schrieben hauptsächlich über Literatur.«

8 Karl Marx: Der achtzehnte Brumaire des Louis Bonaparte. Geschrieben von Dezember 1851 bis März 1852, erstmalig veröffentlicht in: Die Revolution. Eine Zeitschrift in zwanglosen Heften. New York 1852. Erstes Heft; zweite, überarbeitete Ausgabe: Hamburg 1869; hier zitiert nach der

nun gar nicht, was eigentlich stimmt.[9]) Wenn man nun weiß, welchen Weg diese auf den ersten Blick so simpel, menschlich und alltäglich erscheinende Frage »was tun?« genommen hat, wundert es einen nicht, daß Vladimir Nabokovs Roman »Die Gabe« (»Дар«/»The Gift«[10]), der im Berlin der 1920er Jahre in den Kreisen der nach der Oktoberrevolution geflohenen russischen Emigranten spielt, als viertes von insgesamt fünf Kapiteln eine Biographie Tschernyschewskijs enthält.[11]

Also, was tun?

Weil Antonius wußte, daß er nicht der erste war, der sich diese Frage stellte, sich zudem dachte, daß er auch nicht der erste war, der sie sich ganz persönlich stellte, sowie vermutete, daß

zuerst 1947 im nunmehr in Berlin ansässigen Dietz-Verlag erschienenen Ausgabe, welche der 1885 in Hamburg erschienenen dritten Auflage des Werkes folgt. S. 15.

9 Indes: *Some believe history repeats itself, others read The Economist.*

10 Die russische Fassung erschien, unter Auslassung des vierten Kapitels, zuerst in Fortsetzungen in der in Paris erscheinenden Zeitschrift »Sowremennyje sapiski« (Heft 63–67, 1937/38). Die erste vollständige russische Ausgabe erschien 1952 in New York im Chekhov Publishing House. Die von Dmitrij Nabokov und Michael Scammell übertragene englische Fassung erschien zuerst 1963 bei G. P. Putnam's Sons in New York. Das Nachwort zu dieser Ausgabe hatte Nabokov schon im Vorjahr in Montreux geschrieben, es ist auf den 28. März 1962 datiert.

11 Zur Auslassung des vierten Kapitels in der ersten russischen Veröffentlichung von »Die Gabe« bemerkt Nabokov im oben erwähnten Nachwort zur englischen Ausgabe, es sei »aus den gleichen Gründen abgelehnt« worden, »aus denen die Biographie, die es enthält, von Wassiljew im dritten Kapitel (S. 336/7 [der deutschen Taschenbuchausgabe; Angaben s. u.]) abgelehnt wurde: ein hübsches Beispiel dafür, wie das Leben sich verpflichtet sieht, gerade jene Kunst nachzuahmen, die es verdammt.« (Vladimir Nabokov: Vorwort zur englischsprachigen Ausgabe [1962]. – In: ders.: Die Gabe. [Дар/The Gift. Dt.] Aus dem Englischen und Russischen übersetzt von Annelore Engel-Braunschmidt, unter Benutzung einer Übersetzung von Ulla H. de Herrera. Reinbek bei Hamburg: Rowohlt Taschenbuch Verlag GmbH 1993. [rororo 13902.] S. 599.)

schon ganz andere als er an ihrer Beantwortung verzweifelt und gescheitert seien (außer Tschernyschewskij, Lenin und den Leninisten natürlich), stellte er sie vorerst zurück, ohne jedoch die Hoffnung aufzugeben, sie irgendwann doch einmal beantworten zu können. Will sagen: im Hinterkopf war sie immer da (hinten im Kopf, in den dunklen Ecken, wo die schlimmen Fragen sitzen).

Zunächst widmete er sich weiter dem Müll, und zwar mit grimmiger Freude, nachdem er das Kontrollieren und Aufräumen der Mülltonnen, auf das er einst in seinen Bemühungen um sinnloses Tun verfallen war, schon hatte aufgeben wollen, weil es ihm eben nicht mehr als rein sinnlose Tätigkeit erschienen war, sondern er irgendwann fürchtete, daß man es womöglich für eine ganz und gar sinnvolle Tätigkeit halten könnte. In seinem aktuellen Geisteszustand war es darum genau das Richtige. Dieser Geisteszustand war so, daß er nicht entscheiden konnte, wie sich das Mülltonnenaufräumen zur allumfassenden Sinnlosigkeit verhielt. (Ist es gut, ist es schlecht? Ist es richtig, ist es falsch? Hat es Sinn, hat es keinen? Was ist der Mensch? Man weiß es nicht.)

Gleichgesinnte

Antonius hatte durchaus überlegt, dem Verband der Müllaufräumer beizutreten, auch wenn sich etwas in ihm dagegen gesträubt hatte. Er wußte nicht genau, was ihm nicht gefiel, doch fing es damit an, daß diese Vereinigung sich »Verband« nannte, tatsächlich aber nur ein Verein war, während ein Verband eine Vereinigung von Vereinen ist (also eine Vereinevereinigung). »Verband e.V.«: diese Doppelung gefiel ihm nicht. Er fragte sich, ob es überhaupt erlaubt und nicht eigentlich eine Irreführung war, sich als Verein »Verband« zu nennen. Das zum einen.

Als zweites, und das wog viel schwerer, fürchtete er, sich durch einen solchen Beitritt vom sinnlosen Tun zu entfernen und zum sinnvollen zurückzukehren. Denn gewiß wäre es sinnvoll, das Müllaufräumen zu koordinieren, so daß nicht dieselben Mülltonnen versehentlich mehrmals kontrolliert würden und zugleich manche gänzlich unaufgeräumt blieben. Durch genaue Kontrollpläne könnte das vermieden werden. Gleichzeitig wären Pläne aber schon wieder auf Sinn gerichtetes Tun gewesen und in die falsche Richtung gegangen. Zudem hätten dann genaue Richtlinien ausgearbeitet werden müssen, damit infolge von Differenzen in der Beurteilung des Mülls kein Streit aufkäme, wenn einer strenger wäre als ein anderer, was die Beschaffenheit und Homogenität des Inhalts der jeweiligen Mülltonne angeht. Allerdings hätten die Richtlinien selbst ...

... allerdings ist es schön, sich gelegentlich mit Gleichgesinnten auszutauschen. Solcher Austausch ist jenseits von Kategorien wie »sinnlos« oder »sinnvoll«, er ist schlicht menschlich (siehe oben), und seine menschliche Eigenschaft wollte Antonius nun ja nicht aufgeben. Darum ging er an einem Abend in diesem Sommer zum monatlichen Stammtisch der Müllaufräumer im Steakhaus im Nikolaiviertel und hörte verschiedenen Teilnehmern, die eine Reise getan hatten, zu, als sie davon berichteten, wie anderswo mit dem Müll umgegangen wurde. Das brachte interessante Einblicke in andere Kulturen. In Graz zum Beispiel wurde man am Flughafen in der vollkommen sauberen und leeren Halle, in der die Gepäckausgabe stattfand, nicht nur von weit überlebensgroßen Fotografien von Rittern empfangen, die mit heruntergelassenem Visier zum Kampf mit den Ankömmlingen bereit waren, sondern auch von Batterien von gleichfalls vollkommen sauberen Abfallbehältern für jeweils fünf verschiedene Arten von Abfall (Metall, Papier, Glas, Plastik, Restmüll), während am Flughafen von

Rom der Müll ausdrücklich nicht getrennt wurde, sondern vielmehr auf den Abfalleimern dort in fünf Sprachen und großen Buchstaben »undifferenziert« stand, das heißt, man durfte alles hineinwerfen! Das fand Antonius durchaus interessant. In Österreich stehen fünf Abfalleimer mit differenzierter Beschriftung, in Italien dagegen ein einziger für undifferenzierten Müll, jedoch in weltoffener Herzlichkeit in fünf Sprachen beschriftet. Das könnte die Vorurteile gegenüber dem Südland bestätigen, zugleich muß man aber seine Vorurteile gegenüber dem vergleichsweise sehr südlichen Österreich korrigieren, liegt Graz doch schon fast auf dem Balkan. Sind die dort unten am Ende vielleicht preußischer als die sogenannten Preußen? Ist es womöglich eine Form von Schleimerei diesen gegenüber, wenn der Müll dort noch feiner getrennt wird als auf deutschen Flughäfen, wo es stets nur höchstens vier verschiedene Abfalleimer gibt, in der Regel sogar, wie übrigens auf deutschen Bahnhöfen auch, nur drei?

Diese Dinge erfuhr Antonius bei diesem seinem einzigen Besuch des Stammtischs der Müllaufräumer, doch wurden sie gar nicht diskutiert, sondern nur berichtet, und bald wurde über ganz andere Dinge gesprochen. Der nach Graz geflogen war, zum Beispiel, hatte es getan, weil er im dortigen Landeszeughaus die weltweit größte Sammlung historischen Kriegsgeräts besichtigen wollte, denn neben dem Müllaufräumen waren Militaria sein Hobby, und die bedeuteten ihm offenbar viel mehr als der Müll. Von den Rüstungen nämlich sprach er voller Leidenschaft, vom Müll aber ganz sachlich, wie um dieses Thema abzuhaken und damit seine Berechtigung zur Teilnahme an diesem Stammtisch zu erweisen. Und der nach Rom geflogen war, hatte es getan, weil er dort besonders billig hatte hinkommen können. Er habe diese Pauschalreise im Internet gebucht, weil sie »ein Schnäppchen« gewesen sei, erzählte er voller Stolz und sprach ansonsten gar nicht von der Stadt Rom selbst, sondern hauptsächlich von den unverschämten Souvenirverkäufern, die einen dort auf Schritt und Tritt und in Horden behelligten, weswegen er Rom als Urlaubsziel nur eingeschränkt empfehlen wollte, »zumindest, wenn man nicht katholisch ist«, wie er hinzufügte und dabei schmunzelte, weil er das für eine gewitzte Bemerkung hielt.

Antonius erkannte, daß diese Leute das Müllaufräumen gar nicht ernstnahmen, ihnen vielmehr nur der monatliche Stammtisch wichtig war, wichtiger jedenfalls als die Sache, um die es doch eigentlich ging oder ihnen zumindest gehen sollte.

Doch er war von ganz alleine darauf gekommen, den Müll aufzuräumen. Es hatte ihn niemand auf diese Idee gebracht, er hatte nie ein Faltblatt gelesen, auf dem dazu angeregt worden wäre, sondern es war ihm ein Bedürfnis! Vom Verband der Müllaufräumer e.V. hatte er nur zufällig erfahren, als er auf der Website der Berliner Stadtreinigungsbetriebe nach Informationen über die »Orange Box« genannten orangefarbenen Tonnen suchte, die anfänglich im öffentlichen Raum und dann auf den Müllplätzen von Wohnhäusern (jedoch nicht auf dem zu seinem gehörenden) aufgestellt wurden und in die man Elektrokleingeräte und Dinge, die nach einer Aufarbeitung vielleicht noch brauchbar waren, werfen sollte. (Es gab viele solcher Dinge, weil die Leute in einem fort alte Dinge produzierten, indem sie neue kauften.)

Es hatte ihn erstaunt, daß es noch andere gab, die ein Bedürfnis nach ordentlichem Müll hatten, und er hatte sich für einen Moment verstanden und nicht einsam gefühlt. Um so größer die Enttäuschung, als er diesen anderen begegnete, die gar nicht so waren wie er, sondern ganz anders. Die waren ganz anders. Es waren ganz andere.

Gelbe Tonne – blaue Tonne,
grüne Tonne – graue Tonne,
braune Tonne, *orange box!*
Die bunte Welt des Abfalls.

Exkurs: Kreisläufe

Die Orange Box, in die man kaputte Elektrokleingeräte, aussortierte Kleidung und ähnliches Zeug werfen soll, ist dringend nötig, denn die Leute produzieren in einem fort alte Dinge, indem sie neue kaufen.

Der Geldkreislauf funktioniert wie der Mahlstrom, der alles verschlingt, aber auch alles wieder ausspuckt, und zwar so:

Man wirft Geld hinein. Das verschwindet sofort, denn es ist keine Materie, sondern nur Symbol, und verwandelt sich im ungeheuren Wirbel des privaten Konsums sofort und unmittelbar in Dinge, welche gleichfalls sofort und entgegen der Schwerkraft ausgespuckt, um nicht zu sagen, ausgespien, um nicht gar zu sagen, erbrochen werden, um besessen werden zu können. Doch sobald sie eine Weile besessen wurden und sich neues Geld eingefunden hat, wollen die Leute sie wieder loswerden. Da werden die Dinge, je nach dem Zustand, den sie nach einer Weile des Besessen- und Gebrauchtwordenseins erlangt haben, nun entweder wieder in den Geldkreislauf zurück- oder aber in den Müllkreislauf hineingeworfen. Letzteres ist einfach, ersteres einigermaßen umständlich und tendenziell ermüdend, weil man sich dafür aus seiner Position des Verbrauchers in die eines Verkäufers begeben muß, was nicht jedermanns Sache ist. Zudem entsteht auf jeden Fall ein Verlust, es sei denn, es handelt sich um Dinge, denen ihr Alter eine gewisse Seltenheit und dabei einen gewissen neuen, vom ursprünglichen relativ unabhängigen Wert verschafft hat. Dies ist vorzüglich der Fall, wenn der ursprüngliche Geldwert gar nicht mehr bekannt ist oder dieser gar in einer Währung angegeben wurde, die es gar nicht mehr gibt. In der Regel ist es allerdings nicht so, wie man schon mit einem kurzen Blick auf die bei Ebay angebotenen Dinge feststellen kann: viel Schrott, vieles, von dem ein vernünftiger Mensch dächte, daß es doch eher in den Müllkreislauf gehöre. Denn, obwohl das Geld zur unbelebten Welt gehört, verhält es sich gemäß den Gesetzen thermodynamischer Systeme: es ist von einem hohen Maß an Entropie gekennzeichnet und strebt zur maximalen Unordnung.

Wenn es also kein Zurück in den Geldkreislauf gibt, kommen die Dinge in den Müllkreislauf und werden dort sofort thermodynamisch behandelt, man könnte auch sagen: verbrannt, oder aber von der Abfallwirtschaft verschlungen, erbrochen und wiederverwertet. Wenn man sie nicht verbrennt, sondern bearbeitet (vielleicht einfach nur reinigt), können sie besonders nützlich sein, weil sie dann auch solchen Leuten ein angenehmes Leben ermöglichen, die kein Geld haben, um es in den Mahlstrom hineinzuwerfen. (Bei Edgar Allan Poe heißt der Mahlstrom übrigens »Maelström«. Die korrekte Bezeichnung lautet »Moskenstraumen«.)

Solchen Leuten kommt der sofortige Wertverlust, den die Dinge erleiden, sobald sie den primären Geldkreislauf verlassen haben, weil sie nicht mehr neu und unbenutzt sind, sehr zupaß, denn diese Leute stehen in der zweiten Reihe, haben jedoch eine ebensolche Sehnsucht nach dem großen Vergnügen, vom ungeheuren Wirbel des privaten Konsums herumgewirbelt zu werden, wie die anderen, weil auch sie lieber in der ersten Reihe stünden als in der zweiten, von wo man nicht so gut sieht und in der man auch selbst nicht so gut gesehen wird. Jedoch bleibt ihnen, solange sie keine immateriellen Werte in den Kreislauf einfüttern können, nichts anderes übrig als das Als ob; solange sie mittellos sind, können sie nur so tun, als ob sie daran teilnähmen. Das aber tun sie mit Entschlossenheit und voller Wonne. (Es gibt allerdings auch Leute, die entweder aus moralischen oder, das ist dieser Tage häufiger, sogenannten ökologischen Gründen lieber gebrauchte als neue Dinge haben wollen.)

Woher kommt das Geld, wenn der Kurs steigt? Wohin verschwindet es, wenn der Kurs fällt? – Es ist hier wie mit den Wolken, mal sind sie da, mal nicht. Sie ziehen auf und ziehen vorüber. Mit dem einzigen, doch entscheidenden Unterschied, daß der Wetterbericht eine Vorausschau ist, der Börsenbericht hingegen eine Rückschau. Es sind dies gegenteilige Dinge: der Wetterbericht handelt von der Zukunft, der Börsenbericht jedoch von der Vergangenheit, und wagt er Prognosen, so sind diese zu behandeln wie der Wetterbericht, sofern man ihn für ein Beispiel für Kontingenz hält.

Exkursende

Als Antonius nach diesem Stammtisch der Müllaufräumer mit dem Fahrrad nach Hause fuhr, fühlte er sich so einsam wie nie zuvor in seinem Leben. Natürlich fühlte er sich schon seit langer Zeit sehr einsam, aber bislang hatte er das nur zur Kenntnis genommen und sonst nicht weiter beachtet. Nun aber schmerzte es ihn.

Er dachte an die Leute, mit denen er gerade mehrere, nun unwiederbringlich verlorene Stunden seiner Lebenszeit aus der Zukunft in die Vergangenheit verbracht hatte. Er begriff, daß dieses Gefühl der Einsamkeit, das ihm tatsächlich das Herz abdrückte, es war dies eine physische Sensation, daß dieses Gefühl der allergrößten Einsamkeit gerade daher rührte, daß er unter Menschen gewesen war (darum lebte er ja allein: weil er sich in einem sozialen Verband viel deutlicher einsam fühlte, als wenn er alleine war); daß es die Begegnung mit diesen gräßlichen Kleinbürgern, die ihn den von vielen gepflegten Haß auf die Spießer® vollkommen verstehen ließ, war, die ihm nun das Herz abdrückte und ihn so einsam machte, wie er es, so schien ihm, noch nie gewesen war, obwohl er doch schon sehr lange nicht nur alleine lebte, sondern auch alleine war.

Mit solchen absoluten Vollidioten war er zusammengesessen, als hätte er sich nicht vorher denken können, was für Leute das sein müssen, die sich zu einem Müllaufräumerverein zusammenschließen und ihr Hobby einmal im Monat bei einem Stammtisch besprechen.

Nur gehörte er aber genauso zu den Müllaufräumern, und die Stammtischbrüder (Schwestern waren keine dagewesen) hatten ihn ganz selbstverständlich als einen der ihren betrachtet und auch so geredet, zwar kaum mit ihm, aber untereinander. Sie hatten sich von seiner Anwesenheit nicht gehemmt gefühlt. Dieser Gedanke quetschte ihm das Herz derart zusammen, daß er keine Luft mehr bekam und sein Fahrrad anhielt.

Er war nur knapp über die Fischerinsel gekommen.

Er stand auf der Roßstraßenbrücke, die von der Fischerinsel über die Spree in die Neue Roßstraße führte.

In einer lauen Sommernacht stand er im ältesten und am gründlichsten zerstörten Teil Berlins in der Gosse (»ja, in der Gosse!«) und fürchtete, nicht mehr nach Hause zu gelangen, weil sein Herz von eisernen Bändern zusammengedrückt wurde. (Es hüpfte kein Frosch vorbei.)

Später begriff er, daß er am Tiefpunkt seines Lebens angelangt war, und lange Zeit vermied er es, diese kleine Brücke zu überqueren, was ihm nicht schwerfiel, da er im Vermeiden bestimmter Orte geübt war, und später, als er es doch wieder tat, drückte sie ihm jedesmal ins Herz, diese kleine Brücke über die Spree.

Dabei ist es keine schlechte Brücke! Das läßt sich aus der Gedenktafel schließen, die an ihrer steinernen Balustrade angebracht ist und folgendes mitteilt:

Für demokratische Tradition und revolutionären Geist

1848 MÄRZREVOLUTION 1998

Hier versperrte am 18. März
eine Barrikade den angreifenden Truppen
das Überqueren der Roßbrücke. In unmittelbarer Nähe wurde
der Student Herrmann von Holzendorf als Gefangener
von Soldaten umgebracht.

Es kommt dazu trotz alledem,
daß rings der Mensch die Bruderhand
dem Menschen reicht trotz alledem!

Ferdinand Freiligrath (1843) nach Robert Burns (1795)

Indes, wer diese Tafel aufgehängt hat, teilt sie nicht mit. Demokratische Tradition und revolutionärer Geist hatten nicht gereicht, sich auch zu ihnen zu bekennen.

stop making sense

Am Abend, als es schon dunkel, aber noch nicht sehr spät war, ging Antonius aus seinem Zimmer durch den dunklen Flur in die Küche, und als er die Küchentür öffnete, schien ihm der volle Mond ins Gesicht. Die Küche lag in weißem kalten Licht, so daß er alles sehen konnte, was sich in der Küche befand, aber nur in seinen Umrissen, nicht deutlich. Es war, als scheine der Mond nur darum so hell und klar, damit man das Dunkel besser erkennen könne.

Die Küche war ein Bild aus alten Zeiten, solchen ohne elektrisches Licht, in denen nur der Mond es ermöglichte, die Nacht zum Tag zu machen, um traulich beisammenzusitzen und zu schwatzen, was dazu führen konnte, daß man sich Dinge erzählte, von denen man bei Sonnenlicht vielleicht nicht gesprochen hätte. Im Dunkeln sind alle Gesichter schön.

Hier saß er mit Antonina am Tisch, sie saßen nebeneinander, zum Mond gewandt, und ließen sich bescheinen, und es war so traulich, weil sie gar nicht sprachen und somit keine Geheimnisse verrieten.

Sie saßen an seinem Küchentisch, weil es sonst keinen Ort in seiner Wohnung gab, an dem zwei Personen hätten zusammensitzen können. Sie bestätigte ihm, daß das vollgeschriebene Heft, das er in der Hausmülltonne gefunden hatte, von ihr stammte. Er betrachtete sie gründlich. Sie ließ es geschehen, indem sie nicht ihn, sondern den Tisch anschaute.

»Aber wenn Sie verschwinden, dann erleben Sie das alles doch gar nicht mehr«, sagte er. Während seiner gründlichen Betrachtung hatte er gründlich nachgedacht.

»Was alles?« fragte sie.

»Na, das alles. Barack Obama. *Liturgy.* Gerhard Richter. Den Frühling.«

»Was ist ›*Liturgy*‹?« fragte sie.

»Eine Post-Metal-Band. Nur Geschrei und Krach.«

»Ich höre lieber Beethoven.«

»Klar.«

Weil sie so nicht weiterkamen, schwiegen sie und starrten zusammengesunken vor sich hin, die Arme um sich gelegt.

»Das alles nicht, aber all das auch nicht«, sagte Antonina. Damit markierte sie das Schweigen. Antonius nickte.

Sie starrten weiter vor sich hin.

Der Richtigkeit halber muß angemerkt werden, daß sie noch nicht Antonius und Antonina geworden waren, als dieses Gespräch oder vielmehr diese Begegnung stattfand oder vonstatten ging, sondern noch Manfred und Renate waren.

»Ich will mich doch gar nicht umbringen«, sagte Renate schließlich.

»Stimmt auch wieder«, gab Manfred zu, »das haben Sie ja geschrieben.«

»Ich will doch nur verschwinden.«

»Ja.« Pause. »Aber wie soll das gehen, wenn Sie weiterleben?«

»Das weiß ich eben selber nicht. Deswegen habe ich das Heft ja weggeworfen. Weil ich nicht wußte, wie es gehen soll.«

»Sie haben es in den Hausmüll geworfen.«

»Natürlich. Mit Bedacht. Ich wollte nicht, daß es recycelt wird.«

»Ach so«, sagte Manfred, »ach so.«

Er sank noch weiter in sich hinein. Dabei verzog er den Mund energisch bei zusammengepreßten Lippen, damit keine falschen Wörter entweichen konnten. Jedoch wäre das, da ihm sowieso keine einfielen, gar nicht nötig gewesen.

Renate schaute ihn an und hob die Augenbrauen.

»Sie haben das nicht richtig verstanden«, sagte sie. Er nickte wieder.

»Stimmt«, sagte er, »stimmt wahrscheinlich.« Schließlich fiel ihm ein, was er sagen, das heißt, fragen könnte, nämlich dies:

»Haben Sie es denn richtig verstanden? Ich meine, ich hab's ja gelesen, aber ...« Er hob die Schultern, öffnete die Hände und zog dabei die Augen auseinander, weil er ratlos war.

»Ist okay«, sagte Renate, »Sie haben ganz recht. Ich hab's auch nicht verstanden. Deswegen habe ich es ja fortgeworfen.«

»Ja, das leuchtet mir ein. Da verstehe ich auch, warum Sie nicht wollten, daß es recycelt wird.«

»Das verstehen Sie?« fragte sie, hoffend.

»Ja« – und nun war es an ihm, die Augenbrauen zu heben – »ja, natürlich, ich bin ja nicht blöd.«

»Das freut mich.«

»Ja. Ich meine ... ja.«

»Interessanterweise war es Herr Sedlaczek, der mich von meinem Vorhaben abbrachte«, begann Renate zu erzählen, das heißt, es hörte sich so an, als begänne sie nun etwas zu erzählen, aber sie sprach dann nicht weiter, sondern lächelte versunken in sich hinein.

Manfred fragte sich, ob ein Gespräch mit Renate auf Dauer möglich wäre. Es gefiel ihm, wie sie nur so einzelne Brokken auswarf und er sich den Rest selber denken mußte. Auf diese Weise blieb viel Raum für seine eigene Interpretation, überhaupt für Interpretation. Renate versuchte nicht, durch langwierige Erläuterungen ihre Sicht der Dinge klarzumachen, sie bestand offenbar nicht darauf, daß detailgenau verstanden werden müsse, was sie dachte, wenn sie so mit halben Sätzen komplexe Sachverhalte darstellte, sondern gab sich wohl mit dem zufrieden, was sie selbst sich dabei gedacht hatte, und was der andere dachte, blieb ihm überlassen. So konnte dieser andere dann denken, was immer er wollte. Solange nun er nicht von ihr erwartete, daß sie es wirklich so gemeint hatte, wie er es verstand, ihr also nicht seine Meinung von ihr aufzwang, sollten sie sich prächtig verstehen können, nämlich einerseits gar nicht, andererseits vollkommen. Sie mußten nur einfach nicht viel reden, sondern vielmehr beide in ihrer jeweiligen Sicht der Dinge verharren, ohne vom anderen zu erwarten, er kennte sie, es gäbe ja keinen diesbezüglichen Austausch.

Manfred fühlte sich verlockt, Renate zu seiner besten Freundin zu machen, bzw. überhaupt zu seiner Freundin, er hatte ja sonst keine. Einen Freund allerdings auch nicht, er war sowieso immer nur bei sich und bei sich allein (und allein bei sich).

Was aber dachte Renate? Wollte sie ihn gerne als ihren besten Freund haben? Hatte sie denn sonst keine Freunde? Immerhin war doch eine Tochter da! (Dieses sind rhetorische Fragen, denn aufgrund des zuvor schon Mitgeteilten weiß der Leser bereits ganz genau, daß sie sich miteinander befreunden werden.)

»Soll ich einen Tee kochen?« fragte er, und sie nickte dankbar lächelnd viele Male.

Er stand auf und ging zum Wasserkocher und nahm ihn in die Hand, er ging zur Spüle und drehte den Wasserhahn auf, unter welchen er den Wasserkocher schon vor dem Aufdrehen des Wasserhahns gehalten hatte, er drehte den Wasserhahn wieder zu, als genug Wasser in den Wasserkocher gelaufen war, um am Ende eine schöne große Kanne mit Tee füllen zu können, und während er dies alles tat, fiel ihm ein, daß er ihr noch etwas Wichtiges sagen mußte. Er zögerte nicht damit.

»Ich heiße genauso wie Ihr verstorbener Mann«, sagte er, und ihr fror sofort das Gesicht ein, und dann starrte sie, während sie ihn anzustarren schien, tatsächlich ins Leere. Das war ihm peinlich, darum drehte er sich um und nahm den großen Krug, in dem er immer den Tee ziehen ließ, um die darin verbliebenen, nunmehr trockenen Teeblätter in den Komposteimer zu schütten. Als er sich danach wieder umdrehte, starrte sie ihn immer noch an, ratlos.

Doch war guter Rat nicht teuer, vielmehr sagte er ihr nun, daß außerdem seine verstorbene Frau denselben Namen getragen hatte wie sie. Da schaute sie nun regelrecht erschrocken aus. Er hatte sie aber gar nicht erschrecken wollen, es tat ihm vielmehr leid, daß er es getan hatte, sie tat ihm leid.

»Ist ja nicht verwunderlich in unserer Alterskohorte«, sagte er darum schnell, um sie zu beruhigen und sich selbst vom Gedanken an seine verstorbene Frau abzulenken. »Bei mir in der Klasse gab's ein Mädchen, das so hieß wie Sie, und in der Parallelklasse gab's gleich zwei, die so hießen wie ich.«

Er wollte diese ihre Namen nicht aussprechen, und er sprach auch später ihren richtigen Namen nie aus, sondern immer nur den, den sie sich selbst gegeben hatte. (Weder geschah es aus einer Laune heraus, daß sie sich andere Namen gaben, noch war es eine lustige Idee, sondern es war zwangsläufig und eine Notwendigkeit, damit sie überhaupt miteinander umgehen konnten, und diese Umbenennung geschah schon bald, nachdem sie miteinander bekannt geworden waren, indem sie in seiner Küche Tee tranken, wie auch schon bald feststand, daß sie nicht nur irgendwie, sondern wirklich Freunde werden würden, weil sie beide eine Klatsche hatten und sich darin vorzüglich ergänzten, aber nicht bestärkten. So konnten sie sich nicht nur gegenseitig, sondern sich auch selbst aushalten. Weil da jeweils jemand war, der es in Ordnung fand, wie sie waren.)

»Kinder?« fragte Renate.

»Nein«, antwortete Manfred.

»Dann ist es noch schlimmer.«

»Das kann ich nicht entscheiden«, sagte Manfred.

»Ja, das können Sie nicht.«

»Es ist für jeden jeweils am allerschlimmsten.«

»Ja«, sagte Renate. Nach einer Weile fügte sie hinzu: »Es ist am allerschlimmsten.«

Das kommentierte Manfred nicht, sondern kümmerte sich weiter um die Teezubereitung, solange wurde nicht weitergesprochen. Er fragte sie nicht, was sie zum Tee wolle, ob Zucker, Milch, Sahne oder vielleicht Zitrone, sondern stellte einfach alles vor sie auf den Tisch zwischen ihre beiden Tassen.

Dann goß er ihr den Tee ein, dann goß er sich den Tee ein, dann gab er Zucker in seinen Tee und schüttete Milch dazu, dann rührte er den Tee um, bis sich der Zucker aufgelöst und mit den anderen Flüssigkeiten gut vermischt hatte, steckte den Löffel einmal in den Mund und zog ihn zwischen den geschlossenen Lippen wieder heraus, um ihn zu säubern, bevor er ihn auf die Untertasse legte.

Dann saßen sie vor ihren dampfenden Tassen und sprachen keinen Hauch, sondern schauten nur so vor sich hin.

Das dauerte dann lange.

Renate sprach als erste wieder:

»Wenn Sie keine Kinder haben, dann ist es noch schlimmer.«

Darüber dachte er nach. Dann sagte er:

»Trinken Sie, bevor Ihr Tee kalt wird.«

»Sie aber auch«, antwortete sie.

Er gehorchte ihr. Während sie tranken, konnten sie aus physiologischen Gründen nicht sprechen, und er konnte weiter nachdenken. Das kam dabei heraus:

»Vielleicht ist es aber für Sie viel schlimmer, gerade weil Sie eine Tochter haben. Weil es Ihre Tochter überhaupt nur gibt, weil es Ihren Mann gab.«

Nun war sie dran mit Nachdenken. Es dauerte auch bei ihr lange, denn auch sie war klug. Schließlich wußte sie die Antwort:

»Es ist für jeden jeweils am allerschlimmsten.«

Das wußten sie nun beide.

Dieses Gespräch dachte sich Antonius am Abend des Tages aus, an dem er das Heft gelesen hatte, einen Tag, nachdem er von dem schrecklichen Stammtisch der Müllaufräumer zurückgekehrt war, wobei er auf der Roßstraßenbrücke bemerkt hatte, wie verzweifelt er im Grunde war, also gleich, nachdem die Verzweiflung begonnen hatte. Es war ein Versuch der Abwehr durch massive Ablenkung.

Antonius hatte nun schon sehr viel über Antonina/Renate oder vielleicht doch besser nur Renate herausgefunden, fand sie aber noch etwas blaß als Figur. Wie sie eigentlich aussah, zum Beispiel, hätte er gar nicht beschreiben können. Er wußte nicht, ob sie dicke dunkle oder dünne blonde Haare hatte, er wußte nur, daß ihre Haare etwas länger als kinnlang waren und ihr entweder ins Gesicht fielen oder sie sie sich hinter die Ohren steckte. Das war nicht viel. Wie groß sie war, wußte er aber schon, fast so groß wie er nämlich; wenn er neben ihr ging und zu ihr hinüberschaute, sah er immer von oben auf ihren Kopf, sah auf ihren Scheitel, weswegen es wirklich merkwürdig war, daß er nicht wußte, auf welche Farbe er da schaute. Womöglich färbte sie sich die Haare ständig neu, und er hatte sich darum keine Farbe merken können. Allerdings paßte so viel Sorge um die Haare gar nicht zu ihr, da sie doch mit Größerem beschäftigt war. Oder es paßte gerade, denn mit einer Änderung des Äußeren könnte sie ja auch verschwinden, weil es, wenn keiner sie mehr wiedererkennte, durchaus genauso wäre, als gäbe es sie nicht mehr in ihrem vertrauten Leben. Allerdings war sie eigentlich mit niemandem vertraut. Deswegen wollte sie ja verschwinden.

Er beschloß, bei ihrer nächsten Begegnung ganz genau darauf zu achten, welche Farbe ihre Haare hatten.

Es machte ihn glücklich, daß Renate zurückgekehrt war.

Müllkontrolle

Am Morgen hatte er in der Mülltonne etwas gefunden, das er mit in seine Wohnung nahm. Das hatte er zuvor noch nie getan, und er sollte das auch nie wieder tun, weil er an jenem Morgen zum letzten Mal die Mülltonnen im Hof kontrollierte und aufräumte. Es handelte sich nämlich bei diesem Tag, an dessen Abend er auf der Roßstraßenbrücke zusammenbrach, um eine Wende in seinem Leben.

Diese Wende in seinem Leben begann so früh am Morgen, wie damals alle seine Tage begannen, zur Zeit der Herrschaft der Vögel. Am Abend traf er die Leute von der Müllaufräumervereinigung, am Morgen aber war er, wie jeden Morgen, unten im Hof am Müllplatz gewesen. Am Abend beschloß er, wieder normal zu werden und keine Dinge mehr zu tun, die normale Leute für wunderlich hielten. Darum holte er früh am nächsten Morgen zwar die Zeitung aus dem Briefkasten, legte sich danach aber wieder ins Bett. Als er dort nicht mehr einschlief, ging er ins Wohnzimmer und las das Heft, das er am Vortag, Vormorgen, Morgen des Vortags gefunden hatte.

Jetzt besagter Morgen: Er hatte den Deckel der großen Hausmülltonne weit nach hinten geschoben, um besser hineinschauen zu können. Die Tonne war nur halb voll. Er schob seinen Oberkörper weit über die Öffnung der Tonne (man sollte das jedoch eher einen Container oder einfach Behälter nennen; regelrechte Tonnen gab es in seinem Hof nur für die vorsortierten Arten von Müll – Papier, Glas, Küchenabfälle –, von denen ein geringeres Aufkommen erwartet wurde als vom Hausmüll), er schob den Oberkörper weit über die Öffnung des riesigen Hausmüllbehälters und betrachtete seinen Inhalt mit dem kalten Interesse eines Chirurgen, der gerade einen Bauch aufgeschnitten hat. Zumindest hatte er das vor, denn so machte er es sonst immer. Nur war er vollkommen unkonzentriert und sah darum gar nichts. Er hatte nur die gewohnte Haltung kalten Interesses, sachlicher Neugier eingenommen, die er für sein Vorhaben ebenso brauchte, wie wenn einer sich in einem aufgeschnittenen Bauch zu orientieren sucht. Auch Mechaniker beugen sich auf diese Weise über den zu reparierenden Gegenstand. Jedoch war diese Haltung in seinem Fall, wegen der fehlenden Konzentration, mehr eine Meditation, die allerdings überflüssig war, weil er den Zustand völliger innerer Leere zuvor schon erreicht hatte, er mußte gar nicht mehr meditieren. Warum er so unkonzentriert war, wußte er nicht, er war einfach nicht gut beieinander an diesem Tag (die Wende kündigte sich an). Dann rannte etwas hinter dem riesigen Müllbehälter vorbei, wahrscheinlich eine Ratte oder vielleicht eine kleine Maus oder er bildete es sich nur ein, jedenfalls schrak er zusammen und wachte auf und bemerkte, daß er einen ungewöhnlichen Gegenstand anstarrte, das heißt, es war ein ganz gewöhnlicher Gegenstand, nur an diesem Ort, in dieser speziellen Mülltonne war er ungewöhnlich, ein orangefarbenes Heft nämlich im Format DIN A 4, auf dessen vorderen Umschlag ein weiß-blaues Stück Karton geklebt war und das nicht hierher gehörte – das nicht hierher gehörte!, sondern in die Papiertonne. Darum griff er (beherzt) in die Hausmülltonne hinein (wie der Chirurg mit dem Skalpell durchs Fett, durchs Fleisch, durchs Gewebe schneidet) und nahm das Heft heraus, mit zwei Fingern. Das feuchte Mikroklima der Mülltonne hatte es schon leicht wellig werden lassen, aber verschmutzt war es nicht; es lag sicher noch nicht lange hier. Er schob den Mülltonnendeckel wieder zu und betrachtete dieses Heft, das er zangengleich hielt, und zwar so fest (daß es schmerzte, so fest) (und zwar so fest), daß es ihm nicht aus der Hand fallen konnte. Er hielt es hoch und drehte die ganze Hand, um die Rückseite zu betrachten. Die war nun doch etwas schmutzig. Oben links stand »Rhodia«, und das gab ihm einen Stich, weil er Rhodia-Blöcke aus seiner Zeit in Paris kannte.

Auf allen Schreibtischen hatten diese orangefarbenen Blöcke gelegen, und Magelone hatte ihm einmal gesagt, daß auch die Firma Hermès ihre unfaßbar teuren Tücher und Handtaschen in orangefarbene Kartons verpacke, und sie sich frage, warum Luxusprodukte ausgerechnet orange umhüllt würden. Damit meine sie natürlich nicht diese Blöcke. Zwar seien die in ihrer Umgebung, in der Welt der Papierwaren, auch sehr teuer, aber man erhalte dem Preis entsprechende Qualitätsware, und es sei jedesmal eine Freude, sie zu benutzen, ob sie nun einen Vertrag darauf entwerfe oder nur eine Telefonnotiz kritzle. Darum seien diese Blöcke zwar teuer, aber kein Luxusprodukt, weil nicht überflüssig, sondern eine unmittelbare, zuverlässige und dauerhafte Verbesserung der Lebensqualität.[12]

12 Die Autorin distanziert sich ausdrücklich von dieser Beurteilung der von der Exacompta Clairefontaine SA unter dem Markennamen Rhodia hergestellten und vertriebenen Papierwaren und verweist darauf, daß dem vorliegenden Werk keinerlei eigenes Erleben (»Autobiographie«) zugrundeliegt, sondern es sich insgesamt um ein Produkt ihrer Einbildungskraft (»Fiktion«) handelt.

Weil Magelone ihm von der Firma Rhodia gesprochen hatte, war es Antonius völlig klar, daß dieses Heft, das da in der Mülltonne lag, von einer Frau hineingeworfen sein mußte; das erschien ihm geradezu selbstverständlich. Er dachte, daß er Magelone erzählen müsse, daß Rhodia nicht nur Schreibblöcke herstelle, sondern auch Hefte. Das würde sie sicher interessant finden, dachte er. Dann fiel ihm wieder ein, daß er Magelone gar nichts mehr erzählen konnte, weil sie schon tot war.

Er stand am frühen Morgen im Hof zwischen den Mülltonnen und hielt zwischen Daumen und Mittelfinger der rechten Hand ein orangefarbenes Heft, das in der falschen Tonne gelegen hatte. Weil er ans Müllaufräumen gewöhnt war und es darum praktisch wie von selber ging, drehte er sich zur Papiertonne um und klappte ihren Deckel gegen die Wand. Es leuchtete ihm aus dieser Tonne sogleich ein weiterer Störstoff, nämlich eins dieser gemeinhin als »Küchentuch« bezeichneten Zellstofftücher entgegen. Das nahm er mit der linken Hand, ebenfalls mit nur zwei Fingern (Daumen und Zeigefinger), aus der Tonne heraus, wobei er feststellte, daß es anscheinend gar nicht benutzt worden war. Darum legte er das orangefarbene Heft mit dem Gesicht auf die braune Biotonne und wischte seinen Rücken mit diesem Zellstofftuch ab, dann auch die Vorderseite, dann noch einmal die Rückseite, bevor er das Zellstofftuch in die Hausmülltonne warf, wo es hingehörte. Er schloß den Deckel der Papiertonne und legte dieses Heft darauf, weil ihm Orange und Blau als Farbkombination, da es Komplementärfarben waren, besser gefiel als Orange und Braun, was ihn zu sehr an die siebziger Jahre erinnerte, an die er jetzt nicht denken wollte. (Wenn an irgendetwas nicht, dann als allererstes an die siebziger Jahre nicht, die schreckliche Zeit der Jugend.) Auch das weiß-blaue Stück Karton, das mitten auf die Vorderseite geklebt war, paßte sehr gut zum Orange des Umschlags. Die Person, die es aufgeklebt hatte, mußte ein gutes Auge für Farben haben. Oder sie wußte, was es mit Komplementärfarben auf sich hatte. Entweder begabt oder gebildet. Und nicht sparsam, wenn es um Gebrauchsgegenstände ging. Wie Magelone.

Er schlug das Heft auf und sofort wieder zu. Die erste Seite war mit schwarzer Tinte vollgeschrieben, er hatte aber nichts erkannt, keine Wörter. Dann nahm er das Heft in die Hände und ratschte es mit dem Daumen durch wie ein Kartenspiel. Es war knapp zur Hälfte dicht mit schwarzer Tinte vollgeschrieben und gehörte in die Papiertonne, das war klar. Doch wollte Antonius, und zwar in seiner Eigenschaft als sachlich neugieriger Mensch, die immer seine wichtigste war, wenn er den Müll aufräumte, schon gerne wissen, was in diesem Heft stand. Doch, das wollte er schon gerne wissen.

Es war inzwischen ziemlich hell geworden, der Tag hatte eindeutig begonnen, und es war jeden Augenblick mit dem Erscheinen der Männer zu rechnen, die von der Hausverwaltung dafür bezahlt wurden, die Mülltonnen auf die Straße hinauszubringen, damit nicht der »Komfort-Tarif« der Müllabfuhr zu zahlen war, sondern nur der Basis-Tarif.

Er schlug das Heft noch einmal auf und las die erste Zeile auf der ersten Seite. Dort war das Datum »24. Mai« durchgestrichen, daneben stand: »kein Datum! ich will kein Tagebuch führen«. Das beruhigte ihn. Wenn nichts Persönliches in diesem Heft stand, dann würde es nicht peinlich, wenn er es läse. So rationalisierte er seine Neugier, die so groß war, daß er die anderen Tonnen nicht mehr kontrollierte, sondern den Hof verließ, um wieder nach oben in seine Wohnung zu gehen. Auf dem Weg dorthin nahm er die Zeitung aus dem Kasten und schlug das Heft damit ein. So war es gar nicht mehr zu sehen, und als er oben angekommen war, legte er beides auf das Tischchen neben der Wohnungstür und ging gleich in die Küche, um Kaffee zu kochen, wobei er das Radio einschaltete und die Zeitung für erste vergaß.

Als er sie dann jedoch in die Hand nahm, um sie beim Kaffee zu lesen, legte er das Heft beiseite, als sei das eine selbstverständliche Handlung, weil er es nämlich in das Küchenregalfach legte, in dem die ausgerissenen Zeitungsartikel übereinander gestapelt waren, die auf den Tag warteten, an dem er sie der Lektüre und anschließend einer dauerhaften Aufbewahrung oder dem Altpapier zuführen würde. Dort blieb es bis zum Abend liegen. Als er von Verzweiflung ausgelaugt vom Stammtisch der Müllaufräumer zurückkam und unschlüssig in der Küche herumstand, fiel es ihm ins Auge, und er nahm es wieder in die Hand, in die Hände, blätterte wieder mit dem Daumen durch die Seiten, was ein Geräusch machte, das ihm gefiel. Mehrere Male wiederholte er das. Er nahm es dann mit ins Wohnzimmer, wo er die Leselampe einschaltete, bevor er sich aufs Sofa setzte, sich aber immer noch nicht entschließen konnte, dieses Heft zu lesen. Doch gefiel es ihm, die Seiten mit dem Daumen rascheln zu lassen; vielleicht könnte man diesen Vorgang auch »schnalzen« nennen. Er endete immer mit einem deutlichen Knacken, wenn er hinten am Karton des Umschlags anlangte. Schließlich legte er das Heft zur Seite und starrte eine Weile ins leere Dunkel, bis ihm siedendheiß einfiel, daß er die Alliterationsdichtung, an der er tagsüber gefeilt hatte, noch nicht niedergeschrieben hatte, und tat es schnell, bevor er sich auf den Weg ins Bett machte, nun etwas besser gelaunt als zuvor.

draußen in der Welt 3

Eine alte Wienerin war zur Bank gegangen und hatte all ihr Geld abgehoben. Etwa eine halbe Million Euro hatte sich in den siebenundsiebzig Jahren ihres Lebens und Sparens angesammelt. Dieses Geld transportierte sie in einer Plastiktüte, und diese Plastiktüte ließ sie im Bus liegen. Der Busfahrer fand sie und brachte sie zur Polizei, die anhand des Bankbelegs die Besitzerin dieses vielen Geldes ausfindig zu machen und es ihr wieder zuzuführen vermochte.

Die Begeisterung über das korrekte Verhalten des Busfahrers war so groß, daß auf der ganzen Welt über dieses Ereignis berichtet wurde, indem der BBC World Service es zu seiner *human interest story* des Tages machte.

Ebenso ausführlich wurde über einen indischen Taxifahrer berichtet, der dasselbe getan, nämlich keine Mühe gescheut hatte, einen Sack voll Geld, der in seinem Taxi vergessen worden war, dem rechtmäßigen Eigentümer zurückzubringen.

Interessanterweise scheint die Ansicht vorzuherrschen, daß der Mensch zum Dieb werden müsse, sobald sich, wie zufällig auch immer, die Gelegenheit dazu ergibt, und ganz besonders dringlich sei ein Diebstahl, wenn das potentielle Diebesgut besonders leicht zu erlangen ist und der Diebstahl, da nur aus Banknoten bestehend, besonders leicht zu verheimlichen wäre. Darum ruft es immer großes Erstaunen hervor, wenn jemand einen Sack voll Geld, das ihm nicht gehört, nicht behalten will, obwohl er ihn schon in Händen hat. Als seien Lug und Trug der Grundzustand des menschlichen Miteinanders.

dichterische Verarbeitung 3 (Elukubration)

Gleichermaßen geben Berufskraftfahrer in Wien wie in Indien gestrandetes Geld instinktiv instantan seinen Besitzern zurück, welchen Wertes auch immer es sein möge; dies nicht bedenkend.

– Drei –

Alltag

Da der Weg ins Bett am Sofa vorbeiführte, da das Heft aus der Mülltonne aufgrund seiner Farbe Aufmerksamkeit heischte, da er nun vom Alliterieren zu aufgewühlt war, um ins Bett gehen zu können, setzte er sich wieder hin und begann tatsächlich mit der Lektüre; es war inzwischen ein Uhr nachts und er völlig übermüdet. Aber eben unfähig, ins Bett zu gehen.

orangefarbenes Heft aus der Mülltonne

~~24. Mai~~ kein Datum! ich will kein Tagebuch führen

Die Gewohnheiten ändern sich. Nun kehre ich in meine Jugend zurück, jetzt, da das Altern unabweisbar begonnen hat, der Verfall offenkundig ist. Noch ist es der beginnende Verfall, er geht mir auf die Nerven. Ohne Brille kann ich nichts mehr lesen, das behindert den Alltag, z. B., weil ich mir keine Kassenzettel mehr anschaue und erst daheim feststellen kann, ob sie korrekt sind. In Wirklichkeit überprüfe ich das allerdings gar nicht, es wird ja eh alles elektronisch eingebucht. Vom Klimakterium will ich schweigen.

Lektüre

Das Heft hatte gewiß eine Frau verfaßt. An der Handschrift hatte er das nicht unmittelbar erkennen können, denn sie wirkte weder deutlich männlich, noch deutlich weiblich. Aber ein Mann würde sich nicht übers Klimakterium beklagen.

Diese Frau war ungefähr in seinem Alter, denn wenn er eine Frau wäre, wäre er jetzt auch im Klimakterium.

orangefarbenes Heft aus der Mülltonne

Auch egal. Ich kann mich auch später darüber auslassen. Ich rege mich oft genug darüber auf, nein, ärgere mich darüber. Auch übers Haarefärben. Alle färben sich die Haare. Ich will nicht älter aussehen, als ich mich fühle. Allerdings fühle ich mich manchmal sehr alt. Das ist gar nicht der Grund. Ich glaube, ich will nicht anders aussehen, als wie Manfred mich gekannt hat.

Lektüre

Manfred!

orangefarbenes Heft aus der Mülltonne

Ich glaube, das ist der eigentliche Grund fürs Haarefärben. Ich will weiterhin so aussehen, wie er mich in Erinnerung behalten würde, wenn es ein Leben nach dem Tod gäbe. [Absatz]

Lektüre

Wer ist gestorben? Manfred oder die Verfasserin?

orangefarbenes Heft aus der Mülltonne

Ich habe mir heute dieses Heft gekauft, weil ich dachte, ich müsse einmal alles aufschreiben. Müsse mir über die Dinge klarwerden, welche Dinge? Mein ganzes Leben, diesen Zustand. Ich kann gar nicht sagen, wann ich zuletzt ein Tagebuch geführt habe. Bestimmt habe ich es nicht mehr getan, nachdem ich Manfred kennengelernt hatte, da mußte ich mir ja nicht mehr schriftlich über irgendwas klarwerden, mußte, will ich [S. 2] sagen, ich nicht mehr mit meinem Tagebuch reden, weil ich ja mit ihm reden konnte. Aber ich habe wohl schon vorher damit aufgehört. [Absatz]

Ich habe dieses Heft gewählt, weil es einfarbig ist und die Farbe eine klare Ansage ist. Außerdem habe ich mir ein Glas Tinte gekauft, weil ich dachte, daß ernsthafte Dinge mit dem Füllfederhalter geschrieben werden müssen. Ich habe meinen Füllfederhalter jedenfalls schon so lange nicht mehr benutzt, daß er zum einen voller eingetrockneter Tinte war (ich habe ihn den ganzen Nachmittag im Wasser liegen lassen) und zum anderen mein Tintenglas keinen Inhalt mehr hatte, das war alles verdunstet. Diese Tinte habe ich wegen ihres Namens gekauft. Sie heißt "The Heart of Darkness".

Lektüre

Die Verfasserin verwendet hier englische Anführungszeichen.

orangefarbenes Heft aus der Mülltonne

Das ist ein gutes Zeichen, in jeder Hinsicht. Es kann sein, daß "Apocalypse Now"

Lektüre

Wiederum englische Anführungszeichen, und die Verfasserin ist vermutlich gebildet, weil sie weiß, daß »Apocalypse Now« eine Verfilmung des Romans »Heart of Darkness« von Joseph Conrad ist. Das weiß nicht jeder. Dachte er spontan. Dann dachte er, daß es vielleicht doch jeder weiß, weil diesen Film jeder kennt und seit seiner Veröffentlichung im Jahr 1979 auch oft auf ihn Bezug genommen wurde. Es ist ein sehr bekannter Film. Womöglich ein Meilenstein der Filmgeschichte. Bestimmt sogar. Er wußte nicht, ob er »Heart of Darkness« je gelesen hatte oder ob er nur diesen Film kannte und darum wie selbstverständlich annahm, auch das Buch zu kennen.

orangefarbenes Heft aus der Mülltonne

überhaupt der erste Film war, den wir zusammen gesehen haben, auf jeden Fall haben wir lange darüber geredet und waren beide gleichermaßen beeindruckt, erschüttert und so weiter, ich will gar kein Manfredgedächtnisbuch schreiben. [Absatz]

Antonius

Das reichte fürs erste. Er schlug das Heft zu und ging an sein Bücherregal. Er konnte sich an keine Lektüre von »Heart of Darkness« erinnern, aber vielleicht hatte Magelone das Buch ja besessen, ihre und seine Bücher standen im Regal ineinandergemischt wie ein Kartenspiel (wie wenn man in beiden Händen je einen halben Kartenstapel hält und die Karten dann ineinanderrasseln läßt) (so ähnlich, wie er früher am Abend dieses Heft mit dem Daumen durchgerasselt hatte, aber eigentlich ganz anders). Magelone hatte mehr gelesen als er, es war gut möglich, daß sie dieses Buch besessen hatte. Magelone hatte jede Nacht im Bett gelesen, manchmal hatte sie auch einen ganzen Nachmittag auf dem Sofa gelegen und gelesen. Magelone hatte eigentlich immer gelesen, sobald sie nichts weiter zu tun hatte. Als sie sich noch nicht so lange kannten und auch noch nicht zusammenlebten, war sie einmal ein ganzes Wochenende lang nicht ansprechbar gewesen, weil sie wie wahnsinnig »Jane Eyre« von Charlotte Brontë las. Sie hatten sich bei ihm verabredet, und sie war auch gekommen, saß dann aber den ganzen Nachmittag auf dem Balkon und las dieses Buch, während er in der Wohnung hin und her ging und über ihre Beziehung nachdachte. Er war zutiefst gekränkt, und sie entschuldigte sich zwar später, aber erst viel später, erst Wochen später, viel zu spät, um den großen Haß auf Charlotte Brontë zu verhindern, der sich an diesem Wochenende in ihn hineingefressen hatte.

Natürlich stand »Heart of Darkness« im Regal, auf englisch. »Jane Eyre« hatte sie auch auf englisch gelesen, dieses Buch stand nicht weit entfernt von Joseph Conrad, denn in seinem Regal waren die Bücher alphabetisch geordnet. Es hatte ihn immer entzückt, daß sie nicht nur fließend Französisch, sondern ebenso fließend Englisch sprach, sie hatten sogar in Paris fast ausschließlich den BBC World Service gehört, denn Magelone hatte vor ihrem Umzug nach Paris eigens einen Kurzwellenempfänger gekauft. Er nahm beide Bücher aus dem Regal und ging mit ihnen ins Wohnzimmer, wo er sich wieder aufs Sofa setzte. Er hielt in jeder Hand ein Buch, das orangefarbene Heft aus der Mülltonne lag neben ihm. Joseph Conrad hatte er als Jugendlicher gelesen, Charlotte Brontë in der Spätadoleszenz, als er auch Weiberscheiß eine Chance gab, bzw. erkannt hatte, daß auch Frauen nicht unbedingt Weiberscheiß verfassen, zumindest Charlotte Brontë nicht, wenn auch gerade »Jane Eyre« vom Grunde her, wenn man nur den Inhalt referierte, wie der Goldstandard von Weiberscheiß erscheinen mußte. Aber es war gar nicht wahr, vielmehr war das ein wunderbares Buch. Er hatte es tatsächlich verschlungen, auch er hatte es, nur vom Schlaf kurz unterbrochen, an einem Wochenende auf einen Schlag gelesen. (So ähnlich waren sie sich gewesen. Man hätte gar nicht sagen können, wer er war und wer sie; sie waren ineinandergeschlungen wie die Zweige zweier zu nah beieinander gepflanzten Weinstöcke.)

Er hielt die Bücher nun auf dem Schoß in der Hand, starrte die Wand an und dachte daran, daß er irgendwann aufgehört hatte zu lesen und statt dessen mit dem Fahrrad in der Stadt herumfuhr sowie alliterierende Notizen über die Ereignisse draußen in der Welt anfertigte. Aber tatsächlich darüber nachdenken, warum das nun so war und so weiter, konnte er im Moment nicht, denn er war nach diesem Tag voller Ereignisse und Erschütterungen viel zu müde, um noch einen klaren Gedanken fassen, tatsächlich müde genug, um ausschlafen zu müssen – und zu können! Und so schlief er traumlos tief, und als er aufwachte, war es schon hell. Zwar war das eine Zeit, zu der den meisten Lärm immer noch die Vögel zwitscherten, aber das Menschengeräusch in Form von Autogeräusch war im Hintergrund schon ganz deutlich zu hören. Und die Müllmänner ratterten gerade eine Tonne aus dem Hof auf die Straße.

Zu spät!, dachte er, zu spät. Und dann dachte er (im selben Augenblick): vorbei.

Und es war gut.

Es war wirklich gut, obwohl er vorher nie darüber nachgedacht hatte und es wie die Eingebung eines Augenblicks schien, als er an diesem Morgen beschloß, die Mülltonnen hinfort nicht mehr zu kontrollieren, sondern dieses Kapitel seines Lebens abzuschließen. Vorbei. Er fand es erstaunlich, wie klar ihm war, daß das nun vorbei war, wo er sich doch so lange Zeit damit beschäftigt hatte, wo ihm die Mülltonnen doch so lange einen Halt im Leben gegeben hatten. Aber auch einen Sinn, dachte er. Vielleicht war es darum so klar, daß es vorbei war, denn so einen Sinn hatte er doch gerade zu vermeiden gesucht.

Daß das nun vorbei war, hatte, zu allem anderen, den großen Vorteil, daß er sich im Bett umdrehen und einfach weiterschlafen konnte.

Morpheus zu loben

Mit geschlossenen Augen das Gefühl, als läge alles klar vor einem. Kein Flimmern durch die Lider; ganz im Gegenteil schien sich mit dem Schließen der Augen eine Klarheit zu eröffnen, als wäre ein Vorhang zur Seite gezogen worden, eine reine Schwärze, aber zweidimensional wie eine Glasscheibe, tatsächlich ein Fenster in den Schlaf, riesengroß, ein Panoramafenster in den Schlaf, der gar nicht genug geschätzt werden kann, weil man in ihm nicht denken muß, sondern vielmehr von seinem Unbewußten durch Träume unterhalten wird.

Hintergrundbetrachtung

Ob er zuvor schon, also damals, als er sich zu diesem Leben, das er nun führte, entschlossen hatte und dazu, das Leben, das er nicht anders denn als »dieses Leben« zu bezeichnen wußte, also dazu, d i e s e s L e b e n aufzugeben, ob er damals gewußt hatte, daß sein Kopf verdreht war, ist nicht zu sagen. Wahrscheinlich eher nicht, denn er hätte sich nicht vorstellen können, wie ein Kopf verdreht sein könnte, es sei denn, jemand hätte das Genick gebrochen, an dem dieser Kopf befestigt war, hätte also den Kopf so gedreht, daß hinten die Wirbel auseinandergesprungen wären und der Nervenstrang, der vom Gehirn durchs Rückenmark hinunterführt, zerrissen wäre. (Wie man jemanden auf diese Weise umbringen konnte, daß man das überhaupt konnte, hatte er einmal, vor sehr langer Zeit, im Fernsehen in einem Film mit Lino Ventura gesehen, er war sich ziemlich sicher, daß es Lino Ventura war, der den Killer spielte und in diesem Film ein ums andere Mal mordete, indem er seinem Opfer von hinten einen Arm ums Kinn winkelte, die Hand in die Ellenbogenbeuge des anderen Armes legte, wodurch er einen schönen Hebel schuf, und dann mit einer präzise ausgeführten kleinen Bewegung den dergestalt eingekastelten Kopf seines Opfers zugleich anhob und drehte. Das war sehr beeindruckend. Darum hatte er es nie vergessen, es machte auch keinen Lärm. Solch elegante Tötungsarten wurden im Kino später nicht mehr praktiziert.) Ein Kopf konnte nur gerade auf dem Hals sitzen. Aber egal. Tatsächlich hatte Antonius noch nie darüber nachgedacht, weil er überhaupt noch nie darüber nachgedacht hatte, wie es um seinen Kopf bestellt war, um das, was drinnen war in seinem Kopf.

Auf diese Weise war er schon über fünfzig Jahre alt geworden.

Aber nun.

Nun wunderte er sich über das, was er tat, dabei tat er es doch schon seit sehr langer Zeit, und es war ihm immer gut erschienen. Vielleicht war es aber gar nicht gut, das konnte er nicht wissen, denn über die Qualität seines Tuns hatte er noch nie nachgedacht. Er hatte einfach jeden Tag dasselbe getan, es war das, was er tat, *this is what I'm doing*: in aller Herrgottsfrühe aufstehen und hinuntergehen, um die Mülltonnen zu inspizieren. Er hatte das getan, weil er es für richtig hielt. Doch seit einiger Zeit hatte er am Morgen manchmal im Hauseingang gestanden und sich gefragt, ob es tatsächlich richtig war.

Neben ihm die Briefkästen, keine Tür geöffnet, in der eine ganze Nacht lang nicht erneuerten, für seine Begriffe muffigen Luft des Hauseingangs hatte er da gestanden, und es war ihm gar nicht eingefallen, daß er hier eventuell ersticken könnte, weil sich die verschiedenen Moleküle, aus denen die Luft bestand, womöglich voneinander geschieden und abgesetzt hatten. Sonst hatte er sich immer vorgestellt, daß der Sauerstoff zu Boden sank, wenn die Luft nicht laufend bewegt wurde, und darum 170 cm über dem Boden, dort, wo sich bei ihm, einem 180 cm großen Mann, der Mund befand, nicht mehr eingeatmet werden konnte. Ob so etwas wirklich möglich war, wußte er allerdings ebensowenig wie, was ein verdrehter Kopf sein soll, er hatte nur in geschlossenen Räumen stets das dringende Bedürfnis, sich zu Boden zu werfen, um atmen zu können. Daher seine Vorstellung, der Sauerstoff würde absinken, wenn die Luft steht: wenn er sich zu Boden werfen wollte, dachte er, liege das daran, daß sein Körper instinktiv das Lebenserhaltende tun, nämlich die Zufuhr von Sauerstoff ermöglichen wollte. Das kam ihm jetzt absonderlich vor.

Und eben auch die Mülltonnenkontrolle. Er hatte bemerkt, daß er die nicht seit eh und je durchführte, sondern erst vor wenigen Monaten damit angefangen hatte, erst in diesem Jahr. Auch fiel ihm ein, daß es eine Redensart war, wenn von einem verdrehten Kopf gesprochen wurde. Damit war gar nicht das Äußere eines materiell vorhandenen Kopfes gemeint, sondern das Innere. Als wäre im Hirn etwas verdreht, aber auch nicht im materiell vorhandenen Hirn, sondern im Geist.

Er fragte sich, wie er auf diese kindliche Frage gekommen war, was das mit dem verdrehten Kopf auf sich habe. Er fragte sich, ob er im Kopf verdreht war. Er fragte sich, was eigentlich los war. Es war eine Zeit des Umbruchs.

zum letzten Mal: Müllkontrolle

Immer wieder stellten andere Bewohner des Hauses, die Mitnutzer des Müllplatzes, der Mülltonnen im Hof, mit anderen Worten: die Nachbarn ihren Müll neben die Tonnen, statt ihn hineinzuwerfen. Antonius erkannte als Grund hierfür, daß die Riesentonnen komplizierte Deckel hatten, die mühelos nur ein kleines Stück geöffnet werden konnten. Hatte man jedoch einen großen Sack voller Müll, mußte man einige Kraft aufwenden, um den ganzen Deckel beherzt zurückzuschieben. Bei der Gelben Tonne waren allerdings zwei Öffnungen im Deckel, und wenn man nicht, wie er, gewillt war, diesen Deckel etwas genauer in Augenschein zu nehmen, konnte man annehmen, es sei nichts in diese Tonne zu werfen, das größer war, als die beiden Löcher im Deckel gestatteten, ja, es sei dies gar nicht möglich. Dennoch dachte er in solchen Fällen grimmig: »zu blöd, um den Müll in die Tonne zu werfen!«, wodurch er eine neue Kategorie für Blödheit gefunden hatte. Er klappte dann den Tonnendeckel hoch und wuchtete die von den Nachbarn neben die Tonne gestellten vollen Säcke hinein.

Einige Zeit später las er in der Zeitschrift, welche sein Vermieter, ein börsennotiertes Immobilienunternehmen, regelmäßig in alle Briefkästen stecken ließ, daß man die Hausverwaltung darauf aufmerksam machen solle, wenn Nachbarn (in diesem Falle, aus Vermietersicht, als »andere Mietparteien« bezeichnet) ihren Müll nicht in die Tonne warfen, sondern ihn danebenstellten. Denn, so wurde argumentiert, dies verursache Kosten, weil die Müllabfuhr es in Rechnung stelle, wenn sie den Müll selbst in die Tonne befördern müsse. (Was die Müllabfuhr jedoch in Wirklichkeit auf gar keinen Fall tat. Vielmehr ließ sie diesen Müll genau so liegen, wie sie ihn vorfand, und dokumentierte das mit einem Foto.) Ein Aufruf zur Denunziation, stellte Antonius fest, wenn die Hausverwaltung auch als erste Maßnahme vorschlug, die betreffenden Personen »anzusprechen«, um sie auf ihr Vergehen aufmerksam zu machen. Dies allerdings war ein Aufruf zur ständigen Überwachung des Müllplatzes, das heißt, der Nachbarn, und forderte zum Hilfspolizistentum auf, war also auch nicht besser, sondern mindestens genauso widerlich.

Die Hausverwaltung erklärte in diesem Zusammenhang auch, daß die Abfuhr des wieder- und weiterverwertbaren Mülls kostenlos sei und nur für die Abfuhr des tatsächlichen Hausmülls, in Müllabfahrerkreisen »Restmüll« genannt, gezahlt werden müsse. Sie konnte ihren Aufruf zu Denunziation und Überwachung natürlich damit begründen, daß es die auf alle umgelegten Betriebskosten erhöhen würde, wenn zusätzliche Leistungen zu bezahlen seien, so daß die Denunziation, aufs Ganze betrachtet, dem Gemeinwohl dienen würde. Denunziation war es trotzdem.

Werde ich gerade zum Kleinfaschisten?, fragte sich Antonius, als er einmal den Impuls in sich verspürte, die Verursacherin einer solchen quasi wilden Müllablagerung tatsächlich zu ermitteln, um sie »anzusprechen«, das heißt, zur Rede zu stellen, was in seiner Phantasie natürlich bedeutete, sie zusammenzustauchen. Wie weit ist es von mir bis zum Blockwart?, fragte er sich gleich weiter, wo fängt der Faschismus an, und ist Müllaufräumen vielleicht an sich schon eine präfaschistische Tätigkeit?

Wo soll das alles enden.

Doch nicht allein darum war er angewidert, sondern mindestens ebensosehr, weil er feststellte, daß er sich mit seiner Müllkontrolle genau in der Mitte der Gesellschaft befand. Denn das hatte er nun bestimmt nicht geplant. Ganz im Gegenteil.

orangefarbenes Heft aus der Mülltonne

Es ist auch umgekehrt. Mir geht es nicht um das Herz der Finsternis, sondern um die Finsternis des Herzens. Im Herzen ist es finster, das weiß ich von den Untersuchungen, ich habe mir eine ganze Menge Fachwissen angeeignet. Im Herzen ist es finster. Auch im übertragenen Sinne, also, für mich – für mich gilt das auch im übertragenen Sinne, für mein Herz. In meinem Herzen ist es finster, deshalb habe ich mir dieses Heft gekauft und meinen Füllfederhalter gereinigt. Das wäre gar nicht nötig gewesen, denn es gab einen Füller zur Tinte dazugeschenkt. Auch das nehme ich als ein gutes [S. 3] Zeichen. Ich habe das größte Tintenglas gekauft, das sie hatten, und wenn da noch ein Füller mit dabei ist, dann werde ich so lange weiterschreiben können, bis alles, alles, alles vollkommen geklärt und nichts mehr übrig ist, weder Tinte noch Zweifel.

[eine Leerzeile]

Manchmal ist mir so langweilig, daß ich mich ins Bett lege

und die Augen zumache und mich zwinge, sie nicht wieder aufzumachen, auch wenn ich nicht einschlafe, obwohl ich gerne einschlafen würde, weil ich während des Schlafs nicht merken würde, wie langweilig mir ist. Manchmal bin ich allerdings nachts nicht eingeschlafen, weil ich Angst hatte, meine Träume würden so langweilig, daß sie mich dann deprimieren. Aber generell ist Schlafen besser als Wachen.

[eine Leerzeile]

Einerseits habe ich mir dieses Heft gekauft und diese Tinte, um mir darüber klarwerden zu können, was eigentlich los ist, andererseits finde ich das zu dramatisch und zu idiotisch; ich sehe ja an allen *places of leisure*, man könnte auch sagen, in allen, in sämtlichen Cafés immer Frauen sitzen, die mit Kugelschreiber in hübsch eingebundene große Bücher schreiben, ich will sagen, es ist mir zu trivial. Immerhin tue ich es nicht in der Öffentlichkeit. (Widerlich, daß man nicht »es tun« denken kann, ohne an Sex zu denken, widerlich!) Diese Kugelschreiberschreiberinnen in den Cafés haben [S. 4] wahrscheinlich keine dunklen Herzen, sondern leere, die mit niedlichem Gerümpel volliegen wie ein Mädchenzimmer, und das muß raus. Das müssen sie auch herzeigen. Seht her, wie wichtig ich mich nehme! Nun werde ich auch noch zur mißgünstigen Alten, die die Mädchen doof findet. Dabei wissen die's nicht besser. Ich schäme mich nicht, will aber nicht mißgünstig sein, denn das ist keine gute Geistesverfassung. Also hinein ins dunkle Herz mit schwarzer Tinte (wasserfest und UV-beständig). [Absatz]

Mein dunkles Herz. [Absatz]

Es ist mir so langweilig geworden, mein Leben ist mir langweilig geworden, weil ich alles, was dazugehört, zu so einem und speziell zu meinem Leben, so gut kenne. Und schon so lang! Schon so lang! Als Manfred noch lebte, war mein Leben allerdings nicht viel anders, nur habe ich es da eben geteilt, und allein die Mitteilungen den ganzen Tag (»ich mach' mal einen Kaffee, willst du auch einen?«, »das Spülmittel ist fast alle, schreib's mal auf den Zettel«, »hast du meinen Pullover gesehen?«) – allein die endlosen Mitteilungen den ganzen Tag haben die Langeweile überdeckt. Die waren ja auch nicht langweilig. Sie waren meistens außerordentlich belanglos, aber das wurde eben mitgeteilt. Den ganzen Tag stößt man sich an, den ganzen Tag sagt man Hallo! da bist du ja [sic, Absatz]

Den ganzen Tag. [Absatz]

Und jetzt nicht mehr. [Absatz]

Dabei dachte ich doch, ich hätte die Trauer hinter mich gebracht, darum ist es mir ja so langweilig geworden, sei es mir so langweilig gewor[S. 5]den, dachte ich, weil jetzt dieses Zentrum fehlt, dieses schwarze Loch in der Mitte (wo das Herz ist), das alles frißt, das nichts gelten läßt, nichts, weil ich den ganzen Tag ausschließlich mit der Feststellung beschäftigt war, daß er nicht mehr da ist, einfach nicht mehr da, und zwar nicht mehr nur bei mir nicht mehr da, also nicht mehr bei mir, also fort von mir, sondern tatsächlich nicht mehr da, nirgends mehr, daß er nun nirgends mehr war, daß es ihn nicht mehr gab. Das habe ich den ganzen Tag festgestellt, damit waren die Tage komplett ausgefüllt. Und es war mir gar nicht langweilig, und ich hatte auch nicht das Bedürfnis, die Zeit zu vertreiben, mir zu vertreiben, und irgendwann hat es aufgehört. Und nun weiß ich nicht weiter. [Absatz]

Und darum habe ich dieses Heft gekauft, damit ich herausfinde, wie es weitergehen soll. Was nun werden soll! [Absatz]

Wenn ich pragmatischer wäre oder keine so angenehme Rente aus Manfreds Lebensversicherung bezöge, würde ich mich auf die Suche nach einem neuen Mann machen. Daß man das so macht, daß man das von einer Witwe erwartet, entnehme ich der Gesprächsführung meiner Umgebung, oder wie soll ich sagen? Es hat noch keiner direkt gefragt, ob ich jemanden kennengelernt habe oder überhaupt gerne jemanden kennenlernen möchte (NEIN! Interessiert mich nicht! Will ich nicht! [S. 6] Ich habe bereits einen Mann, er ist nur halt leider schon gestorben), aber es wird gelegentlich so voller Emphase von Männern, die zu haben wären, gesprochen, daß ich es nicht anders deuten kann als so, daß angenommen wird, ich wolle einen anderen Mann finden. Ich solle das tun. Vielleicht wollen sie auch nur, daß ich mich in dieser Richtung bemühen solle, damit mir nicht langweilig wird; vielleicht wissen die, wie langweilig das Leben ist, wenn man es mit niemandem teilt. Wenn es nicht gut ist, daß der Mensch allein sei, dann geht es genau darum, nehme ich an. Die Bibel ist wirklich pragmatisch, dort geht es darum, daß einem, wenn man hingefallen ist, einer beim Aufstehen hilft, also dafür bräuchte man einen, daß er einem beim Aufstehen hilft, steht in der Bibel, wenn ich mich recht erinnere, ist so lange her. Und bei der Beerdigung hat der Pfarrer auch nicht gerade diese Stelle zum Trost gewählt. Ist auch schon lange her. (Auch schon lange her.) In der Sauna nach dem Sport neulich haben sich zwei der Toptussen aus dem Pilateskurs so eingehend über Partnervermittlungsbörsen im Internet unterhalten (wobei sie regelmäßig ihre Männer erwähnten, nicht daß man denkt, sie bräuchten sowas) (und daß das schon »Börse« heißt!), haben sich so laut und ausführlich darüber unterhalten, daß ich schließlich nur anderthalb Gänge gemacht habe, weil es mir so auf die Nerven ging. Weil ich das deutliche Gefühl hatte, sie wollten mir einen Wink mit dem Zaunpfahl geben. (Weil sie mit ihren Zaunpfählen förmlich auf mich einge[S. 7]prügelt haben.) So ist die Anteilnahme der Welt, hilflos, hilflos, und ihnen fällt nichts Besseres, nichts anderes ein, als einen in ihre Kategorien zu zwängen, sie wissen nichts Besseres, sie kennen nichts Besseres als ihre eigene kleine Welt mit ihrem eigenen kleinen Glück. (»Bye-bye, kleines Glück« hieß ein Artikel in irgendeiner Zeitschrift, von dem irgendjemand in Manfreds WG erzählte, als wir uns erst kurz kannten, daran erinnere ich mich, das habe ich nie vergessen. Bye-bye, kleines Glück.)

[eine Leerzeile]

Lektüre

Diese Formulierung gefiel Antonius sehr gut. »Bye-bye, kleines Glück.« Genau. Das würde er Gabriele sagen, sollte sie sich noch einmal über ihr Schicksal beklagen. Hab' dich nicht so, würde er sagen, die Zeit des kleinen Glücks ist vorüber, jetzt arrangiere dich mit der harten Wirklichkeit. Wobei ihm einfiel, daß sie heute anrufen würde, denn heute war Mittwoch. Allerdings beklagte sie sich schon lange nicht mehr, das wäre ja auch sinnlos gewesen, sondern berichtete nur noch, was die Kinder taten, und fertig. In Wirklichkeit hatte sie sich doch längst mit der Wirklichkeit arrangiert, die so hart gar nicht war, das war doch nur eine Redensart. In wirklicher Wirklichkeit war ihre Wirklichkeit doch eher weich, er hatte sie ja nicht ohne Geld und Personal zurückgelassen, bzw. war für ihre Wirklichkeit in Wirklichkeit doch sowieso ihr Schwiegervater, der Großvater seiner Kinder zuständig, darum gab es seines Erachtens da doch gar nichts zu klagen. Aber damals hätte er ihr das sagen sollen oder können. Das wäre schlagfertig gewesen! Oder zynisch. Wie auch immer. Vielleicht hatte sie sich am Anfang überhaupt nur beklagt, weil sie sich langweilte. Denn wenn man der Verfasserin dieses Heftes folgte, waren Frauen verheiratet, um sich nicht zu langweilen. Zumindest diese Frau schien aus diesem Grund verheiratet gewesen zu sein.

Ich muß mir die Zeit vertreiben, als sei die Zeit etwas Lästiges, und das ist sie tatsächlich. So viel Zeit habe ich noch, bis ich sterbe, ich weiß nicht, was ich damit anfangen soll. Vor der Zeit sterben will ich auf keinen Fall, ich will meinem Tod nicht ins Handwerk pfuschen. Auch die Natur nicht übertölpeln. Vielmehr will ich sterben, wenn es soweit ist, und das ist noch lange hin, ich bin ja ganz gesund. [Absatz]

Es ist mir nur entsetzlich langweilig geworden. [Absatz]

Nein, nicht sterben, nicht jetzt schon sterben, aber dieses Leben – mein Leben. Mein blödes Leben.

[eine Leerzeile]

Es ist ja kaum möglich, seine Gewohnheiten zu ändern. Bzw. ändern sie sich, aber selten durch einen Willensakt. Bzw. muß das dann ein sehr starker, sehr großer Willensakt gewesen sein. Und es braucht einen starken Grund, es muß wirklich, wirklich nötig [S. 8] sein (das Trinken aufhören, weil man erkannt hat, daß man Alkoholiker ist, das Rauchen aufhören, weil man feststellt, daß es einen umbringt). Auch Trennungen sind so. Ich meine Trennungen von Menschen. Wenn sie einem aber aufgezwungen werden, wenn sie einem aufgezwungen werden. Wenn man sie gar nicht wollte, dann. Dann. Theoretisch könnte man dann irgendwann einen Willensakt hinterherschieben, daß man sie doch wollte oder sie richtig waren. Ach, Blödsinn. Gewöhnliche Trennungen werden einem nach der Pubertät, also jenseits des Romeo-und-Julia-Alters, nicht mehr aufgezwungen, nicht so, und wenn sie aus Vernunftgründen geschehen, dann war der Wille ja schon stark daran beteiligt, also Blödsinn. Den Tod kann man nicht, wenn es sich nicht um den eigenen handelt, zu einem erwünschten Ereignis schönreden. Ach, Blödsinn, alles Blödsinn, ich hatte mich doch schon hineingefunden, dachte ich, hatte ich gedacht, hätte ich gedacht. Und es ging mir nun auch nur um die Gewohnheit, die ich mir eben erst zu eigen machen muß, mich schriftlich mit mir selbst zu verständigen. Ich dachte, ich könnte den Gedanken eine Struktur geben und sie in einen sinnvollen Rahmen bringen, wenn ich sie schriftlich festhielte, statt sie bloß so vorbeifliegen zu lassen. Nein, sie fliegen ja nicht, sie gehen vorbei, aber meistens laufen sie, wenn sie nicht gar rennen. Ich sitze immer in der Mitte des Hamster[S. 9] rades, und um mich herum drehen sich die Gedanken, und ich kann gar nicht in sie eingreifen, sie nicht anhalten, und ich denke sie in Wirklichkeit nicht einmal. Ich bemerke nur, daß sich da irgendetwas um mich herumdreht, also in meinem Kopf. Ich bin in der Mitte meines Kopfes, und außen an der Schädeldecke, also innen, aber außen, rasen die Gedanken vorbei. Es ist mehr wie eine Radrennbahn als wie ein Hamsterrad, denn es ist viel größer und nicht vertikal aufgebaut, sondern horizontal. (Nicht *portrait*, sondern *landscape*.) Und wenn sie aufhören, ist mir langweilig. Bzw. ist das eigentlich ein und derselbe Zustand. Das könnte ich vielleicht als Anfangsgedanken nehmen: ich habe festgestellt, daß ich mich unendlich langweile. Es ist alles in Ordnung, ich bin gesund, ich habe eine Wohnung, ich kann sie bezahlen, weil jeden Monat die Witwenrente überwiesen wird, ich muß mir keine Sorgen machen. Und ich muß mich auch um weiter nichts kümmern als um den unmittelbaren Lebenserhalt. Ich muß Lebensmittel einkaufen, ich muß mich waschen und auch meine Kleider in Ordnung halten. Mehr gibt es nicht zu tun. Wenn ich erst einmal geduscht bin, gegessen habe und die Küche aufgeräumt ist, gibt es nichts mehr zu tun. Dann kann ich ein Buch lesen, spazierengehen oder Aquarelle malen, aber so weit will ich es nicht kommen lassen (also bis zur Aquarellmalerei will ich es nicht kommen lassen.) [Absatz; S. 10]

Ich taste mich an die Sache heran. Noch finde ich es komisch, mich schriftlich zu äußern, statt zu reden, noch kommt mir das wie eine Ersatzhandlung vor. Allerdings habe ich in den letzten Jahren sowieso nicht mehr geredet, also nicht mehr über wichtige Dinge, über die eigentlichen Dinge, ich habe mich nur unterhalten. [Absatz]

Gar keine Freunde. Nicht solche. Die brauchte ich ja nicht. Offenbar habe ich mich nicht mehr um andere Leute bemüht, nachdem ich meinen ständigen Gesprächspartner gefunden hatte. Ich brauchte ja keine mehr. In den letzten Jahren habe ich mich aber auch nicht um solche Leute bemüht, obwohl ich sie da vielleicht doch hätte brauchen können, theoretisch. So wird einem das doch dargestellt, daß man, wenn es einem schlechtgeht, sich mit seinen besten Freunden zusammensetzt und mit ihnen redet. Aber ich nicht. Was hätte ich denn sagen sollen? Mein Mann ist gestorben, das hat mir das Herz ausgerissen, was soll ich tun? Da kann man nichts tun. Und das weiß ich nun selber, dafür brauche ich niemanden, daß er mir das sagt. (Es hat dir das Herz ausgerissen, daß dein Mann gestorben ist, das ist klar. Da kann man nichts tun. Wenn das Herz weg ist, ist es weg, es wächst nichts nach. Das ist übrigens ein Problem in der Kardiologie. Letzthin wurden aber Versuche an Mäusen gemacht, die haben da irgendein Gen oder ein Vitamin weggelassen oder zugefüttert, und dann ist den Mäusen das Herz wieder nachgewachsen, wenn es kaputt war.) [Absatz]

Damit kann ich vielleicht anfangen, damit [S. 11] das Nachdenken beginnen (fast hätte ich »Nachsitzen« geschrieben): mein Herz ist ausgerissen, jetzt habe ich keins mehr, weil es nicht nachwächst. (Heart of Darkness, jetzt Finsternis dort, wo das Herz war.)

[eine Leerzeile]

Es geht doch gar nicht um mein Herz, ich habe mich ja damit abgefunden, daß es nicht mehr da ist. Es geht nur darum, daß ich nicht weiß, was ich noch tun soll, was ich weiter tun soll, wie ich den Rest der Zeit herumbringen (wie ich die Zeit vertreiben) soll. Ich bin gar nicht unglücklich, ich bin nur des Glücks entkleidet. Ich glaube bestimmt, daß der Großteil der Bevölkerung – daß so gut wie alle Leute so leben. Nur müssen die sich halt noch um etwas oder jemanden kümmern, das muß ich nicht. Katharina ist ein Vaterkind, wir hatten eh nie einen Draht zueinander, und jetzt ist sie groß und kümmert sich um sich, ich meine, sich selbst um sich; seit Manfred tot ist, haben wir nur noch Pflichtkontakt. Ich glaube, sie war sauer, daß mich sein Tod genauso getroffen hat wie sie, das war postume Eifersucht. Weil doch ihr Papi gestorben ist, und sie konnte sich nicht vorstellen, daß das jemand anderem genauso nahegeht wie ihr. Sie fand es ja schon ärgerlich, daß ich ihn viel länger gekannt hatte als sie, daß er schon mein Mann war, bevor er ihr Papi wurde, und daß auch ich daran beteiligt war, daß er es werden konnte. Ich war nie eifersüchtig, vielmehr war ich Manfred immer dankbar dafür, daß er mir das Kind abnahm, daß ich mich später nicht mit diesem Pubertätsscheiß beschäf[S. 12]tigen mußte. Ich habe mich nicht um sie gekümmert, weil er sich um sie gekümmert hat. Es war mir auch recht, meinen Mann mit einer anderen Frau zu teilen, die habe ich ja nicht ernstgenommen als Konkurrenz. Besser, er hat ein inniges Verhältnis mit seiner Tochter, als er hat eine Geliebte. Oh, ich schätze meine Tochter nicht! Vielleicht wäre ich eine richtige Mutter geworden, wenn wir mehr als ein Kind gehabt hätten, so war das ja keine richtige Familie, bloß ein Paar mit Anhängsel. [Absatz]

Es geht gar nicht um mein Herz, das nur noch als körperliches Organ vorhanden ist, was ich total in Ordnung finde. Ich glaube, es geht um die Langeweile. Mir ist das alles langweilig geworden, nicht »das alles«, sondern konkret mein Leben. Das ist mir langweilig geworden. Ich habe nichts gegen mein Leben einzuwenden, es ist ein sehr angenehmes Leben, nur langweilt es mich zutiefst. Ich kann nichts anfangen mit meinem Leben, es interessiert mich nicht. Darum geht es, deswegen habe ich mir dieses Heft gekauft – um mir eventuell darüber klarzuwerden, nicht nur eventuell, sondern tatsächlich … um mir darüber klarzuwerden, was ich tun soll.

Lektüre

Die Verfasserin wiederholt sich. Langeweile, weil Leben in Ordnung, aber unangenehm, darum Heft gekauft. Dies immer noch einmal erfahren zu müssen, ist nun auch langweilig. Es stellt sich die Frage, ob es gestattet ist, andere zu langweilen, wenn man sich selbst langweilt. Doch eher nicht, also, spontan muß man antworten: eher nicht, gar nicht, und zwar ganz und gar nicht. Wenn sie das noch einmal mitteilt, dachte er, höre ich auf zu lesen. (Indes ist die Neugier eine weit größere Macht als die Langeweile. Man wüßte doch allzu gerne, ob nicht doch noch etwas kommt.)

orangefarbenes Heft aus der Mülltonne

Es wäre mir lieber, ich müßte es nicht leben, aber tot sein will ich nun auch nicht. Ich würde es lieber von außen betrachten, es wäre besser, jemand anderes würde es leben.

[eine Leerzeile]

Im Radio habe ich eine Sendung über die argentinischen *desaperecidos* gehört, das wird immer mit »Verschwundene« übersetzt, aber ich frage mich, [S. 13] ob das nicht eher Verschollene sind und die deutsche Übersetzung eben keine ist, sondern von jemandem geprägt wurde, der nicht gut Spanisch konnte. Oder nicht gut deutsch. So, wie die deutsche Fassung von »crimes against humanity« völlig bescheuert ist, weil da jemand nicht wußte, daß es im Englischen nur ein Wort für etwas gibt, wofür wir zwei haben, Quatsch, daß zwei verschiedene Dinge, zumindest im Substantiv, mit ein und demselben Wort bezeichnet werden. Im Substantiv, im Adjektiv kann man das schon unterscheiden, »human« und »humane«, ich habe gerade nachgeschaut. Für »Menschheit« gibt das Wörterbuch »humanity« und »mankind« an, aber »mankind« würde man mit »der Mensch« übersetzen, wenn man so allgemein spricht, und mit »die Menschheit« am ehesten, wenn man von der Menschheitsgeschichte handelt. Wie auch immer, ich kann auch kein Spanisch, und ein Verschollener ist wohl doch etwas anderes als ein Verschwundener. Ja, ist etwas anderes; die Leute verschallen, wenn sie zu einer Expedition aufgebrochen sind und nicht wiederkehren und keine Leiche gefunden wird. Im Krieg auch, glaube ich, wer aus dem Krieg nicht wiederkehrt – nein, der ist vermißt. Aber egal, darum geht's gar nicht, ich fand es nur plötzlich eine eigenartige, nein, eine – weiß nicht. Womöglich eine berückende Vorstellung zu verschwinden, auch wenn das nun wirklich das Gegenteil von dem ist, was den verschwundenen Argentiniern widerfahren ist. Ob das überhaupt geht. Theoretisch müßte es unmög[S. 14]lich sein, Materie kann nicht einfach verschwinden. Aber sie kann sich wandeln. Sie kann auch entstehen, bzw. entsteht lebendige Materie doch tatsächlich. Immer wieder, jedes Frühjahr, dieses Wunder, daß die Pflanzen wachsen. Und dieses Wunder, daß aus zwei Menschen drei werden können. Daß ein Mensch plötzlich, bzw. nach einer gewissen Inkubationszeit, da sein kann, wo vorher keiner war, oder ein Tier. Oder eine Mohrrübe. Darum vielleicht dieses Unfaßliche, wenn jemand fort ist, der zuvor dagewesen war. Also ohne Leiche. Mit Leiche ist es faßlich, und wie man es nicht fassen kann, wenn plötzlich ein kleiner Mensch da ist, wo vorher keiner war, und man sich auch nicht vorstellen kann, sobald er da ist, daß es einmal eine Zeit gab, in der er nicht da war, so – das ist jetzt nicht logisch, glaube ich. Oder doch. Angesichts einer Leiche kann man sich nicht vorstellen, daß das einmal belebt war, was man da vor sich hat und das nur noch Materie ist. Ich habe die Bibel verstanden, dieses »Erde zu Erde«, als ich die Materie dessen sah, was einmal mein Mann gewesen war. Kaum war er tot, war er nur noch Materie. Darum die Trauer. Nicht darum. Die Trauer bezieht sich nicht auf eine materiell vorhandene Person, nicht auf die Abwesenheit dieser Materie, will ich sagen, sondern ausschließlich auf immaterielle Dinge – falsches Wort in diesem Zusammenhang, schlecht gewählt – auf die immateriellen Aspekte, die mit einer materiell vorhandenen Person zusammenhängen. Wenn ich es doch besser sagen könnte. Ich habe einmal einen [S. 15] Film gesehen, in dem eine lebendige Frau über einem Dschungel aus einem Flugzeug geworfen wurde. So bezog sich dieser Film auf die Vorgänge in Argentinien. Chanson von Jacques Brel, irgendwo kommt Argentinien vor. Nein, eine Argentinierin, »heute nacht pflücke ich mir eine Argentinierin« oder so ähnlich, andere Baustelle. Es steht alles still.

[eine Leerzeile]

Es steht alles still. [Absatz]

Der Tod schneidet ein Gespräch ab, und die Dinge, die man dem anderen gerne sagen würde oder über die man gerne mit ihm, die man gerne mit ihm besprechen würde, weil er sie verstehen könnte oder Rat wüßte oder sich an ihnen erfreuen würde, all diese Dinge regieren nun den Konjunktiv, man hätte sie gerne gesagt oder besprochen oder einfach nur erzählt, weil der andere Rat gewußt oder sich an ihnen erfreut hätte und so weiter, nun alles im Konjunktiv, man muß sie nun für sich behalten. Versuche, sie anderen zu erzählen, sich mit anderen zu besprechen, auf diese Weise – AUF DIESE WEISE –, schlagen fehl, weil andere eben andere sind und dementsprechend anders antworten oder überhaupt reagieren oder auch gar nicht. Und diese Dinge, die man nun nicht mehr sagen kann, die stauen sich in einem und drängen sich und verklumpen sich und werden ein Kloß, der steckt einem im Hals und dort, wo das Herz früher einmal war, ein dicker Kloß aus Mehlpampe, ungenießbar, es wird einem schlecht davon, es dauert lange, bis er verdaut ist, und [S. 16] dann ist nichts mehr dort, wo er war, dann hat man sich daran gewöhnt, nicht mehr sprechen zu können, weil es eben den anderen, für den die eigene Redeweise bestimmt war, an den sie sich angepaßt, auf den sie sich eingestimmt hatte, nicht mehr gibt. Weil der nicht mehr da ist. Ist nicht mehr da, sondern vielmehr fort, weg, ganz verschwunden von dieser Erde. Fort. All das Ungesagte, der Kloß im Hals und an der Stelle, wo einmal das Herz war, der Knoten in der Seele, ach, ich will mich nicht in Poesie versuchen.

Poesie

In der Seele ist ein Knoten,
und das Herz gar ist ein Kloß,
ich frage mittels meiner Pfoten,
was, zum Teufel, ist das bloß?

Poesie ist das, mein liebes Kind,
hoch her geht's da im Gemüte,
und die banalsten Dinge sind
von alleredelstem Geblüte.

Wo einmal das Herz war und jetzt Finsternis ist. Das kann ich sagen, denn das ist keine Poesie, sondern die Wirklichkeit, daß ich dachte, ich hätte das schon alles hinter mich gebracht – und hinter mir gelassen, es sei auch dies fort, weg, vorbei. Vorbei ist das Wort, das hier gebraucht wird. Vorbei, und es ist gar nicht vorbei, sondern kommt nur seltener vor als am Anfang. Und wenn es vorkommt, so wie heute, dann wünsche ich mir den Stillstand zurück. Dabei sollte ich froh sein, daß ich überhaupt noch Regungen habe und nicht alles nur Stillstand ist. Es steht also nicht alles still, es arbeitet noch. Gelegentlich. Wie soll ich da denken? Wie soll ich da zu einer Lösung kommen?

[eine Leerzeile]

Immer wenn ich wo eine schöne Ecke sehe mit schönen Häusern, frage ich mich, ob ich versuchen sollte, dort eine Wohnung zu bekommen, ob es dort nicht viel schöner wäre als bei mir. Das wundert mich, weil ich unsere Wohnung ja immer mochte und mich immer an ihr erfreut [S. 17] habe. Und in den letzten Jahren. Jetzt ist es gar nicht mehr unsere Wohnung. Ich frage mich, ob Manfred mir das Älterwerden erleichtert hätte. All die Zipperlein, die ich nicht bekommen wollte. Ich dachte auch immer, ich würde sie nicht bekommen, einfach weil ich sie blöd finde. Aber nun sind sie da. Am schlimmsten ist, daß ich ohne Brille nichts mehr lesen kann, wirklich nichts mehr, auch wenn ich das Blatt sehr weit von mir weghalte, das Buch, die Zeitung. Kassenzettel schaue ich schon gar nicht mehr an, und im Drogeriemarkt bin ich froh über die Lupen an den Einkaufswagen, die mir ersparen, meine Brille herauszukramen. Daran erkennen sich die Leute, die ihre Jugend unabweisbar und lange hinter sich gelassen haben. Sogar die Männer müssen dann begreifen, daß sie nicht *forever young* bleiben. Wenn ich jemanden ohne Brille lesen sehe, bin ich immer ganz verwundert darüber, daß das geht und daß es das gibt, Leute, die ohne Brille lesen. Erst danach fällt mir ein, daß die das nicht machen, weil es ihnen besser gefällt, sondern daß sie schlicht und ergreifend keine Brille zum Lesen brauchen, weil sie noch keine fünfundvierzig Jahre alt sind. Für mich hingegen ist es nun das Selbstverständlichste auf der Welt, daß man eine Brille aufsetzen muß, wenn man etwas lesen will. Denn Gewöhnung ist unschlagbar, man gewöhnt sich wirklich an alles, und zwar schnell. Die Wechseljahresbeschwerden sind viel schlimmer, zugleich habe ich sie [S. 18] nicht mehr, weil ich jetzt Tabletten gegen die Hitzewallungen nehme; die wirken sehr gut, aber wehe, ich habe sie einmal vergessen. Das bemerke ich ziemlich schnell, nämlich am nächsten Tag, wenn sich die nächste Hitzewallung ankündigt. Ohne diese Tabletten geht's also auch nicht mehr. Brille und Tabletten. Ohne Menstruation geht's hingegen sehr gut. Vor ein paar Monaten dachte ich schon, ich hätte jetzt endgültig aufgehört zu menstruieren, aber dann habe ich plötzlich doch wieder meine Tage bekommen, nach vier Monaten. Ich bin gespannt, wie lang der nächste Zyklus dauert. Womöglich habe ich ja wegen der Tabletten gegen die Hitzewallungen, Traubensilberkerze oder Silbertraubenkerze oder so ähnlich, wieder menstruiert. Davor habe ich Keuschlammtabletten gegen die plötzlich zurückgekehrten Menstruationsbeschwerden genommen. Geschlechtsverkehr wäre aus gesundheitlichen Gründen empfehlenswert, zum Beckenbodentraining, um der Inkontinenz vorzubeugen. Oh! Es kann noch viel schlimmer werden, aber bis dahin ist es noch ein langer Weg, da könnte ein Enkelkind erwachsen werden, aber ich bezweifle, daß Katharina mir eins beschert; also in der nächsten Zeit bestimmt nicht, sie muß ja Karriere machen. Von Männern in ihrem Leben weiß ich auch nichts, aber ich wäre eh die letzte, der sie von Männern in ihrem Leben erzählen würde. Gegen den sonstigen Verfall mache ich Pilates und habe mir auch vorgenommen, das bis ans Ende meiner Tage zu tun, um [S. 19] dem Oberschenkelhalsbruch vorzubeugen. All diese Dinge will ich nicht. Altersweitsichtigkeit, Hitzewallungen, Inkontinenz – na, die kann ich weglassen, von vorne: all diese Dinge will ich nicht, Altersweitsichtigkeit, Hitzewallungen, Oberschenkelhalsbruch – aber bis dahin ist es ja auch noch weit. Ich stelle fest: so schlimm ist es noch gar nicht. Noch kann ich mich daran erinnern, wie es ist, keine Zipperlein zu haben, noch erscheinen sie mir als überflüssig und blöd. Stimmt nicht ganz, ich widerspreche mir selbst, die Lesebrille erscheint mir ja schon ganz selbstverständlich. Trotzdem möchte ich das alles nicht. Ob ich mir einbilde, es wäre alles anders, es gäbe keine Zipperlein, wenn ich in einer anderen Wohnung wohnte? Wahrscheinlich. In einer anderen Wohnung wäre alles anders und auch ich eine andere. Ohne Zipperlein und ohne Haarefärben. Andererseits ist das Alter, das vor mir liegt, auch interessant. Es liegt vor mir wie ein neues Land, das ich noch nicht kenne, von dem aber viel berichtet wird, so daß ich schon weiß, was mich erwartet. Oder es zumindest ahnen kann. Ich habe aber gerade erst die Grenze überschritten oder stehe davor, ich bin noch nicht drin. Es ist viel angenehmer als die Jugend, von der man nichts weiß, wenn man sie erlebt, so daß man sich nicht darauf vorbereiten konnte. Doch voller Zuschreibungen. Während man jung ist, hört man ständig von den Älteren, wie das ist, was das bedeutet usw. Es wird einem keine Ruhe gelassen, man darf nicht einfach irgend[S. 20]wie sein, sondern muß sich ständig damit vergleichen, davon abgrenzen, wie man wahrscheinlich, nein, wie einem mitgeteilt wird, daß man nun ist. Nun sei. Und hat selber noch gar keinen Vergleich, weiß selber gar nicht, ob das stimmt. Wundert sich nur. Vielleicht auch daher das Jugendirresein, daß in einem fort an einem herumgezerrt wird. Aber das muß mich nun nicht mehr kümmern. Für mich ist das lang vorbei, und Katharina ist aus dem Haus; ich könnte mir überlegen, ob ich ihr irgendetwas zugeschrieben, ob ich an ihr herumgezerrt habe, aber es interessiert mich nicht. Ich wundere mich manchmal darüber, wie wenig mich meine Tochter interessiert. Als hätte ich gar keine. Umgekehrt wird sie den Eindruck haben, sie hätte gar keine Mutter. Und sie hat auch keine, so gesehen, sie hat einen Vater, und mir war's recht. Zumal dieser Vater ja trotzdem mein Mann blieb; Katharina stand nie zwischen uns. Und daß ich mir überhaupt solche Gedanken mache, liegt an der offiziellen Welt da draußen, die nicht nur die Jugend in einem fort betrachtet und mit Zuschreibungen versieht, sondern auch die Familie heiliggesprochen hat. Es gab einmal eine Zeit, da man Kleinfamilien gegenüber mißtrauisch war und sie für die Quelle allen Übels hielt, was sie ja auch sind. Eine Verschärfung des Übels, geboren zu sein, Vollstrecker der mißglückten Anlage des Menschengeschlechts, warum bin ich so grantig? Die Hormone. Jedenfalls liegt das Reich der Jugend weit hinter mir und das Gebirge des [S. 21] Alters vor mir. Ich habe die Mühen der Ebene – die Ebene, einfach die mühevollen Ebenen der mittleren Jahre durchschritten, die am Ende nicht nur Mühe, sondern Pein waren, weil ich den Gefährten (den Reisebegleiter) verloren habe, der mir im Altersgebirge, im Gebirgsreich des Alters, im gebirgigen Reich des Alters, im Lebenskaukasus, besser gefiele mir: in den Karpaten der Existenz, nein, des Lebens, der mir auf dem immer beschwerlicher werdenden Weg in den Tod beistehen sollte. Wir hätten uns gegenseitig geholfen, wenn es schon lange ziemlich egal geworden wäre, wie wir aussehen, ob die Haare weiß, gefärbt oder gar nicht mehr vorhanden sind. Ohne Gefährten soll ich nun die Karpaten durchqueren, das ist wie eine Erstbesteigung ohne Sauerstoffflasche. Rilke schreibt im »Malte Laurids Brigge«, man solle seinen eigenen Tod sterben, also den, der auf einen wartet, und ihm nicht dadurch entfliehen, daß man sich selbst einen Tod ausdenkt und den dann stirbt. So ähnlich. Ist lange her, daß ich das gelesen habe; so habe ich es mir gemerkt; so sitzt es irgendwo in mir drin, und zwar tief: Selbstmord ist keine Lösung. Ist nicht gestattet, kommt nicht in Frage, und womöglich liegt das nicht nur an Rilke, sondern auch am Religionsunterricht, in dem wir gelernt haben, daß Selbstmord auch Mord sei (weil der liebe Gott darüber befindet, was mit einem geschieht). Nein, daran liegt es nicht, ich hab's mir nur gemerkt, es liegt mehr an Rainer Maria Rilke. [Absatz; S. 22]

Ich fasse zusammen: mein Leben ist total in Ordnung. Ich habe kein Herz mehr, weil mein Mann gestorben ist, dem ich es geschenkt hatte; es liegt jetzt in seinem Grab und ist vermutlich schon genauso zerfallen und in den natürlichen Verwertungsprozeß übergegangen wie seine Leiche. (Aber wann kommen die Würmer? Es wird doch ewig dauern, bis das Holz seines Sarges zerfallen ist.) Mein Leben ist total in Ordnung. Ich stehe an der Grenze zum Reich des Alters. Obwohl mein Leben total in Ordnung ist, geht es mir furchtbar auf die Nerven. (Nur im Prinzip total in Ordnung, von außen betrachtet.) Genau: von außen betrachtet. Dürfte ich es von außen betrachten, statt es führen zu müssen, fände ich es total in Ordnung.

[eine Leerzeile]

Ich habe geträumt, daß ich mich mit meinem kleinen Kind, mit meiner kleinen Tochter – es war meine wirkliche Tochter, es war Katharina, aber sie sah ganz anders aus – in einer sehr großen und sehr dichten Menschenmenge befand. Ich hielt sie fest an der Hand, um sie nicht zu verlieren. Sie war noch so klein, daß sie ihren Arm in die Höhe strecken mußte, um meine Hand zu halten, aber es war eher so, daß ich ihre hielt, als daß sie meine gehalten hätte. Ich umklammerte diese Hand förmlich, hielt sie in einem eisernen Griff fest, bis ich bemerkte, daß sich meine Hand tatsächlich verkrampft hatte, das aber gar nicht nötig war, weil kein Widerstand mehr zu spüren war. Da schaute ich nach unten auf meine Hand, unter der ich meine kleine Tochter hätte sehen sollen, aber da war gar keine kleine Tochter mehr, [S. 23] kein kleines Kind, nur diese kleine Hand war noch da, die ich hielt. Kein Kind. Was das für eine Menschenmenge war und warum wir da standen, weiß ich nicht, es war aber eine ruhige Menge, zugleich angespannt, gespannte Ruhe. Nur ich geriet in Panik, konnte mich aber nicht bewegen, und spürte im Traum, wie mir das Herz stehenblieb, und das war besonders schlimm, weil keine Bewegung möglich war. Kind weg. Ich konnte das nicht begreifen. Daß das Kind fort war, daß es einfach nicht mehr vorhanden war, wo doch sonst nichts weiter geschehen war, sondern die Menge eben immer noch in dieser durchpulsten Ruhe dastand und sich überhaupt nicht bewegt hatte, so daß ich mir nicht vorstellen konnte, wie das hatte geschehen können, wie das Kind hatte abhanden kommen können. Daß irgendwer die Hand abgeschnitten und sie fortgetragen haben könnte, also meine kleine Tochter. Es war doch keine erregte Menge. Es gab auch kein Blut. Nur hielt ich diese kleine Kinderhand in meiner Hand. [Absatz]

Ich bin dann gleich aufgewacht, mit rasendem Herzen. Im Traum hatte es stillgestanden, nun raste es, und da konnte ich mich auch kaum bewegen und konnte kaum atmen, nur war ich wach, überwach, von Sorge um mein Kind zerschnetzelt. Aber nicht um mein wirkliches Kind, nicht um meine nicht kleine, sondern vielmehr vollkommen erwachsene Tochter besorgt, sondern um dieses Kind aus dem Traum. Ich nehme Träume nicht als ein Mysterium, als Vorahnung, Symbol, sonstwas, es mußte etwas [S. 24] anderes sein, das wollte ich herausbekommen. Jetzt, wo ich es aufschreibe, fällt mir ein, daß mir natürlich Manfred abgeschnitten wurde. Der ist weg, und ich weiß nicht, wo er jetzt ist, ich weiß nur, daß er nicht mehr bei mir ist und nie mehr wiederkommt. Auch ein lebendiger Teil von mir. Wie mein Herz. Wie mein Leben. Die wichtigsten Teile wurden abgeschnitten, herausgeschnitten, das Wichtigste ist weg, keine Liebe mehr. Meine Liebe ist weg, ich liebe nicht mehr. Die kleine Hand im Traum, die kleine Hand in meiner Hand war ein sinnloses Erinnerungsstück. Es war da mal was, es ist jetzt aber nichts mehr da. Keine Liebe mehr. Darum ist mir alles egal. Darum.

[eine Leerzeile]

Mein kleines Kind ist ja schon vor langer Zeit verschwunden, und zwar hielt ich noch seine Hand, indem ich für sein körperliches Wohlergehen sorgte, kochte und wusch, immer ein Bettchen bereitete und jeden Tag eine warme Mahlzeit, dazu noch kalte Mahlzeiten, aber ansonsten war es gar nicht mehr da, mein Kind, weil es bei seinem Papa war. Auch für den kochte und wusch ich, auch der aß die von mir zubereiteten warmen Mahlzeiten und schlüpfte nachts in sein sauberes Bettchen, das ich mit meinem Leib ihm wärmte, und hatten einander so lieb. Und waren einander gut und erfreuten uns eins am anderen, bis mein lieber Mann, der gute Vater meines Kindes, dessen Händchen ich in meinem hielt, von einem Lastwagen erfaßt und durch die Luft geschleudert wurde, so hoch, daß er an eine Wand knallte, die seinen Schädel zertrümmerte, bevor er wieder auf die Straße fiel, das wurde von der Gerichtsmedizin [S. 25] genau rekonstruiert, daß er wahrscheinlich schon tot war, bevor er wieder auf der Straße landete und sich alle Knochen brach. Vielleicht hatte ihn aber gar kein Lastwagen erfaßt, sondern der Zug, in den er sein liebes Töchterchen gerade gesetzt hatte, dem er lange nachwinken wollte, vielleicht hatte ihn der Zug erfaßt und lange mitgeschleift und seinen Kopf und seine Knochen viele Male auf das geschotterte Gleisbett geknallt, so daß er nur noch Matsch aus Fleisch, Knochen und Blut war, als der Zug schließlich zum Stehen kam. Es kann auch sein, daß er von einem Hochhaus fiel, ob gestoßen oder von selbst gesprungen, weiß keiner, und wiederum im öffentlichen Raum als Menschenmatsch, animalischer Rest, biologische Einzelteile, die nach den Gesetzen der Entropie nicht in ihre einstige Form zurückgelangen können, zu besichtigen war. Stets als Matsch auf der Straße (oder im Gleisbett) geendet. Mein lieber Mann, der gute Vater, der mein Kind ganz für sich beansprucht hatte. Und so hat er uns verlassen, und wir waren ganz alleine, weil wir uns gar nicht kannten, und da ging mein kleines Kind, weil es doch in Wirklichkeit schon groß und gesetzlich erwachsen war, hinaus in die Welt an eine Universität, um Volkswirtschaftslehre zu studieren, wovon es sich versprach, einst genug Geld damit zu verdienen, um nie auf sein ihm fremdes Mütterlein angewiesen zu sein. Ja, all das wäre möglich, so könnte es gewesen sein.

[eine Leerzeile]

[S. 26] Vielleicht werde ich gerade wahnsinnig oder bin es schon geworden. Es ist festzuhalten, daß ich an nichts mehr Freude habe und mich auch nichts mehr interessiert, ohne daß mich das stören würde. Schlecht geht es mir also nicht, eine Depression würde ich das nicht nennen. Es ist nur alles so außerordentlich langweilig. [Absatz]

Außerordentlich langweilig.

Lektüre

Schon wieder! Immerzu diese Scheißlangweile!

orangefarbenes Heft aus der Mülltonne

Ich möchte daran nicht mehr teilnehmen, ich möchte mein Leben nicht mehr leben. Ein anderes könnte ich schon leben, tot sein will ich nicht, aber was für eines ein anderes, das andere sein könnte, weiß ich nicht. Keine Wünsche, keine Träume. Keine Sehnsucht. Doch, natürlich, aber nur diese eine Sehnsucht, nicht mehr an meinem Leben teilnehmen zu müssen. Von außen würde ich es mir schon anschauen, gelegentliche Nachrichten würde ich zur Kenntnis nehmen. Wenn die nicht öfter einträfen als Glückwunschkarten zum Geburtstag oder Weihnachtskarten (also entweder/oder, nicht öfter als einmal im Jahr). [Absatz]

Das wäre eine Idee. Mein Leben verlassen und es nur noch von außen betrachten. Aus meinem Leben verschwinden, einfach nicht mehr da sein, aber eben ohne tot zu sein. Nur in diesem Leben nicht mehr sein. Verschwinden. Das ist doch vielleicht mal eine gute Idee.

[eine Leerzeile]

Lektüre

Antonius bemerkte auf dieser Seite, an dieser Stelle, daß die Verfasserin, anders als es im Vorhergehenden die Regel war, Absätze in ihren Text einfügte. Zuvor hatte sie fast keine Absätze gemacht, hier aber gleich drei, und das bei einer vergleichsweise kurzen Eintragung. Die Leerzeilen interpretierte er als Zeichen für jeweils eine längere Unterbrechung im Schreibprozeß. Diese drei Absätze nun erschienen ihm geradezu wie ein Aufruhr. Dafür sprach natürlich auch ihr Inhalt.

orangefarbenes Heft aus der Mülltonne

Das ist wirklich mal eine gute Idee. Ich bin so vor ihr erschrokken, daß ich mich längere Zeit von diesem Heft ferngehalten habe; wie lange Zeit, könnte ich aber nicht sagen, denn die Zeit vergeht auf so gleichförmige Weise, ohne jeden [S. 27] Anhaltspunkt (Haltepunkt, Haltestelle, Innehaltestelle, ohne jede Zäsur), daß ich eben nur merke, daß sie vergeht, aber nicht, wieviel von ihr vergangen ist. Weil es eben egal und alles immer gleich ist. Aber darüber will ich nicht klagen, das ist auch langweilig. (So langweilig wie alles andere.) Im Kopf geblieben ist mir diese Idee zu verschwinden und in der verschwundenen Zeit, die vergangen ist, seit ich das letzte Mal etwas in dieses Heft schrieb, bin ich zu dem Entschluß gelangt, daß ich wirklich verschwinden will.

Lektüre

Hier wollte Antonius die Verfasserin gerne tadeln. Es müßte heißen: »bin ich zu dem Entschluß gelangt zu verschwinden«. So aber war es eine Verdoppelung, denn wenn man sich zu etwas entschlossen hat, dann will man es ja, das ist ein und dasselbe. Überhaupt dachte Antonius an manchen Stellen, daß er sie anders geschrieben hätte, anders hätte schreiben wollen.

orangefarbenes Heft aus der Mülltonne

Es ist mir auch der Handtaschenraub vom letzten Jahr wieder eingefallen, als ich mitten in der Nacht ohne alles und völlig alleine in Moskau stand, der Sprache nicht mächtig, von niemandem erwartet, von keinem vermißt, mit nichts in der Hand, das mich mit meinem bürgerlichen Leben (an einem ganz anderen Ort, in einer Stadt, in der meine Sprache gesprochen wird, in einem Land, dessen Bürgerin ich bin) verbunden hätte. Das wäre der richtige Moment gewesen. Statt den Kontakt zur Polizei herzustellen, hätte ich einfach warten sollen, was weiter passiert, und hätte mein bisheriges Leben damit verlassen und ein anderes quasi nackt neu beginnen können. Nur kann man das Glück nicht herausfordern, ich kann nicht noch einmal nach Moskau fahren in der Hoffung, wieder ausgeraubt zu werden, aber immerhin weiß ich, daß ich mich der Dinge entledigen muß, daß ich nichts mehr besitzen darf, bevor ich verschwinden kann. Damit kann ich beginnen. Die Sachen loswerden.

[eine Leerzeile]

Die Sachen loswerden ist leichter gesagt als [S. 28]

Lektüre

Hier blätterte er auf zwei absatzlos vollgeschriebene Seiten um und blätterte darum gleich noch einmal um und blickte auf zwei weitere absatzlos beschriftete Seiten. Erst auf der fünften gab es wieder eine Unterbrechung, wieder eine Leerzeile.

orangefarbenes Heft aus der Mülltonne

getan, ist leicht gesagt und schwer getan. Bislang habe ich nur losgebracht, was schon dafür bestimmt war, was auch tatsächlicher Abfall ist, die alten Zeitungen und die vielen Schraubdeckelgläser, in denen mal Marmelade war oder Gurken oder Kokosöl. Bei denen hat es mich schon immer geärgert, habe ich mich schon immer geärgert, im Zusammenhang, was – ja, wohl so: was diese Gläser angeht, habe ich mich schon immer geärgert, wenn ich sie in die Spülmaschine gestellt habe, statt zum Müll. Manchmal habe ich welche aussortiert, aber nur halbherzig, nur die unschönen oder mit bedrucktem Deckel versehenen. Jetzt habe ich sie alle weggeworfen. Danach habe ich das Regalfach, in dem sie standen, ausgewischt. Jetzt ist ein Regalfach leer und sauber. Außerdem habe ich die Plastiktüten voller alter Klamotten, die in der Abstellkammer herumstanden, zum Container gebracht. Ich habe auch zwei Tüten voller zerschlissener Klamotten und Bettlaken gefunden. Die habe ich in den Hof gebracht und dort Herrn Sedlaczek getroffen, der die Mülltonnen kontrollierte

Lektüre

Ist nicht wahr! Noch ein Mülltonnenkontrolleur! Nun wurde es aber interessant. Antonius überlegte gleich, ob einer von diesen Stammtischleuten Sedlaczek geheißen hatte, glaubte es aber nicht. Doch immerhin wäre über diesen Namen eventuell herauszufinden, wo diese Frau wohnte.

orangefarbenes Heft aus der Mülltonne

und mich so streng anstarrte, daß ich mich genötigt sah, ihm zu erklären, was ich da wegwerfen wollte, was ich da wegwarf. »Zerschlissene Bettlaken!« sagte ich, und er belehrte mich, daß die in den Kleidercontainer gehörten, aber da hatte ich sie schon in die Hausmülltonne geworfen, die er eh gerade aufhielt, deren Deckel er eh gerade weit zurückgeschoben [S. 29] hatte, um ihren Inhalt zu kontrollieren. »Die gehören in den Kleidercontainer, Frau Gramschatz«,

Lektüre

Gramschatz. Was war denn das für ein Name? Irgendwie kam er ihm bekannt vor, aber er wußte nicht, woher. Nun, da er ihren Namen wußte, würde er diese Frau wohl leicht finden können. Vorausgesetzt, er würde das wollen.

Er hatte nun bald genug gelesen, wie er daran bemerkte, daß die Konzentration nachließ und er an andere Dinge dachte als an die, von denen er las. Aber er wollte das Heft nun doch zu Ende lesen, bzw., so weit es beschriftet war, also zur

Hälfte. Das meiste hatte er nun schon geschafft, und er fand es auch eigentlich ganz interessant, was hier mitgeteilt wurde, wenn es auch nicht für ihn bestimmt gewesen war, sondern für den Müll. Die Frau, die dieses Heft in eine fremde Mülltonne geworfen hatte, die zufälligerweise die seine war, mehr oder weniger, in gewisser Weise war es seine, denn er war zuständig für diese Mülltonne, die auf dem Hof des Hauses stand, in welchem er eine Wohnung gemietet hatte, sie war für seinen Müll bestimmt, und daß er sie nicht nur befüllte, sondern zugleich kontrollierte, konnte man ihm nicht verargen, aber egal (»andere Baustelle«), diese Frau gab es vielleicht schon gar nicht mehr, wenn sie doch hatte verschwinden wollen. Das wäre etwas, was er herausfinden könnte, um sich sinnlos zu beschäftigen.

Er hörte trotz der nachlassenden Konzentration nicht auf zu lesen, denn er wollte das Heft gerne zu Ende gelesen haben, bevor Gabriele anrief. Die gehörte in eine andere Welt, nicht in die der Müllkontrolle, und weil er darauf Wert legte, die unterschiedlichen Welten klar voneinander zu scheiden, wollte er nicht mit Gabriele reden, solange er sich noch, in gewisser Weise, mit dem Müll beschäftigte.

orangefarbenes Heft aus der Mülltonne

sagte er, es kann auch sein, daß er »Frau Gramschatz, die gehören in den Kleidercontainer« sagte, er hat mich jedenfalls, wie stets, bei jedem Satz mit Namen angesprochen. Er kann einen nicht direkt ansprechen, er sagt nicht: »wenn Sie verschlissene Textilien zu entsorgen haben«, sondern: »wenn die Frau Gramschatz verschlissene Textilien zu entsorgen hat«. Ich fand das schon immer sehr merkwürdig; es ist wahrscheinlich eine Form von Unbildung, eine

Lektüre, Hintergrundinformation

Gramschatzer Wald. Autobahnausfahrt an der A 7, kurz vor Würzburg, wenn man von Norden kommt.

orangefarbenes Heft aus der Mülltonne

Supermarktkassiererin hat auch einmal so mit mir gesprochen, als sie mir mehr sagen mußte als »Guten Tag! Sammeln Sie die Treuepunkte? Einen schönen Tag noch«, also mehr als die eingelernten Formeln.

Lektüre

Die sagen nicht mehr »Guten Tag!« im Supermarkt, die sagen jetzt »Hallo!«

orangefarbenes Heft aus der Mülltonne

Wie auch immer, Herr Sedlaczek hat mich belehrt, daß auch zerschlissene Textilien

Lektüre

Jetzt doch wieder »zerschlissen«. Zuvor hatte die Verfasserin gerade zum richtigeren »verschlissen« gewechselt.

Textkontrolleur könnte er eigentlich auch werden. Oder könnte das noch werden, wenn er jetzt kein Mülltonnenkontrolleur mehr war. Er hätte dasselbe gesagt wie Herr Sedlaczek, aber in einem schärferen Ton, indem er Frau Gramschatz nicht in einem fort mit ihrem Namen angesprochen, sondern seine Belehrung nur mit einer einmaligen Nennung ihres Namens begonnen oder beendet hätte. Nein, er hätte damit angehoben, nicht begonnen, er hätte gesagt: »Wenn Sie verschlissene Textilien zu entsorgen haben, Frau Gramschatz, dann müssen Sie die zum Kleidercontainer bringen. Dies hier ist die Hausmülltonne, und die ist, wie der Name schon sagt, ausschließlich für den Hausmüll bestimmt«, und er hätte die Tonne auch schon zugeklappt gehabt, bevor sie etwas hätte hineinwerfen können. So hätte er es gemacht, jawohl.

orangefarbenes Heft aus der Mülltonne

in die Kleidercontainer gehörten, weil aus denen Putzwolle hergestellt werde. Das Rote Kreuz sortiere sie aus und verkaufe sie weiter, in die Kleiderkammer kämen solche Sachen natürlich nicht, aber auch der Erlös, den das Rote Kreuz aus dem Verkauf unbrauchbar, nein, er korrigierte sich, wobei er mich wieder mit Namen ansprach, scheinbar, betont: s c h e i n b a r unbrauchbar gewordener Textilien erziele, werde vom Roten Kreuz (auch das nannte er in jedem Satz erneut) guten Zwekken zugeführt.

Lektüre

Genau so ist es.

orangefarbenes Heft aus der Mülltonne

Die Container anderer Organisationen solle ich auf gar keinen Fall benutzen, denn man wisse nicht, also er wisse nicht, also, we[S. 30]nigstens er wisse nicht, was dort genau geschehe. Die brauchbaren Textilien würden sie auf jeden Fall verkaufen, statt sie an Bedürftige abzugeben, was mit den anderen geschehe, wisse er nicht, darum rate er mir davon ab. Wahrscheinlich hat er meine Tüten mit den zerschlissenen Bettlaken aus der Tonne geholt und sie zu einem Kleidersammelcontainer gebracht, als ich wieder fort war. Bislang fand ich Herrn Sedlaczek vor allem eine komische Figur. Wenigstens betreibt er das Müllkontrollieren nicht als Terrormaßnahme gegen die anderen Mieter, also nicht terroristisch, er ist kein Müllnazi, sondern – eine traurige Figur.

Lektüre

Als er das gelesen hatte, klappte er das Heft zu, obwohl er sich noch mitten in so einem absatzlosen Abschnitt befand und bei der Wiederaufnahme der Lektüre nach der Stelle würde suchen müssen, bis zu der er gekommen war, doch betrübte es ihn, wie hier von Herrn Sedlaczek gesprochen wurde, weil hier ja von ihm selbst gesprochen wurde.

So sehen die mich, dachte er, das denken die. Komische Figur, traurige Figur. Das betrübte ihn tatsächlich sehr. Kein Verständnis für sein Anliegen. Für seine Sorge um Ordnung, vielmehr seine Sorge für eine geordnete Welt, in der die Regeln eingehalten wurden, für diese seine Sorge, dieses sein Sorgen, das vollkommen selbstlos war und damit vorbildlich sinnlos in der Welt, in der er lebte; dafür keinerlei Verständnis.

orangefarbenes Heft aus der Mülltonne

Er ist ja auch mit dem Verschwinden beschäftigt, nur geht er nur den halben Weg, indem er sich eben nur

Lektüre

Nur, nur, nur: Wortwiederholungen!

orangefarbenes Heft aus der Mülltonne

um das geordnete Verschwinden des Abfalls kümmert, nicht aber um sein eigenes Verschwinden, um das Verschwinden dessen, was beim Leben hinterlassen wird, der Reste, die das gewöhnliche – auch das ungewöhnliche Leben erzeugt, wenn man das mal als Tätigkeit begreift und nicht bloß als Zustand. Ich war einigermaßen gerührt, und als ich wieder in der Wohnung war, habe ich zum Küchenfenster hinausgeschaut und Herrn Sedlaczek in seinem grauen Kittel dabei zugesehen, wie er jede Tonne einzeln kontrollierte, aber nur kurz. Ich war dann weiter so gerührt, daß ich auf einen Zettel schrieb, Herr Sedlaczek solle sich mit meiner Hinterlassenschaft beschäftigen, er werde gewiß das Richtige tun, das war ein Zettel, den ich in meiner [S. 31] Wohnung zurücklassen wollte, den man dann finden sollte, wenn ich verschwunden wäre, aber ich habe ihn sofort weggeworfen (in die Hausmülltonne, nicht zum Altpapier), nachdem ich ihn geschrieben hatte. Das wäre wie ein Abschiedsbrief, den Selbstmörder hinterlassen, dachte ich,

Lektüre

Das wäre wie ein Abschiedsbrief g e w e s e n!

orangefarbenes Heft aus der Mülltonne

und das wäre falsch, weil eine Fährte,

Lektüre

wäre falsch g e w e s e n!

orangefarbenes Heft aus der Mülltonne

damit die Welt sich erklären könne, was mit mir geschehen ist, und womöglich würden sie dann nach mir suchen. Das würden sie so oder so, aber wenn es keine Abschiedsnachricht gibt,

Lektüre

g ä b e!

orangefarbenes Heft aus der Mülltonne

dann würde nur die Polizei nach mir suchen und nicht meine Tochter oder die Familienüberbleibsel.

Für das letzte Subjekt, das man zudem mit dem vorletzten zusammendenken konnte, womöglich mußte, hätte das Prädikat in den Plural gesetzt werden müssen. Dafür verlangten die anderen Stellen vielleicht doch keinen Konjunktiv II, weil die Verfasserin dort ja von der Zukunft spricht. Er glaubte nun, daß beides möglich wäre oder gewesen wäre: »wäre« und »gewesen wäre«. Egal. Diese Frau Gramschatz ging ihm langsam auf die Nerven. Das Telefon klingelte.

Antonius ∞ Gabriele

Das Telefon klingelte ein zweites Mal.

Darauf klingelte es ein drittes Mal.

Bevor es jedoch ein viertes Mal hätte klingeln können, hatte er es schon erreicht, auch den Hörer abgehoben und richtigherum an den Kopf gedrückt, so daß der Teilnehmer am anderen Ende der Leitung hören konnte, wie er »Hallo?!« hineinschrie. Jedoch war es eine Teilnehmerin, nämlich »ich bin's«, worauf er gleich weiterbrüllte: »Entschuldigung ich wußte daß du anrufst nur war ich gerade abgelenkt darum war ich nicht gleich weil ich im anderen Zimmer hab' ich auf dem Sofa ich war gerade abgelenkt«, »ist ja gut«, sagte Gabriele, »schrei nicht so, ich höre dich sehr gut«, und da war gleich der angemessene Ton für diese Unterhaltung angeschlagen. Es war immer derselbe.

Gabriele begann das Gespräch mit dem Hinweis, daß sein Vater demnächst seinen fünfundsiebzigsten Geburtstag feiern werde.

»Au weia«, sagte Adrian.

»Was soll das heißen?« fragte Gabriele.

»Weiß nicht. Heißt nichts anderes, als was es heißt. Heißt einfach ›au weia‹.«

»Es ist ein großes Fest geplant«, sagte Gabriele.

»Ja, klar«, sagte Adrian. Dann wieder: »Au weia.«

»Ja, schon gut, ich hab's verstanden«, antwortete seine Frau in einem nicht freundlichen Ton. Dann war eine Pause, weil sie sich ja in Wirklichkeit gar nichts zu sagen hatten. Zwar hatte Adrian nicht Gabriele verlassen, sondern dieses Leben, das er nicht mit, sondern neben ihr geführt hatte, aber von außen betrachtet, machte das keinen Unterschied. Denn da sie ein Teil ebendieses dieses Lebens war, hatte er natürlich auch sie verlassen.

Au weia.

»Sag' mal«, sagte er dann und hielt gleich inne,

»ja?«, fragte sie, »was denn?«,

»sag' mal«, fing er noch einmal an, »wie geht's dir eigentlich?«

»Wie's mir geht?«

»Ja.«

»Wie's mir geht.«

»Ja. Was machst du so, womit beschäftigst du dich, was interessiert dich?«

»Ja.« Dann sagte sie nichts mehr. Wahrscheinlich denkt sie nach, dachte Antonius und wartete geduldig. Er konnte längeres Schweigen aushalten, das konnte er schon immer. Ihm machte es nichts aus, wenn keiner etwas sagte, denn wer wüßte besser als er, daß es gar nicht so leicht ist, etwas zu sagen, wenn man eigentlich gar nichts sagen will. Schließlich, und das war ja zu erwarten gewesen, fing sie doch wieder an zu sprechen.

»Weißt du«, sagte sie, »so redet man nicht unter Freunden. Das ist Ausfragen. Das ist kein Gespräch, sondern ein Verhör. So redet man nicht.«

Eine ungewöhnliche Antwort, fand Adrian und sah sofort ein, daß sie vollkommen berechtigt war. Aber er entschuldigte sich nicht, weil er sich noch nie in seinem Leben für irgendetwas entschuldigt hatte; er wußte a) gar nicht, wie das geht, und hatte b) keine Ahnung, bei welchen Gelegenheiten und wofür man sich eigentlich entschuldigte. Oder sogar entschuldigen mußte. Vielmehr fragte er sie, es klang jedoch belehrend:

»Aber wenn man so nicht reden darf, wie kann man denn dann etwas voneinander erfahren?«

Das war eine sehr gute Frage! Wie kann man etwas voneinander erfahren? Wirklich nur, indem man sich die Schädeldekken aufspaltet und einander die Gedanken aus den Hirnfasern zerrt? Gibt es denn keine angenehmere Möglichkeit des Austauschs und der Verständigung miteinander?

»Adrian«, sagte sie schließlich und klang etwas zittrig, also ihre Stimme klang etwas zittrig, »das willst du doch alles gar nicht wissen.«

»Stimmt«, pflichtete er ihr bei.

»Und warum fragst du dann?«

»So halt.«

Pause.

»Hast du eigentlich einen Geliebten?«

Pause.

»Ich habe keinen Geliebten«, antwortete sie schließlich und klang gar nicht mehr zittrig, sondern leicht verärgert, »ich habe einen Freund. Ich habe jemanden, der mich versteht und mit mir redet und an meiner Seite ist.«

»Ach so«, sagte er, »das ist etwas anderes.«

»Genau. Das ist etwas anderes.«

»Ja, das ist etwas anderes.«

Pause.

»Und du?« fragte sie, »hast du eine Freundin? Oder eine Geliebte?«

Da mußte Antonius nicht lange nachdenken, denn er hatte

Antonina, die eigentlich Renate hieß, als Freundin und war zudem Witwer, dessen verstorbene Frau Magelone geheißen hatte. Das sagte er aber alles nicht, denn hier wurde er nicht als Antonius, der einst lieber Manfred geheißen hätte, angesprochen, sondern hier sprach er als Adrian, was der Name war, mit dem er in der Kindheit, in der Jugend sowie im unaufgelösten Ehestande, der gerade in diesem Moment aktiv gelebt und damit gepflegt wurde, angesprochen worden war und von den seinerzeit Beteiligten weiterhin angesprochen wurde. Adrian also antwortete:

»Nein. Ich habe niemanden. Ich bin so allein, wie ich es immer sein wollte.«

Darauf schwieg Gabriele. So entstand eine weitere der vielen Pausen in ihrem Gespräch, welche diesmal Gelegenheit bot, über die Wege des Schicksals nachzudenken und wie einer sein Glück findet. Als lange genug geschwiegen worden war, sagte Gabriele:

»Ich wollte dich ja nur schon mal daran erinnern, daß dein Vater bald Geburtstag hat und daß das groß gefeiert wird und daß deine Anwesenheit bei dem Fest erwünscht ist.«

»Ja. Klar. Verstehe ich. Klar.«

Au weia. (Wieder ein Fest. Wieder die ganze Familie. Dazu noch andere Leute. Und der ganze Reichtum. Catering aus dem KaDeWe, Kellner in schwarzen Anzügen. Wohlerzogene, gut genährte, sorgenfreie Menschen mit Kanzlei am Kurfürstendamm und Haus im Grunewald. Die Grunewald-Bagage. Alle aus dem Grunewald. Wenigstens stand sein Elternhaus nicht dort, sondern am Kleinen Wannsee. Das war schon besser. War viel schöner. Keine Bagage. Aber trotzdem. Diese ganzen Leute. Die ganze Familie. Wenigstens würde er seine Kinder einmal wiedersehen, das war nun nicht schlecht. Hatte also auch etwas Gutes. Aber trotzdem.)

»Und du?« fragte Gabriele müde (von diesem kurzen Gespräch schon wieder müde der langen Jahre dieser merkwürdigen Ehe, die trotz allem und alledem noch immer bestand), dann spitz: »was machst du so? Immer noch Müllkontrolle?«

Davon hatte er ihr also erzählt, das gefiel ihm nicht. Und warum fragte sie ausgerechnet heute danach, am ersten Tag der Müllabstinenz?

»Nein«, sagte er, »damit hab' ich aufgehört.« Punkt.

Vorsichtsmaßnahmen

Adrian Antonius ging an den offenen Schrank, in dem sein Papiervorrat lagerte und nahm kein kleines, sondern ein großes, aber dünnes Heft heraus, welches, eigenartige Koinzidenz!, orange war wie das von Frau Gramschatz, aber nicht von Rhodia, sondern von der Firma Carta Pura hergestellt worden war. Es war etwas überformatig, breiter als DIN A 4, aber genauso hoch, und weil es als Skizzenheft gedacht war, hatte es keine Lineatur. »Geburtstagsfeier Vater« schrieb er auf die erste Seite und darunter »Vorbereitung, Vorsichtsmaßnahmen«. Das machte er jedes Jahr, wenn er nicht in der Irrenanstalt war und sich damit entschuldigen konnte, sondern an diesen Geburtstagsfeiern teilnehmen mußte. Normalerweise nahm er kleinere Hefte, aber da er nach dem siebzigsten Geburtstag seines Vaters festgestellt hatte, daß er gar nicht vorsichtig genug sein konnte, hatte er sich schon lange vorgenommen, an runden Geburtstagen immer besonders gründlich vorzugehen. Vor dreiundzwanzig Jahren war er bei der Geburtstagsfeier seines Vaters durchgedreht und hatte sich darum, weil es öffentlich geschehen war, endlich selbst in die Irrenanstalt einliefern können, was er sich damals schon lange gewünscht hatte, weil er sich vorstellte, dort seine Ruhe zu haben, und so war es dann auch gewesen. Zugleich hatte ihm das, als er dann doch endgültig entlassen wurde, weil nicht nur die Ärzte glaubten, er sei nunmehr Herr seiner Sinne, sondern er selbst auch lieber alleine leben wollte als mit den anderen Irren zusammen, die Legitimation verschafft, sein Leben radikal anders zu führen, als es einst für ihn vorgesehen war. Was er dann auch getan hatte. Deswegen war es jetzt so, wie es war. Er wollte gar nicht noch einmal durchdrehen, zugleich aber auch nicht den Eindruck vermitteln, er sei jetzt soweit wiederhergestellt, daß er das für ihn vorgesehene Leben nun doch führen könnte. Zwar hatte seine Tochter, so jung sie auch war, schon längst seine einst für ihn vorgesehene Position in der Firma übernommen, aber Vorsicht ist die Mutter der Porzellankiste.

Er saß vor dem leeren Heft und wußte nicht gleich, wie er es füllen sollte. Damit die erste Seite nicht so leer aussah, schrieb er »Ach Gott, mein Gott, erbarme dich!« unter die Überschrift, und dann schrieb er es gleich noch einmal darunter: »Ach Gott, mein Gott, erbarme dich!«, und dann noch viele Male »Ach Gott, mein Gott, erbarme dich!«, bis die Seite voll war, was angesichts ihrer besonderen Größe und seiner kleinen Schrift wirklich sehr viele Male waren, und es dauerte auch ziemlich lang. Danach fühlte er sich rechtschaffen müde und fand, das sei nun genug irgendwie geistige Arbeit gewesen, weswegen er zur Erholung zu seiner täglichen großen Runde mit dem Fahrrad aufbrach. Am Abend las er das Heft aus der Mülltonne zu Ende.

orangefarbenes Heft aus der Mülltonne

Na, die würden eh auch nicht suchen, wir haben ja gar nichts mehr miteinander zu tun. Eben darum – auch eben darum werde ich ja problemlos verschwinden können (will ich verschwinden). Ich muß noch etwas darüber nachdenken, ich meine, ich muß mir selber darüber klarwerden, was das konkret bedeutet.

Im Moment finde ich es vor allem eine großartige und außerordentlich verlockende Idee. Eine traumhafte Idee; ich könnte es einen Traum nennen. Noch bin ich übers Ausmisten nicht hinausgekommen. Saubermachen, Aufräumen ist, Schmutz und Unordnung verschwinden zu lassen. Insofern der richtige Weg. Nun muß ich nur noch herausfinden, wie Menschen verschwinden, wenn sie das freiwillig tun. Ich fürchte, daß sie in der Regel ungefähr dasselbe Leben an einem anderen Ort fortführen, daß sie [S. 32] eher von den Leuten loskommen wollen, mit denen sie ihr bisheriges Leben verbracht haben, wenn sie vom Zigarettenholen nicht zurückkommen (Ehemänner; von Ehefrauen habe ich das noch nicht gehört), und nicht generell ihr bisheriges Leben hinter sich lassen wollen. Ich habe keine Alternative, ich wüßte nicht, wie ein anderes Leben aussehen sollte oder könnte; darum ist das im Augenblick noch vor allem eine Idee oder ein Traum oder eine traumhafte Idee.

[eine Leerzeile]

Heute kam plötzlich Katharina, d. h., sie kam natürlich nicht plötzlich, sondern hatte sich schon vor einer Woche angemeldet, wir haben ja nicht diese Art von Verhältnis, daß man sich mal unangemeldet, spontan, einfach so besuchen würde, wir bereiten uns keine Überraschungen, ganz im Gegenteil, wir achten streng darauf, uns keine Überraschungen zu bereiten, weil wir uns nicht vorstellen können, daß sich die jeweils andere darüber freuen würde. Ich traue mich nicht, weil ich keine Terrormutter sein will, und sie traut sich vielleicht auch nicht. Vielleicht denkt sie wirklich nicht daran, ich meine, käme nie auf diesen, auf so einen Gedanken, vielleicht weiß sie nicht, daß ich mich darüber freuen würde. Gott, was bin ich verlabert! Ich weiß allerdings selbst nicht, ob ich mich darüber freuen würde, wahrscheinlich schon, sie ist ja doch mein Kind, ich trug sie unter dem Herzen und nährte sie an meiner Brust und wechselte klaglos die Windeln, und das ist so lange her, daß ich [S. 33] mich nicht darauf berufen kann, ich habe ja schon vollkommen vergessen, wie anstrengend so ein kleines Kind ist, also egal, warum bin ich in so einer Laberlaune? Weil ich so selten rede und weil heute Katharina kam und ich nun erst recht ein Redebedürfnis habe, weil ich natürlich mit ihr gar nicht richtig geredet habe. Dabei haben wir sehr viel geredet, denn sie war mit einem eigenartigen Anliegen gekommen, sie hatte ein eigenartiges Anliegen, sie wollte die Familiengeschichte erfahren, besser, die Details. Wann ihre Großeltern geboren wurden und wo, wußte sie gerade noch, aber nicht ganz genau. Sie hatte sich einen großen Zettel gemacht, um nichts zu vergessen. Zuerst also Daten und Fakten, so weit ich mich zurückerinnern konnte, auch, bzw. zuerst von Manfreds Familie, die war ihr natürlich wichtiger, aber da habe ich sie an ihre Tante vewiesen, meine Schwägerin. Auch wenn wir die alle nie leiden konnten, weiß sie doch besser Bescheid. Aber von meiner Familie wollte sie auch alles wissen und hat alles treulich mitgeschrieben. Auch die Geschichten, die immer mal erzählt worden waren, mußte ich nun genau erzählen, in der richtigen chronologischen Reihenfolge, mit genauen Orts- und Zeitangaben. Auch von Gegenständen wollte sie die Geschichten hören, von dem Ring, den meine Mutter ihr vererbt hat, von dem Schränkchen, das seit eh und je im Flur steht. Ich bin die letzte, die ihr das sagen kann. Ihre Tante kann natürlich noch ein paar Daten und Geschichten beisteuern, aber über die Dinge, mit denen sie aufgewachsen ist, weiß ich [S. 34] natürlich besser Bescheid. – Mir war das etwas unheimlich. Mir war, als wünsche sie meinen Tod. Ich will das positiv formulieren: vielleicht ist ihr eingefallen, daß ihr niemand mehr etwas würde erzählen können, wenn ich auch noch stürbe, und dann hätte sie keine Geschichte mehr. Also hätte natürlich schon noch eine Geschichte, könnte sich aber nie versichern, ob das wirklich ihre Geschichte ist oder nicht, ob sie sich richtig erinnert oder nicht. Sie wußte gar nicht, daß der Ring, den sie von meiner Mutter geerbt hat, deren Verlobungsring war. Sie trug ihn auch, das hat mich geschmerzt, weil ich ihn zuletzt an meiner Mutter gesehen hatte, die ihn ihr ganzes Leben lang getragen hatte. Unheimlich war mir die Sache vor allem, weil es war, als hätte sie gerochen, daß ich mit meinem Verschwinden beschäftigt bin. Für sie wäre das dann ja genauso, als wäre ich tot. Für sie wäre das, wie wenn ich tot wäre. Die Dinge wären dann alle noch da, aber sie hätten keine Geschichte mehr, sie können ja nicht reden. Das Schränkchen hat Manfreds Großvater selbst gebaut und ihm ausdrücklich vererbt, das war jemand, der nicht viel zu vererben hatte. Manfred hat einmal erzählt, daß das Testament seines Großvaters wie eine Inventarliste war, er hatte alles aufgeschrieben, was er hatte, also nicht viel, und bei jedem Gegenstand dazugeschrieben, wer ihn bekommen soll, wer das Taschenmesser, wer die Uhr und so weiter, er kam aus einer Zeit, in der man sich jedes Ding einmal im Leben kaufte und auch mit der Absicht, es das ganze Leben lang zu benutzen. Und Katharina wird dann die letzte [S. 35] sein. Das ist mir tatsächlich heute erst klargeworden. Ich kann also nicht Herrn Sedlaczek damit beauftragen, meine Wohnung leerzuräumen, oder ihm die Dinge überhaupt irgendwie überantworten, ich muß das ganz klar Katharina überlassen, muß dafür eine Verfügung hinterlassen. Ohne Kind wäre es einfacher zu verschwinden. Das habe ich nun tatsächlich noch nicht bedacht. Ich bin nun etwas verwirrt. Und ich habe eben nicht gut mit Katharina geredet, sondern eher verstockt, als wäre ich verstockt, als wäre ich unwillig, weil ich mich die ganze Zeit fragte, warum und wie sie ausgerechnet jetzt auf so eine Idee kommt. Wirklich, als hätte sie es gerochen. [Absatz]

Es ist noch etwas anderes sehr Merkwürdiges geschehen, das mich sehr verwirrt hat, ich habe nämlich vor ein paar Tagen in der U-Bahn, nicht in der Bahn, sondern auf dem U-Bahnhof Alexanderplatz einen jungen Mann gesehen, der haargenau so aussah, wie Manfred aussah, als wir uns kennenlernten. Es war alles gleich, er hatte auch dieselbe Frisur und so ähnliche Klamotten, wie Manfred sie damals trug. Vielleicht lag das an der Retromode, die gerade in den frühen Achtzigern angekommen ist (die damalige Retromode betraf die fünfziger Jahre, jede Retromode betrifft immer die Zeit, in der die Leute, die gerade ins kaufkräftige Alter kommen, geboren wurden), aber das stimmt gar nicht. Manfred hat sich damals nicht modisch gekleidet, sondern praktisch, und diese Mode ist stehengeblieben, Anoraks heißen jetzt vielleicht anders als damals, aber sind immer noch Anoraks, Jeans sowieso, und Pullover haben sich [S. 36] wahrscheinlich nicht verändert, seit sie erfunden wurden. (Könnten sie sich überhaupt verändern? Wahrscheinlich nicht. Es gibt das Prinzip Pullover und fertig. Nur das Material könnte sich ändern. Aber der junge Mann, den ich gesehen habe, trug keinen Fleece-Pullover, sondern einen normalen einfarbigen Wollpullover. Irgendwas Braunes.) [Absatz]

Als ich diesen jungen Mann sah, blieb mir das Herz stehen. Zum Glück hat er mit seiner Begleiterin (die ganz anders aussah als ich damals und heute, zum Glück) geredet, sonst hätte er gemerkt, wie ich ihn anstarre. Ich habe ihn wirklich angestarrt, ich konnte gar nicht mehr wegschauen. Ich konnte es nicht fassen. Und mein Herz war stehengeblieben. Ich habe ihn auch angestarrt, weil ich selber erstarrt war. [Absatz]

Das war eine eigenartige Sensation. Ich begreife das nicht und muß darüber nachdenken und habe schon darüber nachgedacht, ich muß mich ans Schreiben noch gewöhnen und daran, daß ich hier keine allgemeinen Floskeln verwenden muß, weil ich ja mit mir rede. Ich habe schon darüber nachgedacht. Ich mußte ja darüber nachdenken, weil es mich so entsetzt hat. Als erstes dachte ich, mir würde der Anblick dieses jungen Mannes das Herz abdrücken, weil Manfred da saß, als sei nichts geschehen, als hätte er mir nur einen Streich gespielt, als er gestorben ist, als sei jetzt alles wieder gut und könne von vorne anfangen. Die Trauer sei es, dachte ich zuerst, die mir das Herz abdrücke. Tatsächlich habe ich ihn doch ganz anders in Erinnerung, weil er sich in den vielen Jahren, die wir uns kannten (mehr als sein halbes Leben lang kannten wir uns), doch verändert [S. 37] hat und ich mich auch. Dann dachte ich, es drücke mir das Herz ab, weil es war, als sei ich plötzlich wieder jung geworden, als müsse ich nun alles noch einmal erleben. (Müsse? Bei manchem, bei vielem. Bei so manchem würde ich doch denken, müßte ich, sollte ich doch denken, ich d ü r f e es noch einmal erleben. Aber man möchte das nicht, niemand möchte das, einmal erleben reicht vollkommen.) Mein dunkles Herz. Mein schwarzes Loch dort, wo das Herz sein sollte. Gerade fällt mir auf, daß ich offenbar doch eins habe, ein Herz. Noch einmal jung sein, quelle horreur. Am Ende habe ich begriffen, was es war: es war die Gegenwart. Manfred als jungen Mann lebendig vor mir zu sehen, war so, als sei keine Zeit vergangen, als sei sie vielmehr stehengeblieben, als gäbe es überhaupt keine Zeit, sondern nur den Augenblick, nur den Moment, nur das Jetzt. Das war das Entsetzliche, das ist überhaupt der größte Schrecken, den ich mir vorstellen kann: ewige Gegenwart. Wenn alles immer so bliebe, wenn sich nichts verändern, ändern, nicht einmal ändern würde, das wäre die Hölle. So würde ich mir die Hölle vorstellen, jetzt, nachdem ich sie erlebt habe, das erlebt habe. Darum ist mir auch das Herz stehengeblieben, ein stehendes Herz ist die ewige Gegenwart. [Absatz]

So hatte es gar nichts mit Manfred und daß er schon tot ist, zu tun, auch nicht mit mir direkt, es war praktisch ein philosophisches Erlebnis oder wie soll ich das nennen? Eine Epiphanie? Vielleicht. Vielleicht. Egal. Es war die Hölle, es war ein Einblick in die Hölle. Die Hölle ist, [S. 38] wenn die Zeit nicht vergeht. Nicht nur, weil dann keine Wunden geheilt werden, sondern überhaupt und allgemein. (Fortdauernde Gegenwart ist die Hölle, weil das Stillstand bedeutete, Stillstand aber ist der Tod – ist tatsächlich der Tod; wenn das Herz und alle Organe stillestehen, ist man gestorben, dann ist man tot.) [Absatz]

Manfred gibt es nicht nur in dieser Gestalt, die ich gestern gesehen habe, nicht mehr, sondern es gab ihn sowieso in dieser Gestalt schon lange nicht mehr, denn es gibt ihn gar nicht mehr, ich wollte sagen, auch als er starb, gab es ihn in dieser Gestalt schon lange nicht mehr, hatte er seine, hatte sich seine Gestalt schon sehr verändert gehabt, war er schon ein komplett anderer geworden, hatte sich sein Körper schon mehrere Male komplett erneuert gehabt, und mich gibt es in der Gestalt, die ich hatte, als ich ihn kennenlernte, auch schon lange nicht mehr. Und gerade finde ich meinen Namen den einzig wahren für Leute in fortgeschrittenem Alter: Renate, wiedergeboren.

Lektüre

Renate!

Renate.

Aber das konnte sie nicht sein, das hier mußte eine andere Renate sein, denn der Mann, mit dem sie damals liiert war, hatte nicht Manfred geheißen, wie er sich genau erinnerte, sondern Markus. Ja, Markus, und dieser Vorname hatte auch noch mit dem Nachnamen alliteriert, das war ihm aufgefallen; Gramschatz hatte er also auf jeden Fall nicht geheißen. Ob sie allerdings später doch noch geheiratet hatten, wußte er nicht, und wenn sie es getan hätten, dann wäre das Kind noch nicht alt genug, um zu studieren. Oder vielleicht doch? Er rechnete nach. Vielleicht doch. Dann wäre es möglich, daß dies hier seine Renate war. Seine Renate! Das wäre möglich. Wäre möglich.

Wäre durchaus möglich. Könnte sein.

Wie auch immer, hier sprach eine echte Renate, keine ausgedachte, immerhin das. Eine Renate, und wenn die Welt so wäre, wie sie sein sollte, dann wäre diese hier seine Renate, an die er damals, als er zum ersten Mal in der Irrenanstalt war, und auch davor und auch danach noch lange Zeit ausschließlich gedacht hatte; an nichts anderes hatte er damals gedacht, nicht nur an niemanden anderen, sondern auch an nichts anderes. Es war so angenehm gewesen mit ihr, nein, falsch. Es war nicht angenehm gewesen mit ihr, sondern vollkommen. Weil es genau so war, gewesen war, wie er es sich gewünscht hatte. Also, er hatte sich etwas gewünscht mit ihr, und dann war es genau so gekommen, wie er es sich, es war genau das geschehen, was er sich gewünscht hatte, sie hatte ihn beschwert, da konnte er nicht mehr fortgeweht werden. So hatte sie ihn beschwert, daß er in der Welt lag, eng verbunden mit ihr. Maximal mit der Erde verbunden war er damals gewesen, wenn sie ihn beschwert, wenn sie auf ihm gelegen hatte, so im übertragenen Sinne natürlich, sie hatten sich ja nie im Freien getroffen, sondern immer bei ihr zuhause, in ihrer Wohnung, wo es keine blanke Erde gab, sondern einen Teppichboden, außerdem wohnte sie im dritten Stock. Im übertragenen Sinne, im dritten Stock, im siebten Himmel, weil auf der Erde.

Renate.

orangefarbenes Heft aus der Mülltonne

Gemeint ist damit, wenn ich mich recht erinnere, die Wiedergeburt, nein, die Neugeburt mittels Annahme des christlichen Glaubens, aber es trifft doch allgemein und auf alle Lebewesen zu, daß sie sich fortlaufend erneuern, das ist doch das Wesen des Lebens überhaupt, eine fortlaufende, eine andauernde Erneuerung, die erst mit dem Tod endet und sich vorher schon verlangsamt, im Alter geht die Zellteilung langsamer vor sich, das ist die Annäherung an den Tod.

Lektüre

Das konnte seine Renate auf gar keinen Fall sein, denn die war nicht so verlabert wie diese hier. Allerdings, wenn er es recht bedachte, dann mußte er zugeben, daß er das gar nicht wissen konnte, weil sie sich doch nie unterhalten hatten. Sie war sowieso immer äußerst zurückhaltend gewesen, um nicht zu sagen, verknotet, nicht nur in der Firma, sondern auch privat. Obwohl ... da gab es schon Momente, in denen sie aufblühte, zumindest hatte ihm das so geschienen. Er war dann zwar jeweils sofort gegangen, aber dennoch – er hatte durchaus bemerken können, daß sie, nachdem sie ihn beschwert hatte, selbst leichter geworden zu sein schien, also dadurch, durch diesen Vorgang. Irgendwie war es ihm so vorgekommen.

Gramschatz wäre tatsächlich ein guter Name für sie gewesen, wenn man es entsprechend aussprach. Es waren jetzt nur noch drei Seiten.

orangefarbenes Heft aus der Mülltonne

Ach, so lange mochte ich meinen Namen nicht, und nun finde ich ihn ganz passend! Vielleicht finde ich ihn auch nur sachlich richtig. Wie auch immer. Laßt mich Renate sein, nein, nennt mich Renate, ich bin schon über zweiundvierzig. Denn das ist doch ziemlich [S. 39] großartig an der Konstruktion des Menschen, daß er dafür gemacht ist, zweiundvierzig Jahre alt zu werden, aber dann nicht automatisch stirbt, sondern, je nach der Pflege und Sorge, die man ihm angedeihen läßt, noch lange weiterlebt, immerzu. Solange die Zellen sich teilen, geht es weiter. Und übrigens wäre auch das die Hölle, wenn es ein eingebautes Sterbedatum gäbe, wenn man mit zweiundvierzig sterben würde und das wüßte, und man wüßte es ja. Vielleicht gäbe es weniger Selbstmorde oder es gäbe sehr viel mehr, eher sehr viel mehr; vielleicht würde mehr geleistet, vielleicht aber auch gar nichts mehr, wäre ja eh egal. Alles, was über zweiundvierzig hinausgeht, ist geschenkte Lebenszeit, auch wenn der Körper Zicken macht. Und ich, die ich nun schon jenseits der Reproduktionsphase bin, die ich mich nun nicht mehr reproduzieren kann, selbst wenn ich es wollte, ich lebe nun in der geschenkten Zeit. Für Frauen ist das viel deutlicher, viel besser als für Männer. Eben weil wir gar nicht mehr darüber nachdenken müssen, weil uns niemand mehr dazu anhalten kann, niemand mehr von uns erwarten kann, daß wir uns reproduzieren. Vielleicht ist es für kinderlose Frauen anders, und vielleicht könnte man mir vorhalten, daß ich mich nicht genug am Fortbestand der Art beteiligt habe mit meinem einen Kind, aber egal. Es ist jetzt egal, weil's jetzt so ist. Das ist das erste Mal, daß ich mich übers Klimakterium freue; ich vernachlässige jetzt mal die Hitzewallungen. Ich vernachlässige auch die ergrauenden Haare und die versagenden Augen, die nur noch partiell funktionierenden Augen, d. h., ich vernachlässige das ewige Haarefärben und [S. 40] die Lesebrille. Wiedergeboren, neugeboren, geschenktes Leben, ohne Pflichten, ohne Verantwortung, herrlich. Wenn ich halt etwas damit anfangen könnte. Wenn's halt nicht so langweilig wäre. Wenn Manfred noch lebte, würde ich mir vermutlich nicht die Haare färben.

[zwei Leerzeilen, dazwischen auf einer der vorgedruckten Zeilen ein schwarzer Querstrich über die ganze Seite]

Ich hatte dieses Heft ganz vergessen, ich hab's jetzt beim Ausmisten wiedergefunden. Ich weiß nicht, ob ich es behalten will oder behalten sollte, ob ich mein bisheriges Leben, überhaupt mein Leben in allen Abschnitten dokumentieren sollte, jetzt beginnt ein neuer. [Absatz]

Jetzt beginnt ein neuer! [Absatz]

Ich habe das hier jetzt nicht gelesen, nur quer darübergeschaut. Es hat mich geradezu fassungslos gemacht, wie sehr mich Manfreds Tod noch beschäftigt hat am 24. Mai letzten oder vorletzten Jahres, ich weiß das gar nicht mehr. Es sollte ja kein Tagebuch sein und ist auch keins geworden, schon darum würde es wenig nützen, als Erinnerungsstück wenig nützen. Ich weiß gar nicht, woran es mich erinnern sollte – doch, an die Zeit, als Manfred tot war und ich von Wolfgang noch nichts wußte. Wäre Manfred nicht gestorben, hätte ich Wolfgang ja gar nicht kennengelernt, das – das möchte ich mir gar nicht vorstellen! Fast könnte man meinen, daß es gut war, daß Manfred gestorben ist. Wenn ich mich gelangweilt habe, als ich die letzten Notizen hier machte, und das muß auf jeden Fall länger als ein Jahr her sein, wenn ich mich damals gelangweilt habe, dann vielleicht, weil ich das so gewohnt [S. 41] war aus meinem Leben mit Manfred, daß man sich tendenziell langweilt. Und das ist doch furchtbar. Kein Wunder, daß ich verschwinden wollte. All die Jahre, die ich mich gelangweilt habe, sogar über Manfreds Tod hinaus! Verlorene Zeit. Aber ich sehe jetzt alles positiv und will darum auch dies positiv sehen. Ohne diese Langeweile wüßte ich es womöglich weniger zu schätzen, wie außerordentlich, wie ausdrücklich nicht langweilig jetzt alles ist. Jetzt ist alles alles, nur nicht langweilig. [Absatz]

Der Umzug ist in einer Woche, bis dahin muß ich entschieden haben, was ich mit dem ganzen Gerümpel mache. [Absatz]

C'est payé, balayé – und noch was, bezahlt mit den grauen Jahren nach Manfreds Tod, die den grauen Jahren vor seinem Tod folgten, verschieden grau, doch grau die einen wie die anderen, *ça commence avec toi.* Positiv denken. Wegwerfen.

dichterische Verarbeitung des
orangefarbenen Hefts aus der Mülltonne

Renate ringt verzweifelt fast gegen großer Langweil' Last. Witwe ward sie, ach, so bald, weilt weinend nun am Grab, das ihrem Gatten galt ...

Nein, das war ja völliger Schwachsinn. Die Reime machten ihn ganz wuschig. Er hatte sie nicht beabsichtigt, sie waren ihm irgendwie unterlaufen; er wollte grundsätzlich keine Reime (und wenn, dann höchstens reine), er wollte nur alliterieren.

Er notierte sich, was in diese Verarbeitung alles hineinmußte, denn, glaubte er, länger als zwei Sätze mußte sie auf jeden Fall werden, ging es doch um ein ganzes Leben. Außer »Langeweile« mußte »Verschwinden« hinein sowie »Manfred«, »Mutter«, »Katharina«, »Kind« und vielleicht auch »Müllkontrolle«, in welchem Worte sich die Wörter mit M und die mit K würden vereinigen können. Auf »Wolfgang« hingegen war wohl zu verzichten, der kam ja nur kurz vor. Oder mußte gerade hinein, aber nur kurz, weil sich ja in diesem Manne, durch diesen Mann – durch das neu gefundene Lebensglück am Ende die ganze Sache auflöste. Zumindest das orangefarbene Heft mußte dann nicht weiter mit schwarzer Tinte vollgekritzelt werden, es mußte nicht mehr schreibend nachgedacht werden.

Dies sind die Wege des Menschen. Ob er Wolfgang oder Manfred heißt, es hangt das Weib dem Manne an. Und ist er plötzlich fort, faßt hart wohl sie die läst'ge Lang'weil' an. Verschwinden will sie dann, vergehen. Gelingen will's mir weiter nicht, beendete Antonius darauf diese Arbeit, für die er kein Talent hatte und die ihm in diesem Falle merkwürdigerweise auch gar keine Freude bereitete. (Warum Wolfgang? Warum nicht gleich Wolf-Rüdiger?)

Er fühlte sich ermattet. Geradezu erschlagen. Darum zog er Schuh' und Jacke an, verließ die Wohnung dann und schwang auf sein Fahrrad sich, um wieder einen klaren Kopf zu bekommen. Daß die ausgerechnet Renate heißen mußte.

Zweiter Teil:

Anmerkung (Vergangenheit)

– Eins –

außen

Rambazamba vor den Mauern von Jericho. Am 10. März 1990 ist Berlin eine geteilte Stadt, aber man sieht es nicht mehr so deutlich wie früher; die Grenze ist jetzt eine gedachte, die allerdings jeder kennt, weil sie jeder denkt. Im Ostteil bricht die letzte Woche einer fünf Monate währenden Anarchie an, im Westteil herrscht Goldgräberstimmung; im Ostteil freut man sich über die Möglichkeiten der Freiheit, im Westteil über die Freiheit der Möglichkeiten; im Ostteil wird man in einer Woche zu freien Wahlen schreiten, im Westteil hat man die freie Wahl. Noch liegt Berlin mitten in der DDR. Die Stadt ist überfüllt von Glücksspielern aller Niveaus und Nationalitäten, die sich mit langen Fingern in dem Riesenclaim vorwärtswühlen. Die Eiterbeule im Fleisch des Sozialismus ist aufgeplatzt, dieser Eiter fließt nun übers ganze Land. Das kaufen wir jetzt, sagen die im Westen, während die im Osten noch glauben, sie könnten jetzt alles kaufen. Kaufen und Kaufen lassen! Oder »suum cuique«, wie der Berliner selber sagt, von jeher immer gesagt hat, und davon geht er nicht ab: jeder nach seiner Fassongmanier! Noch scheint alles möglich, noch ist die Stimmung gut. Das Wetter ist es auch. Berlin ist der Nabel der Welt, und die zwei sich vereinigenden Deutschlands sind gerade dabei, einen Weltrekord im Dauerküssen aufzustellen, die Lippen sind ihnen schon ausgetrocknet, aber sie lassen nicht voneinander ab, nehmen auch die Zähne zur Hilfe, der Sieg ist ihnen gewiß, doch tut das nichts zur Sache.

Dorothea

Am 10. März 1990, einem Samstag, kam Dorothea Dreifinger mit einem Flug der Swiss Air aus Zürich auf dem Berliner Flughafen Tegel an. Sie kam, um zu bleiben. Eine Woche zuvor war sie von San Francisco nach Zürich geflogen und weiter nach Konstanz gefahren, um sich bei ihren Eltern wieder an Deutschland zu gewöhnen, das sie fünf Jahre zuvor verlassen hatte, um an der Universität von Kalifornien in Berkeley *German Studies* zu unterrichten und dabei zugleich ihre Doktorarbeit über den Barockdramatiker Johann Christian Hallmann fertigzustellen.

Zwar war sie an der amerikanischen Westküste nicht nur geographisch weitestmöglich von den für ihr Gebiet, den schlesischen Literaturbarock, wichtigen Bibliotheken in Breslau und Wolfenbüttel entfernt, doch hatten sie persönliche Gründe (pompös scheiternde Liebesbeziehung) so sehr vom Arbeiten abgehalten, daß sie fürchtete, ihre Dissertation nicht beenden zu können, solange diese Gründe greifbar und nahe waren. So sehr hatte sie diese Entfernung gebraucht, daß sie in den vergangenen Jahren nur ein einziges Mal – um ihre Doktorarbeit zu verteidigen und die weiteren Prüfungen abzulegen – nach Deutschland zurückgekommen war. Ihre Eltern hatte das nicht bekümmert, die hatten das sogar begrüßt, denn sie waren gerne nach Kalifornien gereist, um ihre Tochter zu besuchen.

außen

In Berlin schien die Sonne, und es war warm. Im April würde es noch einmal abkühlen, aber pünktlich zum ersten Mai würden die Temperaturen den August schon ankündigen. Danach würden die Eisheiligen den üblichen kleinen Kälteeinbruch bescheren, um so begieriger würde der mitteleuropäische Sommer begrüßt werden, der in diesem Jahr des Herrn 1990 ein brüllend heißer sein wird.

Aber der war an diesem Samstag im März noch fern, und hier draußen, am nördlichen Rand der Stadt, war auch von dem Weltensturz, der sich wenige Monate zuvor in ihrer Mitte ereignet hatte, nichts zu bemerken. Friedlich lag das Flugfeld unter dem weiten Himmel aus reinem Preußischblau, und fröhlich schleppten und rollten die Leute ihre Koffer und Taschen in das kleine kreisförmige Flughafengebäude hinein oder aus ihm heraus, die einen freuten sich auf die Reise, die anderen über die Ankunft, nur Dorothea machte eine Ausnahme.

Dorothea

Sie stand am Taxistand des Tegeler Flughafens und hätte kotzen können. Gestern war sie noch bei Kaffee-Kuchen-Konjack bei ihren Eltern im Wintergarten gesessen und hatte sich auf den aktuellen Stand der Fährnisse sämtlicher Familienangehöriger bringen lassen, heute sah sie nichts als übelgelaunte deutsche Taxifahrervisagen. Keine erschien ihr vertrauenswürdig, und sie wollte lieber den Bus nehmen. Aber der Busfahrer schloß gerade die Türen, als sie, unter der Last ihrer Taschen schwankend, dazu noch einen riesigen Koffer ziehend, angekraucht kam, und machte sie nicht wieder auf. Die vorbeifahrenden Gesichter glotzten sie an, als wäre sie blöde. So nahm sie doch ein Taxi, sah beim Einsteigen ostentativ am Chauffeur vorbei, quetschte sich in die rechte hintere Ecke, sagte »Handjerystraße 30«, glotzte zum Fenster hinaus und hätte sich weiterhin gerne übergeben.

Sie war entsetzt von den solide gebauten Straßen und den putzigen Autobahnbrücken, die sich manierlich auf ihren Stelzchen räkelten. Es erschien ihr alles winzig, und dabei war auch alles so sauber wie auf einem Modelleisenbahngelände. Die alten Häuser grobe Klötze, einer am anderen, aber immer bloß vier Stockwerke hoch, die neueren Häuser hatten Fassaden wie leergefressene Pralinenkartons, in denen steckten die Leute dicht an dicht. Natürlich war Berlin gerade das Epizentrum weltgeschichtlicher Ereignisse und im Vergleich mit Konstanz sicher sowieso ungemein lebendig, aber gegen San Francisco, Los Angeles, New York? Gegen das andere Ende der Welt? (Denn am anderen Ende der Welt, da war das Ende der Welt fern, da bebte die Erde, doch als die Nachricht im Fernsehen kam, hatte man schon wieder festen Boden unter den Füßen; eine Woche später trug jedermann das T-Shirt zum geologischen Ereignis. Hier hingegen – an diesem Ende der Welt war kein Halten.)

Wir sind jetzt in Berlin gelandet.

Dorothea schreibt einen Brief

Berlin, den 12. März 1990
Liebe Evelyn,

in diesem schlammig schäumenden Pfuhl irdischer Begierden, diesem von vernünftigen Vorschlägen irr gewordenen Kolumbusei der Macht bin ich nun gelandet. Berlin ist keine wilhelminische Matrone mehr und kein Charlestonmädel, keine deutsche Mutter und keine abgetakelte Lebedame, Berlin ist verkommen zu einer spießigen Hausfrau mit mondänen Ambitionen, ist eine veraltete Einbauküche, die auf Science-Fiction-Interieur aspiriert. Vorgestern bin ich angekommen, und heute könnte ich ohne Bedauern schon wieder wegfahren.

Berlin, Berlin, warum mußte es ausgerechnet Berlin sein? ACH! Ich könnte KOTZEN die ganze Zeit! Wie gut, daß Barockliteratur mein Gebiet ist, das spornt mich wenigstens zu wüsten Bildern an – sonst würde ich immer nur kotzen und wirklich wieder wegfahren. Aber so betrachte ich die Sache qua teilnehmender Beobachtung quasi wissenschaftlich und versuche krampfhaft, dem hier etwas abzugewinnen. Ich bin ja mittendrin im großen Welttheater. Dieses Volk ist rasend wie ein losgelassener Kettenhund und hat seine Zähne wieder einmal in diese Stadt hineingekrampft.

Anyway, ich will Dir alles von Anfang an erzählen, sonst kannst Du Dir das überhaupt nicht vorstellen, dieses Schlacht-, Irren- und Hexenhaus, Du Dreimalglückliche in der schönsten Stadt am anderen Ende der Welt. (Ich darf gar nicht dran denken!) Sei jedenfalls froh, daß Du Ben geheiratet hast, statt ihn zu verlassen, wie ich es mit Josh gemacht habe, ihn verlassen, meine ich, statt ihn vor den Altar zu zerren und die Eintrittskarte in die neue, die schöne Welt zu lösen. Bis zum großen Erdebeben wäre das schon gutgegangen, und lieber stürbe ich, wenn die Erde bebt, statt so wie hier, wenn der Krieg vorausbebt. Nein, ich will nicht den Teufel an die Wand malen.

Also. Jetzt ist Montagabend, seit Samstagnachmittag bin ich hier, und es ist schon so viel passiert, oder vielleicht auch gar nichts, aber ich will Dir alles erzählen, ab incipio. Markus wohnt jetzt auch in Berlin! Seine Eltern haben es mir erzählt, als ich bei den meinen weilte; ich hab' ihn aber noch nicht angerufen.

Am Samstag bin ich angekommen um zwei Uhr nachmittags, da hätte ich sofort mit dem Kotzen anfangen können, nein: sollen! Kotzen hätt' ich sollen, aber geheult hab' ich. Da will ich gerade in den Bus vom Flughafen in die Stadt steigen, und da macht mir doch der Busfahrer die Tür direkt vor der Nase zu! Kein kalifornischer Busfahrer ever käme auch nur auf die Idee, so etwas zu tun! Und der Taxifahrer war vom selben Typus. Zum Glück hatte ich meinen Walkman in der Tasche, wegen dem Flug, dem Start in Zürich hatte ich ihn im Handgepäck, habe ihn mir auf die Ohren geknallt und mir die »Dead Kennedys« angehört. »California Über Alles«, genau.

FUCK! Fuck. Fuck.

Dann bin ich bei Annemarie angekommen, die ist zum Glück heute früh »in Urlaub« gefahren, nach Kuba. Möchte zwar wissen, wovon, in zweierlei Hinsicht, aber jetzt ist sie erst einmal weg, und das ist gut, denn die ist jetzt auch so deutsch geworden und findet alles irrsinnig aufregend und versucht, in der DDR beim Fernsehen einen Job zu kriegen, sic.

Aber natürlich bin ich froh, daß ich fürs erste untergekommen bin, wenn ich hier auch einen fetten Kater versorgen und einen Anrufbeantworter kaufen muß, weil der von Annemarie just in der letzten Woche den Geist aufgegeben hat, wie ungemein passend, Annemarie ist noch ganz die Alte. Aber ich kann in Ruhe eine Wohnung suchen, was allerdings eine herkuleische Aufgabe sein soll, weil im letzten Jahr so viele Leute aus der DDR hierhergekommen seien, und außerdem seien lauter Polen da, die irgendwie deutschstämmig seien und deswegen hierher »aussiedeln« dürfen (die aus der DDR heißen »Übersiedler«) und überhaupt sei es hier schon immer furchtbar schwer gewesen, eine Wohnung zu kriegen, und die Studenten liegen auf der Straße, und es sei überhaupt alles ganz furchtbar schwierig, aber doch auch so aufregend! So ungemein aufregend irgendwie, so wenn man an der Weltgeschichte so direkt teilnehmen kann, so irgendwie. Hat mir alles Annemarie erzählt. Das Gequatsche ist noch genau dasselbe wie vor Jahren, als wir Abitur gemacht haben.

Um drei war ich bei Annemarie in Friedenau, um vier war ich geduscht und hatte mir eine Tasse Kaffee eingeflößt, und um fünf war ich – na, wo wohl? – hm? Du errätst es nicht: AM BRANDENBURGER TOR! Oh! Oh! Oh, wie grauslich schön. Annemarie hat die ganze Zeit gequasselt, vom »Symbol der deutschen Teilung und Tor in die nationale Einheit«. Mir erschien es mehr wie eine Begegnungsstätte für das internationale

Pack, das da Mauerstückchen feilbietet und sich nicht entblödet, auch noch DDR-Uniformen zu verkaufen, das Zeug geht weg wie warme Semmeln. Ein Gehämmer wie im Steinbruch, zu Hunderten stehen sie da, nennen sich »Mauerspechte«, klopfen höchstens handtellergroße Stückchen aus einem von den zwei vom Mond aus sichtbaren Bauwerken (bald wird's nur noch eines geben), graben Höhlen in die doppelwandige Mauer am Brandenburger Tor und dann – verscherbeln sie die »historischen Souvenirs« für teuer Geld. Weißt Du, früher, wenn sie ein altes Schloß oder was als Steinbruch genutzt haben, dann, um Straßen oder neue Häuser zu bauen, aber hier wird konsequent dem Gesetz der Entropie gehuldigt. Mauerstückchen in Kunstharz, auf Holz, mit irgendeinem obskuren »Zertifikat« verhökert von zahn- und hautkranken Nachkriegsmenschen, die wie just aus dem Bunker gekrochen … Oh! Annemarie in ihrem gnadenlosen Willen zur Affirmation sagte mir, daß sie das ganz toll finde, »du, es hat doch echt was Gutes irgendwie, ich meine, also, da können sich doch die Leute endlich mal selber was verdienen.« Na klar doch.

Annemarie findet das alles so klasse, weil sie schon drei Kurzberichte darüber an den Rundfunk hat verkaufen können, und jetzt will sie auch noch ein »Fietscher« darüber machen. Feature the future, I'd rather say, nicht diese erbärmlichen Profiteure von etwas, von dem doch keiner weiß, wo's hinführt.

Wir sind bis zum Potsdamer Platz gelaufen, waste land, und die ganze Mauer entlang alles voll von diesen Menschen. Sicher, für jemanden, der bislang im Schatten der Mauer wohnte und sicher sein konnte, daß dies das Ende der Welt ist, deutlich zu sehen und unverrückbar (wo hat man das denn heutzutage noch, eine deutlich erkennbare Grenze?), für den ist das schon sehr aufregend, für den verrückt sich natürlich die ganze Welt – und damit anscheinend auch die Weltanschauung. Alles dreht sich, alles bewegt sich. Aber warum jubeln Leute wie Annemarie so sehr? Wir sind doch gleich alt und für sie muß doch DIE DEUTSCHE FRAGE auch bloß CDU-Gewäsch gewesen sein, der war doch dieser ganze Schmonzes so schnurzpiepegal wie sonstwas, wie er Dir oder mir egal war. Unsere nächsten Grenzen waren doch immer die zur Schweiz und zu Frankreich! Ach, Du weißt schon, liebe Evelyn, Dir muß ich das alles nicht noch einmal erzählen, wir haben ja in den letzten Monaten oft genug darüber gesprochen. Du fehlst mir schon jetzt.

Abends habe ich noch ein paar von Annemaries Freunden kennengelernt (»Begrüßungsempfang«, um drei haben sie mich endlich ins Bett gelassen), das sind so Provinzgurken, die sich, weil sie jetzt in Berlin leben, auf einmal zu Großstädtern mutiert glauben, und sich nicht scheuen, Nullwörter wie »metropolitanes Ambiente« oder »urbanes Lebensgefühl« in den Mund zu nehmen, wenn sie von Berlin sprechen. Sie wollen wieder eine Hauptstadt (und wahrscheinlich auch ihren alten Kaiser Wilhelm wiederhaben), und in jedem dritten Satz attribuieren sie ihre bescheuerten Kitschideen von der Zukunft (einer quatschte sogar was von »machbarer Utopie«, ich hätte schreien können!) mit »wie in den zwanziger Jahren«. Kulturelles Leben »wie in den zwanziger Jahren«, Aufeinanderprall von Wirtschaft und Politik »wie in den zwanziger Jahren«, architektonische Glanzleistungen »wie in den zwanziger Jahren« und so weiter. Diese Idioten. Die stellen sich die zwanziger Jahre als eine Art Hyper-Variété-Theater vor, die glauben, es hätte da nur so gewimmelt von gottbegnadeten Helden der geistigen Arbeit statt von arbeitslosen Proleten, die sich gegenseitig die Köpfe einschlugen. Eine einzige Straßenschlacht, diese zwanziger Jahre. Und keiner denkt daran, worin sie folgerichtig endeten. Und überhaupt fällt mir da ein, daß diese Teutonen sich immer einbilden, das Allermodernste, der fortgeschrittenste Menschheitszustand sei erreicht, wenn alles wieder so ist wie in irgendeiner nebulosen Vorzeit, Germanien, zwanziger Jahre, Scheißdreck. Ich kann gar nicht so viel fressen, wie ich kotzen könnte ...

Und Du, meine liebe Evelyn, hast mir ja dreitausendmal gesagt, ich solle abwägen, was ich für den Karrierefortschritt alles hergebe. Bald schäme ich mich, bald komme ich mir vor wie Annemarie und ihre Freunde, die den großdeutschen Scheiß wahrscheinlich nur deshalb bejubeln, weil sie sich einbilden, sie würden jetzt alle irgendwelche Jobs bei irgendwelchen Radio- und Fernsehstationen kriegen, die ihre eigene Großmutter verkaufen würden für etwas, das auch nur entfernt nach Karriere oder wenigstens fester Anstellung aussieht, für ein winziges Zipfelchen vom bundesdeutschen Glück, ein Krümelchen vom großen Kuchen ...

Ich hab' mich müde geschrieben. Bald mehr! Ich werde Markus mal anrufen. Grüß mir Ben ganz herzlich! Und Roselynn und Kenneth und Kimberley und natürlich the one and only Mr Shoemaker! Und auch Josh, wenn Du ihn mal triffst ... Nein. Keine Sentimentalitäten.

Ich umarme Dich und küsse Dich and miss you very much –
Dorothea

P.S: Ich soll Dich von Annemarie zurückgrüßen; das hat sie mir noch aufgetragen, bevor sie gen Havanna entschwebte. Cheerio!

außen

An diesem Ende der Welt, da war das Ende der Welt kein Ozean, da schaute man nicht nach Asien hinüber, hier war das Ende der Welt ganz handfest eine Mauer gewesen, drei Meter sechzig hoch, da war Schluß, da konnte man zwar hinüberschauen und sehen, daß es hinter dem Ende der Welt genauso aussieht wie davor, aber es war nicht mehr die Welt, sondern das Ende, ungelogen.

Doch nun gab es keine Mauer mehr, hatte die Welt kein Ende mehr, sondern ging einfach immer weiter und war dem Leben selbst zum Verwechseln ähnlich geworden. Berlin war plötzlich ein Platz auf der Welt, doch noch voller Angst, aus ihr hinauszurutschen. Jedoch *think global, act local* sagt das Geld, wie überall, nun auch hier und schlägt gar viele Nägel ein, um die Stadt vorm Verrutschen zu sichern.

Dorothea
Frau Klopper

Am Dienstagmorgen ging Dorothea zu ihrer künftigen Arbeitsstätte, dem Institut für deutsche Literatur zwischen den Zeiten an der Freien Universität Berlin, traf dort aber nur auf die Sekretärin, Frau Klopper, die, von Plätzchentellern, Plüschtierchen und Kaffeegeschirr umgeben, ein Kreuzworträtsel löste.

»Ja, ich bin im Moment beschäftigungslos, die Herren sind alle im Urlaub«, sagte sie in Dorotheas erstauntes Gesicht hinein und lächelte mütterlich überheblich.

»Aber das Semester fängt doch in drei Wochen an«, gab Dorothea töchterlich verständnislos zu bedenken.

Darauf sprach Frau Klopper begütigend beruhigend und noch immer lächelnd: »Ach was, es ist noch massig Zeit, die Veranstaltungen beginnen erst am 16. April, und bei uns am Fachbereich fangen sie sowieso immer erst eine Woche später an, in der ersten Woche werden nämlich die Zwischenprüfungen abgehalten.«

»Ach so«, heuchelte Dorothea Einsicht.

Frau Klopper lächelte noch immer wie zur Begrüßung und

riß die Gesprächsleitung nun endgültig an sich: »Wissen Sie vielleicht, wie der Astrologe Wallensteins hieß? Vier Buchstaben. Ich vergesse das immer.«

»Ich auch.«

»Aber Sie sind doch vom Fach!«

»Ja, schon, lassen Sie mich nachdenken.«

»Andererseits, vielleicht könnten Sie auch nachschauen. Herr Professor Stiller sagte immer ...«

»Seni hieß er.«

»Ja, genau, jetzt fällt's mir auch wieder ein. S e n i . «

»Sagen Sie, Frau Klopper, könnte ich denn mein Arbeitszimmer schon mal anschauen?« fragte Dorothea, allein vergeblich.

»Ja, das ist auch so ein Problem. Herr Professor Stiller ist ja jetzt emeritiert und eigentlich sollte sein Raum an Herrn Professor Mann übergehen, weil der doch jetzt das Institut leitet, aber der Raum ist so dunkel, und Herr Professor Mann ist noch nicht da, und da wollten wir erst einmal abwarten, ob er nicht lieber den hellen Raum haben will, wo Herrn Professor Stillers Assistentin saß, die ist ja jetzt auch nicht mehr da, und deswegen wissen wir noch gar nicht, wer jetzt welchen Raum bekommen soll, aber wenn Herr Professor Mann sich erst einmal entschieden hat, dann wird sofort mit dem Renovieren angefangen«, antwortete Frau Klopper und lauerte Dorothea von unten her an. Aber die blieb freundlich, zuviel Trubel in den letzten Tagen, sie war müde, auch wollte sie es sich mit Frau Klopper nicht gleich verderben.

»Aber könnte ich denn wenigstens die zwei Räume mal nur so anschauen?«

»Aber bitte. Nur so schon.«

Dieses ist der dunkle Raum. An den Wänden sind bis unter die Decke Bücher aufgereiht. Auf dem Boden stehen offene

Kisten voller Bücher. Auf dem Schreibtisch liegen Bücher und Zeitschriften gestapelt, außerdem die Post. Auf dem Fensterbrett darben zwei kleine fettblättrige Pflanzen auf hellbraunen Untertassen mit dunkelbraunem Rand. Hier drin hängt der Mief eines erfüllten Lebens für die Wissenschaft, viele Jahre saurer Professorenschweiß. Vor dem Fenster steht ein Baum, der macht das Zimmer so dunkel.

»Herr Professor Stiller hat ja nie geraucht«, erklärte Frau Klopper, »deswegen sind die Wände kaum vergilbt. Ich rauche auch nicht. Wir rauchen hier alle nicht. Rauchen Sie?«

»Ich rauche.«

»Ach ja?«

»Gelegentlich. Bei der Arbeit.«

Dieses ist der helle Raum. An der Wand steht ein leeres Bücherregal. Davor ein Schreibtisch und ein Stuhl. Neben der Tür stehen zwei Kartons mit alten Exemplaren der am Institut herausgegebenen Zeitschrift »In medias tempora. Zwischenzeitliche Mitteilungen« und eine Kaffeemaschine.

»Die hat uns Frau Doktor Schmidt dagelassen.«

»Und wo ist sie jetzt?«

»Sie hat jetzt ein Kind. Ihr Mann ist beim Senat. Sind Sie auch verheiratet, Frau Doktor Dreifinger?«

None of your business!

Der dunkle Raum ist ruhiger. Neben dem hellen Raum liegt das Bad mit der Toilette.

»Das Bad durfte nicht verändert werden, das hat der Landeskonservator so verfügt«, erläuterte Frau Klopper.

»Wieso? Steht das Haus unter Denkmalschutz?«

»Teilweise. Die Fassade und eben das Bad. Typisch für eine Dahlemer Villa in den späten zwanziger Jahren. Und das wird ja jetzt auch wieder modern.«

Sie sagen es.

Die Luft ist gut in Dahlem. Von Annemaries Wohnung aus könnte sie mit dem Fahrrad herfahren. Im Garten ist ein Swimming-pool, der, halbgefüllt mit grünlichem Wasser, friedlich vor sich hindümpelt. Hinter dem Gartenzaun das große Gebäude, was ist das?

»Das sind die Headquarters von den Amis. Um fünf blasen die Zapfenstreich, aber pünktlich, da können Sie die Uhr nach stellen. Das wird aber wohl bald vorbei sein, wir brauchen ja jetzt keine Amis mehr, wo wir uns wiedervereinigen.«

Nun, wer weiß.

außen
Dorothea

In Dahlem ist es friedlich. Drei Sorten von Menschen bevölkern den Stadtteil: wohlhabende, studierende, amerikanische. Alles ist in Ordnung, und es gibt nicht nur einen Fahrplan für den Busverkehr, sondern er wird auch eingehalten.

Im Elektronikladen im Forum Steglitz sagte Dorothea: »Ich hätte gerne einen Anrufbeantworter.«

»Was für einen?« fragte der Verkäufer.

»Irgendeinen. Halt einen, der funktioniert.«

»Mit Postzulassung oder ohne?«

»Ist das wichtig?«

»Wieviel wollten Sie denn ausgeben?«

»Was kosten die Dinger denn so?«

»Das kommt drauf an, ob mit Postzulassung oder ohne.«

»Macht das einen Unterschied?«

»Ja«, sagte der Verkäufer, »ohne ist billiger.«

»Dann ohne«, sagte Dorothea.

Im Supermarkt waren die Einkaufswagen zusammengekettet, damit keiner ausbüchste. Es versammelten sich immer alle vor denselben Regalen. Ein paar DDR-Bürger, erkennbar an ungewollt billiger Kleidung und buntgemusterten Nylontragetaschen, glaubten sich im Völkerkundemuseum und studierten aufmerksam die dreißig verschiedenen Sorten Zahnpasta, die hier angeboten wurden. Zwei Polen kauften hundertzwanzig Dosen Bier. An der Kasse herrschte betretenes Schweigen, während die Kassiererin einer halbblinden Rentnerin für Wurst und Brötchen vier Mark sechsundsiebzig aus dem Geldbeutel zählte.

Auf dem Nachhauseweg hatte Dorothea schwer zu schleppen. Aus Angst vor dem Ladenschlußgesetz hatte sie soviel wie nur irgend möglich eingekauft, einen Lebensmittelvorrat für die ganze Woche, dazu Katzenstreu und zehn Dosen Katzenfutter.

Endlich daheim, trödelte aus dem Radio eine uralte Jazzmelodie, Tommy Dorseys Orchester und Frank Sinatras Stimme und ein kleiner Hintergrundchor, *I'll never smile again unless I smile at you*, träge vor Überdruß und angeödet, daß sie gut fünfzig Jahre nach der Aufnahme immer noch im Radio gespielt wurde. (Dieses Lied war in der Sendung »Jazz for the Asking« des BBC World Service zu hören. Arthur Stumps aus Durban/Südafrika hatte es sich für seinen Bruder George Stumps in Yorkshire/England gewünscht.)

Annemarie hatte Romanistik und Publizistik studiert und versuchte seit Jahren, sich als freie Journalistin durchzuschlagen, was ihr meistens nicht gelang, weswegen ihre Eltern ihr nach wie vor Geld zusteckten, mal für eine Waschmaschine, mal für eine Autoreparatur, mal einfach so. Ihre Wohnung war schön und groß. Schön war sie, weil sie gerade renoviert worden war, und groß, weil das Haus einem Onkel von Annemarie gehörte und sie keine Miete, sondern nur die laufenden Kosten zahlen mußte. Dorothea bewohnte das Gästezimmer, der Kater Annemaries Wohn-, Arbeits-, Schlafzimmer.

Der Kater hieß Metro-Goldwyn-Mayer, wurde aber Mister Fritz gerufen. Er war rot, riesengroß und sehr fett und scharwenzelte fortlaufend um Dorothea herum, während sie versuchte, den Anrufbeantworter anzuschließen. Der Kater sollte dünner werden und deshalb nur eine halbe Dose Kitekat am Tag kriegen; die war natürlich längst aufgefressen. Der Anrufbeantworter wollte und wollte nicht funktionieren, er blokkierte das Telefon und Dorothea bekam kein Freizeichen, der Kater hatte einfach Hunger. Sie gab ihm noch eine halbe Dose Futter, denn sie hielt es für Tierquälerei, Katzen in der Wohnung zu halten und sie dann nicht einmal richtig zu füttern. Endlich funktionierte der Anrufbeantworter samt Telefon, sie sprach ihre Ansage auf. Eigentlich wußte sie nicht, wessen Anrufe sie nicht verpassen wollte, aber ein Anrufbeantworter gehörte nun einmal zum modernen Leben. Um ungestört arbeiten zu können, würde sie ihn immer eingeschaltet lassen.

Annemarie hatte einmal einen Setzkasten gehabt, fiel Dorothea ein, als sie herauszufinden versuchte, warum ihr die Wohnung nicht gefiel. Sie war ein Puppenheim, so nett, sauber, ordentlich, so unpersönlich. Aber darum war das Gästezimmer gerade gut für sie, es war wie ein Hotelzimmer. Sie nahm Vincent van Goghs Sonnenblumen ab und den Sinnspruch über dem Nachtkästchen (»Wir töten, was wir lieben«), pinnte ihr kleines Bild von Kafka an die Wand, das sie im Alter von sechzehn Jahren aus einer Zeitschrift ausgeschnitten, mit

Selbstklebefolie haltbar gemacht und noch in jedem Zimmer, das sie je bewohnt, an die Wand genadelt hatte, an eine nicht gleich evidente, sondern vielmehr die Stelle, auf die ihr Blick fiel, wenn sie vom Schreibtisch hoch zur Seite schaute.

auf der anderen Seite der Welt

Amos hatte sich schon vor zwei Wochen von allen verabschiedet, es waren ja nicht viele. Er war mit ihnen im »First TexMex Restaurant« gewesen, sie hatten ihm auf die Schulter geklopft und waren dann über ihren Margueritas sentimental geworden, und er war auch nicht gerade fröhlich gewesen. Ausgerechnet den Ruf nach Berlin mußte er annehmen und hatte doch vorher alle Angebote ausgeschlagen, *lonesome wise man of Madison.* Die Wohnung war seit einer Woche leer, er hatte alle Möbel verkauft, nahm nur die Bücher mit. Er glaubte nicht, daß er noch einmal in die USA zurückkehren würde, denn er wußte weder wohin, noch zu wem. Es war ihm gleich, wo er einsam sein sollte; die Europäer sind fasziniert von der amerikanischen Wüsteneinsamkeit zwischen all den freundlichen Gesichtern, die Amerikaner begeistern sich für die alten europäischen Städte, weil sie glauben, die bestünden aus nichts als Kultur. Er saß dazwischen. *Surely the Lord GOD will do nothing, but he revealeth his secret unto his servants the prophets.* Dafür hatte er diesen Namen bekommen, aber der HErr hatte ihm noch kein Geheimnis offenbart.

Sein Auto war schon verkauft, er fuhr mit einem Mietwagen nach Waukesha hinüber durch die Landschaft, die so deutsch anmutet, aber nicht wie um Berlin herum, wo die Landschaft polnisch ist, wie seine Mutter bei jeder Fahrt durch die Hügel Wisconsins erläutert hatte. In Waukesha wohnte er in einem Motel, wo man ihn kannte und nicht redselig war. Er lief vormittagelang über den Friedhof, er wußte nie, was er seinem

Vater noch sagen wollte, auch jetzt nicht. Es endete jeden Tag damit, daß er gegen Mittag auf einer Bank zusammenfiel und sich lange nicht regen konnte, noch wollte. Nichts konnte er seinem Vater sagen, der ihn auch immer nur schweigend beobachtet hatte. Siegfried Mann, der seit 1941 kein Wort Deutsch mehr gesprochen hatte, aber seine Frau Elisabeth hatte es doch nicht fertiggebracht, mit ihren kleinen Söhnen in einer Fremdsprache zu verkehren, und er hatte es hingenommen, schweigend, wie er zu allem geschwiegen hatte. Als Amos älter wurde, hörte das auf, sie wurden Amerikaner, er und sein Bruder Abraham, und ihre Mutter wußte gar nicht mehr, wie sie mit ihnen hätte reden sollen.

Manchmal erläuterte der Vater ein Gedicht oder erzählte von der griechischen Götterwelt. Solche waren kostbare Tage. Da waren sie eine nette kleine Gelehrtenfamilie, mit Kaffeetafel, Schulerfolgen, einer unendlich geduldigen liebenden Mutter und einem Vater, der alles wußte, und die Liebe zu seinen Söhnen in der Bereitschaft, alle irgend möglichen Fragen zu beantworten, dartat. Selten waren diese Tage, an denen nicht das Beil der Vergangenheit über der Familie schwebte, aber das ahnte Amos damals nur dunkel, wie er nur sehr vage wußte, daß es etwas zu bedeuten hatte, wenn die Mutter die Landschaft um Berlin herum polnisch nannte.

Polen als Land in Europa mit einer Grenze zu Deutschland in der Nähe von Berlin, das wirkliche, das hin und her geschubste Land Polen, das noch nicht verloren ist, dieses ferne Land voll fremdartiger Bedeutung, wohin keiner von ihnen je einen Fuß gesetzt hatte, von diesem Polen war nur ein einziges Mal gesprochen worden, ein oder zwei Jahre nach dem Ende des Krieges in Europa: als er neun oder zehn Jahre alt war, erzählten sie ihm und Abraham, die ganze restliche Familie sei in Polen gestorben, das heißt, sie sei dort insgesamt umgebracht worden, die zwei Omas und die zwei Opas und die Tanten und Onkel sowie alle Cousins und Cousinen. Ihm war das ungeheuerlich erschienen, er verstand es nicht und hatte auch niemanden von diesen Verwandten gekannt. Er war in Chicago auf die Welt gekommen und in Milwaukee aufgewachsen. Es kam nie Besuch aus Europa, aber das konnte ihn nicht wundern, bekam doch auch sonst niemand Besuch aus Europa. Seine Deutschkenntnisse waren auf dem Kinderniveau geblieben, auch bloß eine dunkle Erinnerung, aber eine schöne und geheimnisvolle, ein ferner Klang aus dem Paradies. Deswegen hatte er Deutsch studiert, weil er ins Paradies zurückwollte.

Erst nach einer Weile hatte er zu begreifen begonnen, wie seinem Vater diese Sprache klang, seinem Vater, der auch einmal Germanistik studiert hatte, der auch einmal über Barockliteratur geforscht hatte, damals, in Berlin, in den zwanziger Jahren. Sobald er in den USA angekommen war, hatte er sich auf die amerikanische Literatur geworfen, am Anfang hatte er sich mit Französischunterricht durchgeschlagen. Kein Wort Deutsch seit 1941, als Amos vier Jahre alt war und Abraham sieben, und auch vorher hatte er ihn meist nur englisch gehört, mit schwerem Akzent, aber nuanciert. Nur hatte die Mutter da auch in seiner Gegenwart noch deutsch gesprochen. Und Amos studierte Deutsch. Als stille und heimliche Fron für seine Vorfahren lernte er dazu noch Jiddisch, womit er nie etwas anfangen konnte und wovon er nie erzählte; und was hätten seine Eltern dazu sagen sollen, die sprachen kein Jiddisch.

Jetzt saß er in Waukesha auf dem Friedhof auf seiner Bank und wartete darauf, daß das Blut versickerte, während er sich wieder einmal vorzustellen versuchte, wie das gewesen sein könnte vor zwölf Jahren, als seine Eltern in ihrem eigenen Haus erschlagen wurden. Wie sie ihren Mördern die Tür öffneten, wie die nicht mit ihnen redeten, sondern sie fesselten, wie sein Vater, weil er sich wehrte und sie verfluchte, weil er dazu nicht mehr schweigen konnte, wie er für die Flüche erschlagen wurde, wie dann auch seine Mutter erschlagen wurde, die gar nichts gesagt und sich auch nicht gewehrt hatte, damit sie später nichts sagen und sich nicht im nachhinein zu wehren versuchen könnte. Beide in ihrem Blut und jeder für sich tot und tot und tot. Und dann wurden die Mörder Räuber, durchwühlten das ganze Haus und fanden nichts, keinen Schmuck, keine Münzsammlung, da waren überall nur Bücher, und vor Wut kippten sie die Bücherregale um und den Schreibtisch, kein Zimmer war so verwüstet worden wie seines Vaters Arbeitszimmer. Ein Buch jedoch nahmen sie mit, vielleicht hatte ihnen der Einband gefallen, vielleicht hatte es sich beim Herunterfallen selbst aufgeschlagen, vielleicht fanden sie die deutschen Buchstaben lustig, *look at this, bizarre*, vielleicht wollten sie einfach ein Souvenir von diesem fehlgeschlagenen Raubmord behalten, zwei so alte Juden und gar kein Geld im Haus, unglaublich.

Ein Buch, vom letzten Geld ersteigert, 1936, soviel hatte er herausfinden können, ein einziges Buch, 1936, da dachten sie vielleicht noch, es würde alles nicht so, wie es dann wurde, dachten vielleicht noch, sie könnten ein Buch kaufen, ein Buch, Bibliothek vervollständigen, ein Buch, verdammtes Buch, wegen eines Buches, wegen eines einzigen deutschen Buches waren seine Eltern erschlagen worden, weil sein Vater die deutschen Bücher nicht hatte verkaufen wollen; sie sollten nicht unter die Leute kommen, und verbrennen konnte er sie schon gleich gar nicht.

Er hätte sie vergraben sollen, dachte Amos zum x-ten Male, warum hat er sie nicht vergraben, beerdigt, wie er die ganze erste Hälfte seines Lebens beerdigt hat, warum hat er sich sein Leben lang mit diesen Büchern beschwert? Sein Herz beschwert, wollte es sich nicht einfach machen, wollte jeden Tag aufs neue auf die Vergangenheit verzichten, auf die Kindheit, auf die Jugend, auf die ersten vielversprechenden Schritte zu einer großen wissenschaftlichen Karriere, jeden Tag aufs neue verzichten.

So war sein Vater erschlagen worden, so seine Mutter. Seine Mutter war ebenso erschlagen worden wie sein Vater. Wie sein Vater erschlagen worden war, so auch seine Mutter. Wie er, so auch sie. Er und sie, beide erschlagen. Von fremden Fäusten erschlagen, nordamerikanischen, vielleicht auch mittel- oder südamerikanischen. Vielleicht waren es eingewanderte Fäuste gewesen, am Ende gar polnische. Nichts hatte man herausgefunden, keine Spur gab es, Fremde waren das, fremde Fremde. Ihre Totschläger hatten sie zur Hilfe genommen, die hatten sie in ihren Fäusten getragen, mit denen hatten sie zugeschlagen, einmal, zweimal nur bei jedem, schnell, es war schnell gegangen, hatte ihm der Polizeiarzt versichert, das sollte sein Trost sein. Das war auch sein Trost, es war schnell gegangen. Nach dem entsetzlichen Schrecken, nachdem ihnen die Herzen aus den Höhlen gesprungen waren, nachdem der eine zu sprechen, zu fluchen angefangen hatte, und die andere zu schweigen, danach, stellte er sich vor, unmittelbar danach waren sie dann schon tot, unmittelbar danach. Wahrscheinlich hätte sie auch geweint, seine Mutter, aber wenn man selber stirbt, ist nicht der Moment zu weinen, nur um ihn, ihren alten verstockten verhärmten, ihren alten verschwiegenen verzweifelten, ihren alten geliebten Mann, um den hätte sie wohl weinen wollen, aber es ging ja so schnell, sie konnte ja nicht weinen; in dem Moment, in dem sie hätte anfangen können zu weinen, da war sie selber auch schon tot. Und tot und tot.

Die fremden Fäuste aber saßen an fremden Armen, und die waren Rammen, die saßen an fremden Körpern, und auf denen steckten fremde Köpfe und darinnen fremde Münder und darinnen fremde Zungen, und da war eine fremde fremde Sprache, keine Mutterzunge, und da waren Ohren, die nichts hörten, weil sie nichts verstanden. Und kräftig waren sie und jung bestimmt und so dumm und skrupellos, wie Mörder, noch dazu amerikanische, nur sein können. Die wußten nichts von 33/39/45, von Europa, von Berlin, von Polen gar, die wußten nur, daß es hier nichts zu holen gab und der Aufwand sich nicht gelohnt hatte, ein versauter Abend im Grunde.

An diesem Punkt fing er, wie immer, erneut zu fragen an, warum sie ein deutsches Buch mitgenommen hatten, wenn sie dumme amerikanische Mörder waren, die womöglich gar nicht lesen konnten, nicht lateinische Buchstaben, nicht englisch, schon gar nicht deutsch in Fraktur. Amos hatte immer die Theorie vertreten (leise, bei sich), daß es einen Dritten gegeben haben mußte, einen, der nicht nur lesen und schreiben konnte, wie man es auf der Schule lernt, wie man es braucht, um sich im Alltag zurechtzufinden, sondern so, wie man es in den einsamen sechzehnjährigen Nächten lernt und in Bibliotheken am Rande der Öffnungszeiten. Es war aber auch egal, sie waren ja tot. Es war aber auch überhaupt nicht egal, sie waren ja erschlagen worden.

So oft schon hatte er es versucht, aber gelungen war es ihm nie, sich richtig, sich ganz und gar, sich von Anfang bis Ende vorzustellen, was da passiert war, was der eine Mörder gesagt haben mochte, und was der andere, und was sein Vater geflucht haben mochte und gebrüllt, und was seine Mutter geschwiegen hatte. Zwölf Jahre war es her, zwölf Jahre schon wußte er so wenig, zwölf Jahre schon kam er auf diesen Friedhof, er, Amos, er mit dem Namen eines von jenen, denen der Herr seine Geheimnisse enthüllt.

Jetzt dachte er wieder, dies könnte nun der Moment sein, wo einer zu schreien anfängt.

Er schrie aber nicht.

Es war der Moment, wo er am tiefsten schwieg, wo das Herz nur gelegentlich noch schlug, und er war schlaff geworden auf seiner Bank, sein Blut war schon verdunstet, das Fleisch hing locker um die Knochen, und die trockene Haut umflatterte es. Er begann das Gewicht seines Hemdes und seiner Hosen und seiner Jacke zu spüren, und der leichte Wind blies ihm die Haare weg vom Kopf und drückte ihm die Augen in die Höhlen. Er rührte sich nicht, und es vergingen auch die Gedanken. Er konnte seinem Vater nichts sagen, aber er vergoß ein paar Tränen um seine Mutter, die stahlen sich zwischen seinen Wimpern hervor und froren seine Lider zusammen, er konnte die Augen nicht mehr öffnen.

Zum letzten Mal saß er auf diesem Friedhof, zum allerletzten Mal. Er begrub die ersten zwei Drittel seines Lebens, er verließ seine tote Familie und ging zurück an ihren Ursprung. Er war der letzte, denn Abraham galt nun auch schon lange für tot, schon vierunddreißig Jahre war es her, daß er in Frankreich mit dem Auto von einer Klippe gestürzt war. 1956. Ungarn, nicht Polen. Wahrscheinlicher war es schon, daß er tot war, aber man hatte seine Leiche nie gefunden, deshalb hieß es immer, Abraham sei verschollen, seine schöne Stimme sei auf der großen Reise im kleinen alten Europa verschallt. Nein, für sie war er nicht tot, auch für Amos nicht, der immer froh war, einen großen Bruder zu haben, mit dem er nachts vor dem Einschlafen reden konnte, was er bis heute tat, er sprach fast jeden Abend mit ihm. Wenn Abraham noch lebte – wenn er noch lebte.

Wenn Abraham noch lebte, hatte er für sie doch tot sein wollen; auch er hätte dann seine Vergangenheit begraben, seine ersten zwanzig Jahre. Wenn er noch lebte, er mit seinem Namen des Anfangs und Ursprungs, die ersten Buchstaben des

Alphabets und Vater der … aber fromm waren sie ja auch nie gewesen, trotz ihrer frommen Namen.

Amos bemerkte, daß ihm kalt geworden war. Er stand auf, er drehte sich nicht um. In einem Coffee-shop aß er einen Hamburger mit Pommes frites, den Nachmittag verdöste er in seinem Motel-Zimmer, am Abend sah er fern, bis ihm schlecht wurde und er schlafen konnte. Noch zwei Tage in Waukesha, am dritten Tag würde er nach Milwaukee weiterfahren und von dort mit dem Bus nach Chicago, es sollte eine altmodisch amerikanische Abreise werden, noch einmal durch die Hügel Wisconsins, noch einmal ankommen in Chicago, das immer seine Lieblingsstadt geblieben war, und dann in das kleine alte Europa fliegen, nach Berlin, das sich gerade wieder einmal für den Nabel der Welt hielt, nach Berlin, wo er den nachgewachsenen kleinen Deutschen ihre literarische Vorvergangenheit beibringen sollte, nach Berlin, wo die Vergangenheit seiner Eltern zerbombt worden war, wo er keine Spuren finden würde, nach Berlin, im dreiundfünfzigsten Lebensjahr, den Zenit schon überschritten, nach zwei Dritteln seines Lebens zum ersten Mal nach Berlin, in die Stadt seiner Eltern.

Markus
Dorothea

Am Nachmittag wollte der kleine Chef die Löhne auszahlen. Die Männer waren nicht hinausgefahren, sondern erledigten Reparaturen in den Ställen, die Frauen bereiteten ein großes Essen vor. Nach der Siesta saßen sie vor ihren Häusern und schauten zum Verwaltungsgebäude hinüber, von wo sie ihr Geld erwarteten.

Markus lud die Kartons mit dem Dosenbier für die Bauern selbst in den kleinen Jeep, auch wenn der Verwalter behauptete, das gehöre sich hier nicht. Ihm war es aber egal, was sich hier gehörte und was nicht, er brauchte Bewegung, um seine Wut loszuwerden, am liebsten hätte er Holz gehackt. Er war immer wütend, wenn er die Löhne auszahlen sollte, denn er haßte die Rolle des Patriarchen, in die man ihn hineinzwang, sie war die größte Demütigung für ihn. Er war genauso abhängig beschäftigt wie die Bauern, und dann sollte er den Chef spielen, und sie nannten ihn sogar den kleinen Chef, *el jefe pequeño.* Als er das zum ersten Mal hörte, war die Wut so gewaltig in ihn eingeschlagen, daß er leise aufgeschrien und der Verwalter, der neben ihm stand, ihm besorgt an den Arm gegriffen hatte, weil er glaubte, er hätte sich den Knöchel verknackst. Er war kein Chef, er war nur dessen rechte Hand; und dafür zahlte man ihm hundertfünfzigtausend Mark im Jahr, das war außerordentlich viel für eine erste Stelle. Aber dann war es auch wieder genau angemessen, wenn man bedenkt, daß er dafür alles tat, was man von ihm verlangte, ohne je Fragen zu stellen. Darum war diese Erhebung in den Stand des Geldverteilers, die scheinbare Aufnahme in die Kaste der Chefs Hohn und Spott. Er war kein Chef, sondern hatte seine Hände mit einem Seil aus 150 TDM p. a. an die Weisungen anderer gebunden. »Dumm sein und Arbeit haben: / Das ist Glück«, dachte er und lachte kurz auf, die Wut verwandelte sich in Zynismus. Er lachte grimmig und schwang sich in den Jeep. Der Verwalter winkte und fragte rufend, ob er nicht mitfahren solle. »Nein, schon in Ordnung!« brüllte Markus zu ihm hinüber und drehte den Zündschlüssel. Schon in Ordnung, das kleine Arschloch zu spielen. *¡Viva Zapata!*, dachte er und trat das Gaspedal durch, *¡unidad popular!*

Und morgen nach New York und von dort gleich nach Zürich zur Bank und dann nach Berlin und zwei Tage nicht schlafen, und hinterher bin ich fix und alle, und wozu mach' ich das eigentlich, es ist doch eine Riesenschweinerei die ganze Chose, aber andererseits der Job, aber andererseits wird sogar Renate langsam maulig, wo ich das doch ohne die schon längst nicht mehr machen würde, das ist das letzte Mal, ich schwöre, das ist das letzte Mal, aber andererseits geht mir Renate inzwischen sehr auf die Nerven, aber andererseits was hat das mit Renate zu tun, ich werd' sie abschaffen, die ist demnächst so weit, diese Scheißweiberscheiße, aber andererseits mein Schniepel, aber das sollte nicht das größte Problem sein, ich bin doch Jung und Gutaussehend und Erfolgreich und hab' jetzt genug Geld, daß ich mir die Frauen auch kaufen kann, wenigstens bei Studentinnen und Sekretärinnen kann ich mächtig Eindruck schinden.

Soweit ist es nun gekommen, dabei wollten Dorothea und ich mal das Superprofessorenpaar werden und ein großes Haus führen mit fünf Kindern und Gouvernante, zum Schießen, der könnte ich nicht mehr in die Augen sehen, ich werd' mich um einen Job an der Uni bewerben, Entwicklungsökonomie kann ich jetzt doch wirklich aus dem Effeff, ach, woll'n mal nicht zynisch werden, Scheiße.

Die Kaffeetassen passen alle zueinander, müssen teuer gewesen sein, Design-Schnickschnack, aber nicht teuer genug, zu plump, zu bunt, doch mehr Schnickschnack als Design. Und farblich abgestimmt auf die Kücheneinrichtung. Und das Dreieck, das über die rechte obere Ecke vom Küchenschrank gepinselt ist, weil höhere Mächte es befahlen, wird wieder aufgenommen im Muster des Teppichbodens im Gang. Ein Barbiepuppenheim, das war's. Annemarie ist eine riesengroße Barbiepuppe mit ihren aufgerissenen Augen und dem exakten Haarschnitt. Früher wirkten ihre Locken lustig, jetzt waren sie nur noch ornamentale Ergänzung zur Permanentgrinse in der freudig in die Zukunft frottierten Fresse. Und dann das blöde Gewäsch! Was habe ich eigentlich gegen Annemarie?

Der Kater schnurrte so laut, daß Dorothea ihn hinauswarf und die Tür schloß. Sie stellte ihr Teetablett auf den Schreibtisch, sie rückte ihre Bücher gerade, sie klappte die Mappe mit den Exzerpten und dem Entwurf für ihren Aufsatz für die »Wolfenbütteler Barock-Nachrichten« auf, sie rief Markus an.

Sie haben die richtige Nummer gewählt, bitte hinterlassen Sie eine Nachricht. Dorothea legte gleich wieder auf. Es ist komisch in fremden Wohnungen. Normalerweise ist man dort nicht allein. Eine Wohnung ohne Wohnungsinhaber ist wie ein Kleid auf dem Bügel. Saublöder Vergleich. Ich ohne Josh ist wie Josh ohne ich ist schon traurig ein bißchen. Und dann Evelyn gegenüber so tun, als hätte ich alles in der Hand gehabt, wo die doch genau weiß, wie's gelaufen ist. Sonst weiß das keiner. Ach, Evelyn! Ich will niemanden kennen in dieser Stadt. Wie spät ist es bei euch? Nein, die soll erst mal den Brief kriegen, ich hab' sie ja auch schon von Konstanz aus angerufen. Ach, die Mama vielleicht. Wie spät ist es denn eigentlich? Einige Mutmaßungen über Hallmanns verlorenes Drama. Verdammt, halb elf gleich, da schlafen die schon, was hab' ich denn bloß gemacht den ganzen Abend?

Renate

Renate war unruhig. Eins der Nachbarsmädchen spielte auf dem Klavier Tonleitern ohne Unterlaß. Meistens fand sie es gemütlich, daß die zwei Mädchen zum Musizieren angehalten wurden, das gab ihrer Wohnung etwas Heimeliges, und sie wußte, wenn sie das Geklimper hörte, daß es lebendige Menschen gab. Bloß heute abend ging ihr das Klavier auf die Nerven, sie konnte schon gar nicht mehr weghören. Die rechte

Hand spielte zwei Oktaven in die Höhe und die linke zwei in die Tiefe, dann liefen die Hände zurück, die Töne aufeinander zu, die linke Hand in die Höhe, die rechte in die Tiefe, trafen sich in der Mitte, es ging von vorne los, zwanzigmal hintereinander, wie von Carl Czerny vorgeschrieben, auseinander und zusammen, in die Höhe, in die Tiefe.

Markus sollte morgen wiederkommen. Er hatte nicht angerufen, das machte er nie, aber er wurde sicher für morgen zurückerwartet, seine Reisen folgten immer einem genauen Zeitplan, es waren ja Geschäftsreisen.

Zwei Oktaven hinauf und zwei hinunter, zwei hinauf und zwei hinunter.

Sie stellte das schmutzige Geschirr in die Spüle, spritzte etwas Spülmittel darüber, drehte den Warmwasserhahn auf, hielt die Hände unter den Wasserstrahl, bevor er richtig heiß wurde, schüttelte die Wassertropfen ins Spülbecken, dann trocknete sie sich die Hände so heftig ab, als wolle sie sie sich abreißen. Dann stützte sie sie sich in die Hüften, dann glotzte sie in das sich füllende Spülbecken, dann erstarrte sie, so verschwanden die Geräusche. Als das Wasser schon durch den Überlauf wieder abfloß, hörten die Tonleitern nebenan auf; das gab ihr einen Ruck, und sie drehte den Wasserhahn zu.

Für einen Moment war es still. Dann wurde mit »Für Elise« begonnen.

Sie bemerkte erst jetzt, daß die Blumen für Markus noch in dem zweiten Becken, das sie zum Geschirrabfleien brauchte, lagen, also nahm sie sie heraus, zog den Stöpsel, ließ die Blumen abtropfen, legte sie wieder hin, holte eine Vase, stopfte den Strauß hinein, stellte die Vase auf den Küchentisch, trocknete sich die Augen am Küchenhandtuch, machte das Radio an, Stunde der historischen Opernaufnahme, zog sich die Gummihandschuhe an und begann endlich abzuspülen.

Die Blumen wollte sie Markus später noch in seine Wohnung bringen. Dort schlafen würde sie nicht, das mochte er nicht, er wollte lieber allein sein, wenn er von einer Reise zurückkam. Außerdem würde er ja erst ankommen, wenn sie schon im Büro sein mußte. Also wäre es ganz unlogisch, bei ihm zu übernachten, sie würde ihn ja sowieso nicht begrüßen können. Also mußte sie sich gar nicht grämen. Sie war mit dem Spülen fertig und wischte jetzt die Küchenarbeitsfläche, den Herd und den Küchentisch ab. Die Vase hob sie hoch, wischte einmal darunter weg, stellte sie wieder hin. Mit den Blumen wollte sie ihm eine Freude machen. Eine Freude wollte sie ihm mit den Blumen machen. Sie wollte ihm mit den Blumen eine Freude machen.

Aus der Oper »Salome« von Richard Strauss hören Sie »Man töte dieses Weib« Renate machte das Radio aus.

Ich spiele tragische Liebesgeschichte. Ich tue alles, um am Ende die Unglückliche, die Verlassene zu sein.

In Wirklichkeit liebte sie Markus gar nicht mehr. In Wirklichkeit fand sie es beleidigend, wie er sich seit einiger Zeit benahm, wie er es immer so einrichtete, daß sie sich möglichst selten sahen, wie er immer alles Nette, das sie ihm sagen wollte, sofort abblockte. Dabei wollte sie ihm doch nur darum etwas Nettes sagen, weil sie generell den Leuten ab und an etwas Nettes sagen wollte. Dachte sie. Das hatte doch mit ihm persönlich nichts zu tun! Hatte sie ihm gegenüber einmal behauptet, während sie doch in Wirklichkeit gerade ihm überhaupt nichts Nettes mehr sagen wollte und die ganze Geschichte ziemlich über hatte. Aber sie hatte nun schon so lange so getan, als würde sie ihn so herzlich lieben, daß sie gerne den Rest ihres Lebens an seiner Seite verbringen wollte, und war so konsequent in dieser Vortäuschung gewesen, daß er sich vor lauter schlechtem Gewissen inzwischen gar nicht mehr rühren konnte. Das wußte sie und tat ihr manchmal fast leid, aber sie konnte doch nicht anders!

Es spielte niemand mehr Klavier.

Sie cremte sich die Hände ein und stellte sich für einen Moment ans Küchenfenster, während das Fett in die trockene Haut einzog. Im Hinterhaus wurde auf allen Etagen gekocht oder gegessen, in allen Küchen waren sie zugange, es war immer mehr als einer. Alle hatten sie kleinere Wohnungen als Renate, aber keiner wohnte alleine drin. Sie hatte am Anfang auch nicht alleine in ihren vier Zimmern gewohnt, aber da ihr Mann sowieso schon lange zu seiner Freundin gezogen war, hatte sie die Wohnung nach der Scheidung behalten können.

Markus ist doch bloß so ein Bürschchen, hat noch nichts erlebt in seinem Leben und bildet sich ein, er wäre weiß Gott was, bloß weil er so rasend erfolgreich ist.

Aber das war nun auch nicht wahr, Markus bildete sich eigentlich überhaupt nichts ein. Er war fünf Jahre jünger als sie und wußte nicht, wie er es ihr sagen sollte, daß sie sich trennen sollten, das war alles. Mit den Blumen würde sie ihm gewiß keine Freude machen.

Sie zog sich die Schuhe und eine Jacke an, hängte sich die Handtasche über die Schulter, nahm die Blumen und den vollen Müllsack in die Hand und ging los. Als sie im Auto saß und sich anschnallte, fiel ihr ein, daß theoretisch auch sie die Trennung vorschlagen könnte. Nur paßte das nicht in ihr Lebensmuster, sie hatte noch nie eine Trennung vorgeschlagen. Dann fuhr sie los. Sie machte immer alles falsch.

Dorothea

Einige Mutmassungen über Hallmanns verlorenes Drama

Zwar ist die *community* der Barockforscher mittlerweile geteilter Meinung darüber, ob die Verfasserschaft an dem von den Schülern des Breslauer Magdalenäums im Jahr 1662 aufgeführten Trauerspiel »Der Bestrafte Geitz Oder Hingerichte Mauritius, Kaiser zu Constantinopel« tatsächlich Johann Christian Hallmann, der zu dieser Zeit das zwanzigste Jahr erst kurz überschritten hatte, zuzuschreiben ist, da die Authentizität des Glückwunschgedichtes zur »Sophia« von Ephraim Ignatius Naso â Löwenfels, das es wahrscheinlich macht, daß wir als Hallmanns literarischen Erstling eine Bearbeitung von Jakob Masens »Mauritius Orientis Imperator« zu betrachten haben, in jüngster Zeit angezweifelt wurde[13], doch erweist sich der Versuch, die Spielvorlage zu diesem Trauerspiel aufzuspüren, als eine so reizvolle Aufgabe, daß wir, die Frage der Verfasserschaft für den Augenblick zurückstellend, der Versuchung nicht widerstehen wollen, hier das erste Kapitel zu einem Forschungskrimi zu notieren, der ob der engen Verquickung mit der neuesten Geschichte des polnischen wie des deutschen Volkes spannender kaum sein könnte, der seinesgleichen sucht und dessen Ausgang noch völlig offen ist. Wovon dieser Krimi handeln wird, sei gleich verraten: Es steht sehr zu vermuten, daß doch noch ein Exemplar dieses als verschollen geltenden und schon für verloren aufgegebenen[14] Trauerspiels existiert!

Markus

Morgens um halb zehn ankommen in Berlin, einer Stadt, wo gearbeitet wird, es ist kaum Verkehr, zwischen halb acht und halb neun waren die Straßen dicht gewesen von Menschen auf

13 Horst Steger: Tragödie oder Schmierenkomödie? – In: Silesiana XLVI (1989), S. 371–382.

14 Cf. Agata Argerich: Stella Orientis. In: MAGG XXIII (1988), S. 47f. – Der Verlust wurde schon vor über einem halben Jahrhundert als sicher angenommen. Cf. Detlev Spinnell: Verlorene Schätze. Leipzig 1938. S. 98; 203.

dem Weg zur Arbeit. Jetzt brauste das Taxi die Stadtautobahn hinunter in Richtung Dahlem, er machte die Augen zu, aber er wollte nicht einschlafen, machte sie wieder auf, als sie gerade am Kraftwerk vorbeikamen mit seinen drei Schornsteinen. Ihr schönen Schlote, ich grüße euch! Auch dich, gewagt die Autobahn bebrütende Wohnmaschine, grüße ich ganz herzlich! Du, Haus an der Schlangenbader Straße, erfüllst für die siebziger Jahre die Form, mit der das Haus am Gleisdreieck, durch das die U-Bahn fährt, in den Zehnern und Zwanzigern zu begeistern wußte.

Wie entsetzlich munter ich doch bin.

Sie fuhren schon durch Dahlem, das war sein täglicher Weg, das ist Heimkommen, Straßen wiedererkennen und sehen, daß die Nachbarn irgendetwas mit ihrer Garage vorhaben, da war ein Gerüst aufgebaut, und vom Gang aus sah er gleich, daß es bis an sein Fenster reichte. Und im Wohnzimmer stand ein Blumenstrauß Wie Schön Daß Du Wieder Da Bist, und Renate hatte auch den Kühlschrank gefüllt. Die sollte er jetzt gleich anrufen, wenn er ein guter Mann Geliebter Freund wäre. Wenn er es täte, würde er sie völlig aus dem Konzept bringen und sie womöglich denken, er wolle sich doch nicht trennen, was weitere Komplikationen mit sich brächte; wenn er es ließe, würde sie einfach weiterhin so tun, als wäre er ihr Augenstern, und sich noch unerbittlicher um ihn bemühen. So daß er jetzt nur das Falsche tun konnte. Es gibt nichts Schlechtes, außer man läßt es. Außer man ist es? Wie auch immer. Spätestens um zwölf würde sie selbst anrufen.

Er stellte das Telefon leise und vergrub es im Sofa, hörte den Anrufbeantworter nicht ab, sondern ließ ihn eingeschaltet. Im Bad warf er sich nur laues Wasser ins Gesicht, damit er nicht wieder wach wurde, das besorgte schon das Zähneputzen in übergroßem Maße. Er war so müde, daß er nicht würde schlafen können. Marschner müßte ich aber doch anrufen. Ich sollte ihm am besten gleich sagen, daß diese Ochsentour endgültig die letzte war, aber das schaffe ich jetzt nicht. Quatsch, ist sowieso unklug, die Leute sollen denken, daß man noch was für sie tun wird, so hält man sie sich warm (Gracián) (oder Machiavelli?). Warum soll ich mir Marschner warmhalten? Egal, keine Lust, gleich Bescheid zu blasen, ich kann nur das Falsche tun, wie tragisch, nein, er rief bloß die Sekretärin an und meldete sich zurück. Braver Hund. Die Blumen rochen nach irgendwas. Gerbera sind blöde Blumen, gut rochen sie jedenfalls nicht.

Die Vorhänge alle runterlassen und ab in die Falle, aber da standen diese blöden Gerbera Wie Schön Daß Du Wieder Da Bist und waren so anmutig in diese nette Vase, die Renate vor drei Monaten mit weiblich dekorationssüchtigem Blick auf dem Trödel entdeckt hatte, hineinarrangiert, überhaupt war dieses Wohnzimmer von der Hand der Hausfrau schwer gezeichnet, zum Kotzen angenehm in seiner unaufdringlichen Heimeligkeit, zum Dreinschlagen gemütlich. Er konnte gar nicht richtig was haben gegen das Blumenzeug, doch legte er es den Nachbarn aufs Gerüst, und sein Bett war das Paradies auf Erden, so mutterhöhlenweich dunkel und warm und so scheußlich liebsorgend frisch bezogen, aber auch wurscht, er war ruhig, gaaanz ruhig, sein rechter Arm war schwer, so schwer, auch der linke, die Beine bleiten in die Matratze hinein und heiß, gaaanz heiß war der rechte Arm sowie der linke …

Nachmittags um zwei wachte er das erste Mal auf und konnte nicht gleich wieder einschlafen. Er holte sich ein Mineralwasser aus der Küche, wanderte mit der lauwarmen Flasche durch die Wohnung, die Blumen lagen nicht mehr auf dem Gerüst, er trank im Gehen, schielte über seine Post, die Renate auf dem Schreibtisch nach Sachgruppen geordnet hatte, Rechnungen,

Werbung und Privates, ein Brief von seiner Mutter und eine Postkarte, dem Anschein nach aus Griechenland, aber er wollte nicht wissen, von wem die war. Er nahm die Wasserflasche mit ans Bett, rollte sich ein und dachte an gar nichts, nicht einmal daran, ob seine Beine und Arme schwer und schlafbereit waren oder nicht. Sein Hirn war frisch ausgekehrt, er starrte ein Bein seines Nachttischchens an, bis Javier, der Vorarbeiter, daraus hervortrat und ihm voller Verachtung geradeaus in die Augen schaute, die ihm eine leichte Hitzeaufwallung sofort schloß. Aber hinter seinen Lidern grinste Marschner senior breit. Er nahm die Zigarre aus den Zähnen und sagte: »Imperialismus! Wenn ich das höre, muß ich immer ganz fürchterlich lachen.« Dann lachte er enorm laut und sehr heiser, wie es seine Art war, aber Markus konnte ihn nicht mehr sehen, er schlief schon wieder.

Am nächsten Morgen fuhr er, wie immer, sieben Minuten vor acht auf den Firmenparkplatz. Fünf vor acht zog er seine Magnetkarte durch die Stempelmaschine, drei vor acht kaufte er eine große Flasche Orangensaft in der Kantine, und um Punkt acht Uhr saß er an seinem Schreibtisch. Er stellte die Flasche auf den Boden, stützte die Ellenbogen auf den Tisch und seinen Kopf in die Hände. Renate hatte normale Arbeitszeiten, die fing erst um neun an, weil ihr Chef, Marschner junior, immer erst um halb zehn kam.

Er glotzte geradeaus. Um halb neun mußte er, wie immer nach diesen Reisen, beim Drachen sein und berichten – über die Fortschritte beim als biologisch-dynamisch deklarierten Maisanbau, über den Zustand der Herden, über den Verwalter, über neue Arbeiter, über die Reparatur der Traktoren, über den Stallanbau, und dann sollte er immer noch irgendetwas Harmloses und Persönliches erzählen, bißchen Klatsch, neue

Kinder, Hochzeiten. Er fing an, in der Nase zu bohren. Dann schraubte er seine Orangensaftflasche auf und setzte sie an die Lippen. Dann schraubte er die Flasche wieder zu, stellte sie zurück auf den Boden, stützte wieder den Kopf in die Hände und bohrte wieder den Finger in die Nase. Sein Köfferchen lag links auf dem Beistelltisch. Das Telefon klingelte, er schrak zusammen und stieß sich dabei den Zeigefinger bis fast in die Stirnhöhle, schrie auf und hatte den Hörer in der Hand.

»Majer.«

»Guten Morgen, Herr Majer«, sagte Marschners Vorzimmerdame.

»Guten Morgen, Frau Glahn.«

»Ich möchte Sie an Ihren Termin bei Herrn Marschner erinnern. Um halb neun.«

»Danke, Frau Glahn.« Er legte auf. Immer das gleiche Spiel. Es klingelte wieder, es war wieder Frau Glahn.

»Herr Marschner bittet Sie, auch die Lohnlisten mitzubringen.«

»Ja, mach' ich, Frau Glahn.« Er wartete, bis sie auflegte, dann klappte er seinen Aktenkoffer auf. Darin lagen die Blocks mit seinen Notizen, die Lohnliste, die Umsatzliste des letzten Jahres, die Zeitung der letzten drei Tage, Fotos, die ihm der Verwalter mitgegeben hatte, es lag alles parat, er klappte den Aktenkoffer wieder zu, legte die Füße auf den Tisch, verschränkte die Arme, schloß die Augen und versuchte, sich auf das zu konzentrieren, was er Marschner heute sagen mußte: daß er sich in Zukunft ganz auf seine Arbeit in Berlin konzentrieren und die Farm nicht mehr betreuen wolle, daß der Verwalter dort seine Arbeit bestens erledige und es sinnvoller wäre, wenn der gelegentlich nach Berlin käme, statt daß er usw. Dann klingelte wieder das Telefon, das Gespräch kam von außen, er sah auf die Uhr, zehn nach acht, es war Renate.

»Markus? Du bist ja doch wieder zurück, ich dachte schon, es wäre was passiert, ich habe gestern abend die ganze Zeit versucht, bei dir anzurufen, aber du warst nie da, immer nur der Anrufbeantworter, und ich dachte schon, ich habe mir schon Sorgen, wie schön, daß du wieder da bist, ich fahre gleich los, dann.« Sie klang weinerlich, es würgte ihn, aber er sagte gar nichts, es war still in der Leitung, er konnte sie atmen hören.

»Markus? Bist du noch dran?«

Metzingerstein spricht nicht, Metzingersteins Lippen sind versiegelt, seine Kehle ist trocken wie die Sahelzone, sein Ohr dagegen ist voller Eiswürfel, Metzingerstein kann Renate am frühen Morgen nicht verknusen, denn Metzingerstein wird sich heute abend von Renate trennen, auch dieses Schwert hing über ihm. Renate atmete stoßweise, er hörte, wie sie die Tränen hinunterschluckte, aber es rührte ihn nicht. Warum rührt mich das nicht?

»Ja, wir sehen uns ja dann nachher«, sagte Renate.

»Ja, wir sehen uns dann nachher«, sagte Markus, »tschüß«, und legte auf. Er sah wieder auf seine Uhr, jetzt war es zwölf nach acht. Er nahm noch einen großen Schluck aus der Orangensaftflasche, dann öffnete er das Fenster und lief die vier Schritte, die sein Zimmer groß war, immer hin und her.

Kurt

Der Portier legte beide Hände vor sich auf den Tisch und nickte ernst und so schnell, daß nur der Fachmann die Akkuratesse, mit der dies geschah, erkennen konnte, seinem Chef zu. Der streifte die sauber dargebotenen Fingernägel mit kaum einem Blick. Im Aufzug schallte ihm ein ebenfalls nur sekundenbruchteillanges und gleichfalls sehr deutliches MORNG! entgegen. Dann drückten sich alle an die Wand und blickten zu Boden. Frau Glahn war die erste, deren Gruß erwidert wurde. Sie war auch die einzige, vielleicht, weil sie stets langsam sprach und dabei auch immer nur sein linkes Ohr anschaute. Dann war Kurt Marschner in seinem Büro verschwunden. Die Tür ließ er offen stehen, man hörte es rumpeln, als Aktentasche und Mantel abgeworfen wurden, »Frau Glahn!« brüllte es aus der Drachenburg, auf den Telefonen wurde wild herumgedrückt, kurz etwas hineingenuschelt, der Hörer aufgeknallt. Frau Glahn goß aus der Thermoskanne den vor einer Stunde bereiteten Kaffee in eine Tasse, warf zwei Stückchen Zucker hinterher, öffnete ein Milchdöschen, wobei sie die Lasche von sich weghielt für den Fall, daß es einmal spritzen sollte, goß die Milch in den Kaffee und legte einen Löffel auf die Untertasse, denn umrühren wollte der Chef selbst. Während sie in dessen Büro klapperte, begannen die drei Telefone dort kurz hintereinander zu klingeln. Als Frau Glahn die Kaffeetasse auf dem Chefschreibtisch niederrüttelte, waren die Anrufer schon abgefertigt. Kurt Marschner schepperte dreimal mit dem Löffel durch die Tasse, hob sie an den Mund und rief, bevor er den nie heißen, stets nur warmen Kaffee zu schlürfen begann, der bereits im Gehen begriffenen, halbabgewandten Frau Glahn zu: »Wie finden Sie dieses Wetter? Ich find's beschissen!« Frau Glahn drehte sich nun zurück, verformte ihre wenig flexiblen Gesichtszüge zu einem Ausdruck, der Indignation bedeuten wollte und von Marschner sen. mit hochgezogenen Augenbrauen und spitz schlürfendem Mund über den Tassenrand hinweg mit großer Aufmerksamkeit betrachtet wurde, und antwortete: »Das Wetter könnte in der Tat besser sein.« Nun wandte sie sich entschlossen und etwas schneller um und verließ in untadelig gerader Haltung das Chefbüro, um ihren Vorzimmerdrachenposten wieder einzunehmen. Marschner starrte ihr ins Kreuz und untermalte diesen Abgang lautlich durch umgekehrtes Gurgeln in den kondensmilchvergällten Kaffee hinein.

Und so ging das jeden Tag.

Markus
Renate

Drei Minuten vor halb neun rief Frau Glahn an, er müsse sich noch etwas gedulden, Herr Marschner habe leider noch keine Zeit für ihn, sie würde dann wieder anrufen. Er hatte es nicht anders erwartet; er machte seine Tür auf und las weiter in den Tagesumsatzlisten der vergangenen Woche. Dann stand Renate auf der Schwelle, sie klopfte leise an die offene Tür, Markus sah sie blaß und noch im Mantel, sie hatte den Blick gesenkt, sie schämte sich, die Augen zu heben, das war nur ein Moment. Ihm floß das Blut aus den Adern, eigentlich war er zu schwach, sich von seinem Stuhl zu erheben, aber er tat es, er rückte den Stuhl im Aufstehen etwas nach hinten, er knöpfte sein Jackett zu und zog die Ärmel gerade. Jetzt wird er mir gleich die Kündigung überreichen, dachte Renate und sagte »Hallo« und rührte sich nicht vom Fleck, lehnte mit der linken Schulter am Türrahmen und griff mit der rechten Hand quer über sich hinweg an ebendiesen Rahmen, ihr Mantel schob sich zusammen, sie hielt sich fest und wäre gern ins Holz geschmolzen. Markus sagte:

»Renate, guten Morgen.« Sie sahen sich über vier Schritte und einen Tisch hinweg an. Renate sagte:

»Schön, daß du wieder da bist.«

»Ja«, sagte Markus, »ich bin wieder da.«

Sie bohrte sich weiter in den Türrahmen, und er hätte sich ohrfeigen wollen, sie tat ihm so leid. Aber er tat sich auch selber leid. Renate wurde immer starrer, am liebsten hätte sie geheult. Es muß jetzt bald vorbeisein, dachte sie. Er stand weiter hinter seinem Schreibtisch.

»Wir müssen uns mal unterhalten«, sagte sie, und nun hätte

er sie ohrfeigen wollen, weil es so gewöhnlich war. Wenn sie das doch auch wußte, daß es zu Ende war, warum sich noch unterhalten? Endlich klingelte das Telefon, er nahm erst beim zweiten Klingeln ab, Frau Glahn sagte, die Zeit zu sterben sei gekommen. Als er wieder hochschaute, wischte Renate gerade weg, ein stummer Vorwurf hing noch an der Stelle auf der Schwelle, wo sie gestanden hatte.

Adrian

Der Portier machte sich klein, er krümmte sich unter seinem Bitte-sprechen-Sie-hier-Loch zusammen, das Drachenbaby sollte sich durch seinen Anblick nicht irritiert fühlen. In der linken Hand die Aktentasche, die rechte als Scheuklappe über die Augen gelegt, schlurfte der Juniorchef am Portierskabuff vorbei in den Aufzug hinein. Dort traf er auf die Aushilfsstudentin aus der Personalabteilung, die sich schüchtern in die Ecke drückte, jedoch die ihr in langen Jahren andressierte formale Höflichkeit nicht zu unterdrücken wußte und »Guten Morgen« zu des Juniorchefs Knien hinunternuschelte. Den durchglibberte ein nervöses Zittern, er drückte sich nunmehr die Hand fest auf die Augen, man sah nur eine in der Tat spitze Nasenspitze, darunter quoll ein kaum gepflegter Vollbart bis in den Krawattenknoten hinein. Sie mußten beide im obersten Stockwerk aussteigen; die Aushilfsstudentin wollte dem Chef den Vortritt lassen, doch der wollte diesen keinesfalls akzeptieren. Bald würde die Fahrstuhltüre sich wieder schließen, da trippelte Frau Lankewitz aus der Personalabteilung vorbei, erkannte die fatale Lage der beiden in ihren Extrempositionen nicht nur in der Firmenhierarchie, sondern auch in der Aufzugsgeographie, und zerrte die Aushilfsstudentin beherzt aus dem Fahrstuhl heraus. »Kommen Sie, Frau Steffen!« Da endlich konnte das Drachenbaby in den Flur treten, aus dem blitzartig alle menschlichen Wesen verschwanden, und um die Ecke durch Renates Zimmer in sein Büro schlurfen, um sich dort in seinen Juniorchefsessel fallen zu lassen, wo er sich leise aufseufzend zurücklehnte und mit beiden Händen die obere Gesichtshälfte massierte.

Renate nahm den elektrischen Wasserbereiter und ging in die Teeküche, um das Wasser zu holen, mit dem sie ihrem Chef seinen Herz-Nerven-Tee kochen würde. Als sie ihm die dampfende Tasse auf den Tisch setzte, zwischen die beiden Unterarme, über denen der Oberkörper vage schaukelte, sagte sie, so sanft sie konnte:

»Guten Morgen, Herr Marschner«, und es geschah ihr tägliches Wunder: Das Drachenbaby richtete sich mit geschlossenen Augen auf, riß dann die Lider auseinander, und aus dem dunkelbraunen Haargestrüpp heraus traf Renate ein strahlendes blau-grünes Augenpaar, dem sie entgegenlächelte, es lächelte zurück, und eine schüchterne leise Stimme begrüßte sie.

»Guten Morgen, Frau Kermer.«

Das war ihr jeden Tag das erste Wort aus Menschenmund.

Kurt
Markus

»Welche Freude, Sie wohlbehalten zurück zu sehen, Herr Majer!« rief der Drache und stemmte sich aus seinem Chefsessel hoch. Beide Fäuste auf den Tisch gedrückt, eher in Affen- denn in Drachenhaltung, empfing er Markus, der seinerseits forsch die Welt aus sieben Schritten von der Tür bis zum Drachenschreibtisch durchmaß. Der Drache quetschte ihm kurz die Hand, krachte ihm dabei die andere Hand kurz auf die Schulter, lachte kurz auf, bevor er wieder grinste und Markus einen Stuhl anwies. Schweigend breitete dieser seine Papiere aus. Der Drache wollte nie angesprochen werden, denn wenn in seiner Gegenwart einer sprach, dann war er es, alle anderen antworteten nur. So war es seit unvordenklichen Zeiten. Und nachdem er ihn aufgefordert hatte, alles zu erklären, und Markus alles erklärt hatte und sich gerade räusperte, um anzuheben zu seiner persönlichen Erklärung, daß er nicht mehr ans andere Ende der Welt und zurück in acht Tagen fliegen wolle, und sich, weil es doch wichtig war, noch einmal räusperte, da schaute der Drache aus zwei Blättern heraus und fragte:

»Sagense mal, Herr Majer, lese ich das hier richtig? Achtunddreißig Prozent Umsatzsteigerung im letzten Jahr?«

»Ja, Herr Marschner, das lesen Sie richtig«, bestätigte Markus und nickte, statt zu seiner Erklärung anzuheben. Da wuchtete sich der massige Drachenoberkörper über den Tisch, der rechte Drachenarm hatte sich windmühlenflügelgleich einmal herumgekurbelt und krachte ihm wieder auf die Schulter Klasse Schranze Ritterschlag, Markus zuckte zusammen.

Dann brüllte der Drache: »Prima, junger Freund!«

Markus wurde ganz schmal und legte seine inneren Ohrenschützer an, die Drachenmasse hatte sich wieder in ihrem Chefsessel zusammengeklumpt, es grinste breit aus ihr heraus.

»Darauf habe ich gewartet, Herr Majer! Jetzt ist erst mal Schluß mit der ständigen Fliegerei; ich will sehen, ob die da nicht alleine genauso weitermachen können, sieht mir doch eigentlich ganz danach aus. Und mit Ihnen habe ich sowieso was anderes vor, Sie will ich nicht auf Flugplätzen verschleißen.«

»Ach, aber«, wehrte Markus ab, hob dabei der Form halber die Hände und verzog keine Miene. Der Drache beugte sich vor, Markus beugte sich auch vor.

»Zigarre?« fragte der Drache.

»Nein danke, noch zu früh«, sagte Markus.

»Hamse recht«, sagte der Drache, »also, es ist folgendes, junger Freund: Ich will jetzt im Osten ein neues Haus eröffnen, und Sie stellen mir das dahin.«

»Wohin?« fragte Markus.

»Leipziger Gegend. Grundstück ist schon da. Hier hamse mal die Pläne und so weiter, schaunsich das mal an. Das wär's fürs erste, wir sprechen uns heute nachmittag. Bis dann.«

Am Dienstagnachmittag versammelten sich die Abteilungsleiter zur wöchentlichen Lagebesprechung beim Drachen. Es war jetzt fünf nach neun, er machte sich zu einem Rundgang durch die Abteilungen auf.

Adrian

Aus der öffentlichen Welt fortzugehen in die private, das Büro zu verlassen, war für das Drachenbaby genauso anstrengend, wie, es zu betreten. Auch beim Gehen wollte er jedes Aufsehen vermeiden, von keinem angesehen, von keinem gegrüßt werden, um selbst niemanden ansehen, niemanden grüßen, nicht in Erscheinung treten zu müssen. Nicht sehen, nicht hören, nicht sprechen waren seine Äußerungsformen; er lebte in einer Menschenhülle, die er nicht selbst gewählt hatte, aber er fragte nicht, warum es just diese des Firmenerben sein mußte, denn er stand nicht zur Debatte.

Sein Vater hatte seinem ersten Sohn den eigenen Spitznamen vererbt, obwohl der gar nicht zu ihm paßte. Adrian Antonius Marschner war kein Drache, nicht einmal ein Drachenbaby, er war eher eine kleine Maus, die in einer Wand lebte.

Noch in der Mittagspause schlich er sich aus der Firma hinaus in seinen BMW hinein, weil er glaubte, die Fressen um sich herum an diesem Nachmittag nicht mehr ertragen zu können. Sobald er im Auto saß, drückte er den Knopf an der Fahrertür wieder hinunter, wobei die Zentralverriegelung auch die anderen Türen verschloß, als wäre er nicht in Berlin, sondern in Los Angeles. Er rollte langsam vom Gelände und hatte, wie immer auf diesen ersten Metern, das Fenster geöffnet, weil er das Geräusch einer langsam rollenden Limousine auf Kies liebte, ebenso wie den satten Klang, wenn er die Tür zuschlug. Sonst bedeuteten ihm die Dinge nicht viel, er nahm sie kaum wahr. Er ließ das Fenster wieder hochsurren. Er fürchtete keinen konkreten Überfall, nur den der Welt im allgemeinen und überhaupt. Als er an der ersten Ampel stand, rief er im Büro an. Er sagte Renate, daß er heute nicht mehr wiederkomme, und wünschte ihr einen angenehmen Nachmittag, einen schönen Abend und eine gute Nacht. »Bis morgen, Frau Kermer!«

Renate
Markus

»Bis morgen«, gab Renate zurück und war etwas betrübt, als sie den Hörer auflegte. Herr Marschner tat ihr leid (darum war sie die einzige in der Firma, die stets mit seinem richtigen Namen von ihm sprach. Sie fand »Drachenbaby« keinen schönen Spitznamen, denn der war doch von Haitis Diktatoren Papa und Baby Doc Duvalier abgeleitet, und wenn der Seniorchef auch wirklich ein Diktator war und zurecht von allen der Drache genannt wurde, so war sein Sohn doch alles andere als ein Gewaltherrscher. Allerdings konnte das niemand wissen außer ihr, denn sie war die einzige, vor der er nicht flüchtete, aber auch nur, weil der Weg in sein Büro durch ihres führte), doch tat sie selbst sich auch ein bißchen leid, weil sie nun weiter nichts mehr zu tun hatte, als die Stellung zu halten und alle Anrufe zu notieren. An drei von fünf Nachmittagen in der Woche war das so. Sie holte »Die Suche nach der verlorenen Zeit« aus ihrer Schreibtischschublade, fing aber nicht an zu lesen, sondern überlegte, ob sie nicht Markus in seinem Büro besuchen sollte, ärgerte sich aber gleich über diese Idee, denn sie wußte ja, daß sie ihm zuviel war, so daß sie nicht Liebe im Büro spielen mußte, wo es doch nicht einmal außerhalb des Büros mehr eine gab (und sie scharf nachdenken mußte, wenn sie sich fragte, ob es überhaupt je eine gegeben hatte).

Seit Wochen schon beobachtete sie ihr Verhältnis von außen, als sei sie gar nicht daran beteiligt. Das tat sie mit geradezu wissenschaftlichem Interesse, und mit Bedacht ging sie Markus gelegentlich besonders auf die Nerven, zum Zwecke des Experiments. Sie machte sich dann schwer und hängte sich an ihn wie ein nasser Sack. Markus, sagte sie dann mit kaum zurückgehaltenen Tränen, wie froh ich bin, daß ich dich habe. Du machst mich so glücklich! Darauf beobachtete sie das nervöse Zittern, das ihm durchs Gesicht lief, und wie er zu Boden schaute, weil er nach solchen Bekenntnissen ihren Anblick natürlich nicht ertragen konnte. Es dauerte von Mal zu Mal länger, bis er sich ein leichtes Lächeln ins Gesicht gespleißt hatte, um sie wieder anschauen zu können, was Renate kalt beobachtete, wobei sie sich einbildete, Männer seien ganz einfach.

So nahm sie die Rache vorweg. Nach der Trennung würde sie dann zusammenbrechen, jetzt aber, solange sie noch nicht ausgesprochen war, gehörte die Rache ihr, jetzt wollte sie vergelten, und er sollte leiden und sich quälen mit der Frage, wann er ihr wohl sagen könnte und wie, was ihr doch ebenso als das Beste erschien wie ihm: daß ihre Wege sich trennen sollten.

Was sie dabei gar nicht wußte, war, daß er auch ohne ihre Gegenwart (ohne ihre allgemeine Anwesenheit in seinem Leben und ohne ihre Präsenz im besonderen) unglücklich war. Das war nicht zu bemerken, wenn er unter Leuten war, auch nicht, wenn er mit ihr zusammen war, sein Unglück beherrschte ihn nur, wenn er alleine war, und gerade jetzt kroch es nebelleise unter den Türen hindurch in sein Büro, und er hielt einen Moment inne, starrte auf die Wörter und Linien auf dem vor ihm liegenden Thermopapier, das das Faxgerät gekalbt hatte, ohne sie zu verstehen, wiewohl er sie doch erkannte. Dann las er weiter, war aber in seinem Kopf in einen anderen Raum getreten, einen leeren, der war das innere Asyl. Die mit der Hand hingeworfenen ersten Skizzen und Vorschläge des Architekten für das gigantische neue Möbelhaus mit integriertem Hochregallager zogen vor den Fenstern des Raums in seinem Kopf vorbei, er verstand alles, denn was gäbe es da nicht zu verstehen?, befand sich dabei jedoch in dem leeren, mit grauem Linoleum ausgelegten Raum in seinem Kopf. Draußen ging das Leben weiter, er konnte es sehen. Besser wäre es, tot zu sein, dachte er und starrte auf den Boden seines leeren Gehirnzimmers. Es wäre wesentlich besser, tot zu sein. In diesem Gedanken verhakte er sich, aber nur kurz, dann sah er wieder hinaus, von wo ihm die schönen Versalien der Architektenhandschrift entgegenstrahlten. Und doch wäre es wesentlich besser, tot zu sein, dachte er, begann aber schon, sein inneres Asyl wieder zu verlassen, ging einmal quer durch den Raum, bis er die Tür nach draußen öffnen und hinter sich wieder schließen konnte, womit er aus dem Raum mit dem grauen Linoleum hinausgetreten war und sich nunmehr ganz auf die Ideen des routinierten Gewerbearchitekten konzentrieren konnte.

Adrian

Adrian Marschner hatte die Bibliothek seines Vaters im Alter von fünf Jahren entdeckt, als ihn sein ungefähr fünfzigstes Kindermädchen hineingelotst hatte. Dieses Kindermädchen war sehr lange geblieben, bestimmt ein halbes Jahr. Sie hatte Brigitte geheißen und sich nicht für Kinder interessiert, sondern für Bücher. Sie war geblieben, bis sie ihr Geschichtsstudium begann; so hatte sie ihm seinerzeit erklärt, warum sie ab morgen nicht mehr kommen würde. Zwar hatte sie ihm zuvor schon gesagt gehabt, daß sie nicht sehr lange würde bleiben können, weil sie doch studieren wollte, doch daß das so plötzlich gehen würde, verstand er damals nicht. Sie wollte Professorin werden, erfuhr er später, viel später von seiner Mutter, und auch, daß sie fristlos entlassen worden war, als sein Vater feststellte, daß sie sich nicht nur hauptsächlich in seiner Bibliothek aufhielt, deren Betreten ihr doch verboten worden war, sondern dort auch noch die Bücher las, was nun eine ungeheuerliche Übertretung der in seinem Hause geltenden Regeln war.

Brigitte hatte sich nicht für ihn interessiert, aber das hatte ihn nicht gestört, denn er hatte sich auch nicht für sie interessiert, da er wußte, daß so ein Kindermädchen eine vorübergehende Erscheinung war, doch hatten sie das strikte Bedürfnis, in Ruhe gelassen zu werden, geteilt; darum war sie ihm das liebste Kindermädchen von allen gewesen. Sie waren immer in die Bibliothek gegangen, wo sie las und er auf dem Boden inmitten der Holzbausteine saß, die sie um ihn herum ausgeschüttet hatte, mit denen er aber nicht spielte. Er saß nur auf dem Parkett, mit den Knien in den Händen, und sah zum Fenster durch die Baumwipfel in den Himmel hinauf. Dabei schrie er lautlos oder übte Sprechen, ohne einen Ton von sich zu geben. Er riß den Mund auf und bewegte die Zunge, er sprach in den Himmel hinein, während Brigitte sich durch die Bibliothek seines Vaters las. Wenn sie jemanden kommen hörte, legte sie das Buch aufgespreizt als Reiter auf die Sessellehne, warf sich zu ihm auf den Boden und täuschte ein Spiel mit den Holzbausteinen vor. Er hielt dann den Mund geschlossen und sah ihr zu. »Schau mal, Adrian«, sagte sie vielleicht, »das ist eine Brücke«, und baute aus zwei roten Quadern und einem gelben, aus dem ein flaches Kreissegment ausgesägt war, eine sinnlose Brücke auf den Teppich. Das rührte ihn nicht, und er rührte sich nicht. Es war egal. Dann setzte Brigitte sich wieder hin und las weiter. Nach kurzer Zeit gab sie diese Täuschungsmanöver auf. Es kamen sowieso nur die Putzfrau und ganz selten die Hauswirtschafterin, die sie zum Essen rief. Die interessierten sich ebenfalls nicht für Kinder und auch nicht für Kindermädchen, und Adrian saß auf dem Boden und schrie mit weitaufgerissenem Mund und ohne einen Ton von sich zu geben. Brigitte ließ ihn gewähren, und so stand nichts zur Debatte, am wenigsten er. Es war dies wohl eine glückliche Zeit gewesen, die mit Brigitte, als er nicht erzogen und auch nicht zum Spielen gezwungen wurde.

Als Brigitte dann nicht mehr kam, wurde eine andere Abiturientin mit seiner Bewachung betraut, Sieglinde. Die las nicht, sondern spazierte mit ihm durchs Haus und blieb nicht lange. Danach wurde kein weiteres Kindermädchen für ihn eingestellt, denn er kam dann bald in die Schule und konnte an den Nachmittagen von den Kindermädchen, die sich um seine kleinen Geschwister kümmerten, mitbetreut werden. Die störte es nicht weiter, wenn er irgendwohin verschwand, denn er kehrte ja immer rechtzeitig zum Abendessen zurück, weil er doch schon groß war. Er hatte die meisten Nachmittage seiner Kindheit in der Bibliothek seines Vaters verbracht, wenn der nicht da war. Dort saß er auf dem Boden, manchmal im Sessel, oder er lag auf dem Boden, aber er machte den Mund nicht mehr auf und zu, sondern übte Ruhe.

Adrian rollte in seiner BMW-Limousine über Neben-, Haupt- und Zubringerstraßen auf die Autobahn, rollte die Avus hinunter bis zur Ausfahrt Wannsee, rollte auf einer Hauptstraße unter einem Viadukt hindurch, bog gleich dahinter links ab, holperte über Kopfsteinpflaster ins Daheimsein hinein, an Ruderclubs, am Kleistgrab, an den Häuschen am Bahndamm der Minderprivilegierten zur Linken, den Villen am Seeufer der Höchstprivilegierten zur Rechten vorbei.

Das Tor zur Einfahrt öffnete sich per Fernbedienung, schloß sich selbsttätig sofort wieder, die Garagentür hatte sich mitgeöffnet, schloß sich selbsttätig sofort wieder, er machte das Auto aus. Im Haus begegnete ihm niemand, seine vier Kinder wurden gerade in der Küche am anderen Ende des zusammengestückelten Gebäudekomplexes abgefüttert, dort war sein Haus. Vor neun Jahren, bald nach seiner Verheiratung, war es gebaut worden. Der Verbindungsgang in sein Vaterhaus war von Anfang an mitgeplant. Er stak noch immer im Geburtskanal.

Jetzt ging er noch nicht hinüber, sondern blieb im Mutterleib Vaterhaus, wo nur die Putzfrau zugange war (die sich aber unsichtbar machte, bis er vorüber war). Den Mantel hängte er an die Garderobe, stellte auch die Aktentasche dort ab und die Schuhe, in Lederpantoffeln schlurfte er durch das unbenutzte Eßzimmer seiner Eltern und den unbenutzten Salon der Familie in die Bibliothek seines Vaters, öffnete die außerordentlich dicke Tür, langte gleich an den Schalter, der die Rolläden vor den schalldichten Fenstern hochfahren ließ, und sah beseligt zu, wie das Licht aufgezogen wurde. Der glückliche Moment konnte beginnen.

Auf dem Lederlesesessel seines Vaters lag ein Stapel Bücher und Briefe, doch er wollte sich gar nicht setzen. Vielmehr legte er sich auf dem Boden auf den Rücken, breitete die Arme aus und schloß die Augen. Die Hausgeräusche schwappten im sanften Wellengang des wohlhabenden Lebens um ihn her: direkt über ihm tönte leise das Radio seiner Mutter, das sie immer laufen ließ, damit es sie von ihrem Ohrensausen ablenke, in einer fernen Gegend des Hauses kreischten seine Kinder, die von der Küche in ihre Zimmer rannten, und draußen knatterte der kleine Rasenmähertraktor des Gärtners, der keinen Meter zu Fuß ging, während Adrian mit ausgebreiteten Armen und geschlossenen Augen auf dem Parkettboden in der Bibliothek seines Vaters lag. Tatsächlich hörte er all diese Geräusche gar nicht, dazu waren die Wände viel zu dick, sondern er wußte sie nur. Darum mußte er hier liegen. Um sie zu vergessen. Er übte nicht mehr Sprechen und Schreien, wie er es als Kind getan hatte, sondern Schweigen und Denkstille. Nach ein paar Minuten lockerten sich seine Muskeln und leerte sich sein Kopf, nach weiteren wenigen Minuten schon war er von der Papageienschaukel der im Kreis rasenden Gedanken heruntergestiegen, und es war Ruhe.

Er fragte sich nie, warum er so war, warum er sich in der Bibliothek seines Vaters beinahe jeden Tag für eine halbe Stunde auf den Boden legte, denn er stand nicht zur Debatte. Und weil er funktionierte und keine Fragen über sich akzeptierte, von anderen genausowenig wie von sich selbst, weil er nicht nur die Antwort verweigerte, sondern schon das Fragerecht nicht anerkannte, stand er nicht nur für sich selbst, sondern auch für die anderen nicht zur Debatte. Adrian wurde einfach von niemandem geliebt, von sich selbst ebensowenig wie von den anderen. Er gehörte zum Haus, er ging ins Büro, er respektierte seine Frau, er besprach Geschäftliches mit seinem Vater, der sich für seine Enkel, Adrians Kinder, mehr interessierte als dieser selbst, der er fremd war in seiner Menschenhülle und gar nicht wußte, wo er sich wirklich befand.

Die Bücher hatte sein Vater gesammelt und sammelte sie weiter. Sein besonderes Steckenpferd waren Erstausgaben alchimistischer Werke, für deren Inhalt er sich allerdings, wie jeder Büchersammler, nicht interessierte. Er wollte sie nicht lesen, er wollte sie haben. Außer Brigitte hatte wahrscheinlich niemand je eines dieser Bücher gelesen, nachdem sie hierher gelangt waren. Diese Bibliothek war ein Büchergrab, kein lebendiger Ort.

Kurt Marschners Sammlung hatte in Fachkreisen einigen Ruhm, denn er hatte in seiner alleinigen Lebenszeit, auch durch Ankauf anderer Sammlungen, einen beträchtlichen Schatz angehäuft, auf dem er nun saß, weswegen er seinen Spitznamen auch in der Freizeit zu Recht trug. Adrian hatte diese Sammelei nie verstanden, er sah sich die Bücher nicht einmal von außen an, geschweige denn, daß er sie hätte aufschlagen oder gar lesen wollen. Aber er liebte sie wie sein Vater, wenn auch auf andere Weise. Er schätzte die stoische Ruhe, die sie verbreiteten, wie sie da zu vielen Hunderten aufgereiht an den Wänden standen. Dazwischen reckte sich Fachliteratur zu schiefen Türmen gestapelt und schliefen Antiquariatskataloge zu Hünengräbern aufgehäufelt; es war dies eine stille Stadt im Spielzeugformat, die ihre Geheimnisse friedlich hütete und ungefragt nichts von sich preisgab.

Ruhe ist im Ozean der Schrift dem Lesekundigen, der die Bücher nicht aufschlägt.

Adrian lag mit weit ausgebreiteten Armen auf dem Boden, mit leerem Kopf, so war er dem blanken Sein hingegeben. Er wurde dabei so leicht, daß ihm an manchen Tagen schien, es könne ihm gelingen, seinen Körper zu verlassen, um sich in Sonnenstaub aufzulösen.

Dies war eine ihn beglückende Vorstellung.

Denn wenn er zu Staub würde, gäbe es kein Zurück, es könnte ihn dann keiner wieder zusammensetzen. Er wäre dann einfach fort, unwiederbringlich verschwunden, wie nie gewesen. Es wäre dann alles vorbei, und das wäre schön.

Nur durfte er das nicht, sich einfach auflösen und verschwinden, denn er hatte Verpflichtungen und mußte funktionieren, als Sohn, als Kaufmann, als Gatte, als Vater, in dieser Reihenfolge, und die Sohnespflichten rechnete er doppelt, weil seine beiden Eltern noch lebten (und zwar war sein Vater das erste Gesetz, seine Mutter aber das zweite, da sein Vater es so festgelegt hatte). Das bedeutete aber: auf dem Boden bleiben, nicht seinen Körper verlassen, nicht zu Staub werden.

Er dachte oft darüber nach, wie es ihm gelingen könnte, am Boden zu bleiben und sich nicht aufzulösen, zugleich aber bei seinen Verpflichtungen als Sohn eines Vaters und einer Mutter sowie als Kaufmann, Ehemann und Vater von vier Kindern dennoch halbwegs leicht zu sein und ein bißchen näher am menschlichen Wesen als jetzt, da er in all den Rollen, die ihm das Leben in Gestalt seines Vaters zugewiesen hatte, eigentlich nicht viel mehr war als ein Stück beseeltes Holz.

Also Leichtigkeit mit Bodenhaftung verbinden. Das war die Aufgabe, über deren Lösung er in einem fort nachdachte. Und dann wurde ihm an einem Tag, als die Sonne in die Bibliothek hineinschien und ihm den Bauch und die Beine wärmte, sogar unter den Achseln ein wohliges Gefühl erzeugte, ebendies zuteil. Eine ganz eigentümliche Schwere kam da von oben, von der Sonne, ohne daß er sich darum weniger leicht gefühlt hätte, ganz im Gegenteil. Es war dies genau der Zustand, nach dem er sich sehnte, er war da ganz mit dem Boden verhaftet und trotzdem leicht, gerade weil die Sonne so schwer auf ihm lag.

Auf diese Weise kam er auf die Idee, daß es gut wäre, wenn ein anderer Leib auf seinem läge, ein warmer weicher Frauenleib, daß es gut wäre, wenn eine Frau ihr ganzes Gewicht zu seinem gäbe.

Eine Frau könnte ihn beschweren, auf dem Boden in der Welt festhalten.

Diese Frau, stellte er sich vor, läge auf ihm wie er, in derselben Haltung wie er, mit ausgebreiteten Armen und entspannt gespreizten Beinen, doch ihm zugewandt, also ventro-ventral, und völlig reglos, aber warm und weich, statt steinern, wie er, und würde ihn durch ihr Gewicht auf dem Boden in der Welt halten, würde ihm Bodenhaftung und Leichtigkeit zugleich verschaffen, einfach indem sie auf ihm läge.

Ihm war, als dächte er schon lange an diese Frau, eigentlich schon immer. Seit jeher. So einleuchtend fand er diesen Gedanken – Leichtigkeit qua Beschwernis durch Frau –, daß er nicht glauben konnte, ihn jemals nicht gehabt zu haben.

Nun galt es nur noch, diese Frau zu finden. Klar. Kaum hatte er das gedacht, fiel ihm Frau Kermer ein.

Frau Kermer.

Merkwürdig.

Frau Kermer.

Sehr merkwürdig.

Er setzte sich auf, denn das war doch zu komisch. Er rieb sich das Gesicht und stand auf, es wurde ihm schwarz vor Augen, er mußte sich am Sessel festhalten und warten, bis der Kreislauf sich wieder an den aufrechten Gang gewöhnt hatte, bis die schwarz flirrende Benommenheit sich auflöste. Frau Kermer also.

Hm, dachte er. Eigenartig.

Bevor er durch den Geburtskanal in sein Haus hinüberging, wusch er sich Gesicht und Hände. Frau Kermer also.

Während er Gabriele einen Kuß über die Backe hauchte, nahm er sich vor, Frau Kermer zu beobachten, um herauszufinden, warum er an sie dachte, wenn er dachte, es könnte eine Frau auf ihm liegen, statt an seine eigene Frau, die er gerade küßte und die doch so manches Mal schon wirklich auf ihm gelegen war, wenn auch nicht so reglos, wie er es sich nun wünschte.

Markus
Dorothea

Renate hatte ihr Kommen für neun Uhr abends angedroht. Ich glaube, wir müssen uns mal unterhalten. So, müssen wir das. Und jetzt?

Jetzt war es schon viertel nach acht, jetzt mußte etwas geschehen, denn er würde sie nicht ertragen, nicht heute, heute nicht. Zehn vor halb. Verdammt, verdammt, verdammt. Das Telefon klingelte. Verdammt nochmal! Was denn jetzt noch? Wollte sie jetzt vielleicht lieber mit ihm essen gehen, um die Schmonzette an einem neutralen Ort durchzuziehen, wie es die Illustrierten empfehlen? Er ließ es klingeln. Vielleicht wollte sie doch nicht kommen. Ach was, natürlich wollte sie kommen, verdammt, was soll das, was soll das denn?

Beim fünften Klingeln riß er den Hörer von der Gabel und brüllte seinen Namen hinein.

»Markus?«

Es war Dorothea.

»Ich bin's.«

Tatsächlich, es war Dorothea, aber wo kam die denn jetzt her, wie kam die, seit wann, was war denn das jetzt?

»Markus? Ich bin's. Dorothea.«

»Ja, Dorothea. Hallo.«

»Erkennst du meine Stimme nicht mehr?«

Jetzt war die auch noch aus dem Stand heraus zickig.

»Doch, natürlich. Kenn' sie ja lange genug.«

Gerade erfreut schien er ihr nicht zu sein. Warum rief sie ihn auch an. Schlafende Hunde soll man nicht wecken, ach, Blödsinn, da schlief nichts.

Er sagte:

»Wo bist du denn?«

Sie sagte:

»Ich bin in Berlin. Ich arbeite jetzt hier.«

Er sagte:

»Na, das ist aber ein Zufall.«

Er lahmte noch etwas. Habe ich ein schlechtes Gewissen? Bin ich völlig durchgedreht? Das war doch Dorolein und nicht Renate.

»Markus, was ist mit dir? Soll ich ein anderes Mal wieder anrufen?«

»Nein! Nein, bloß nicht! Du rufst genau richtig an! Hast du schon was vor heute abend? Was tust du gerade? Wie lange haben wir uns schon nicht gesehen?«

»Sag' mal, spinnst du? Was ist denn los mit dir?«

»Nichts, gar nichts. Wie lange haben wir uns schon nicht gesehen?«

Es hatte endlich geklickt. Dorothea! Seine Chance.

»Ich weiß es nicht genau.«

Warum lügt sie?

»Nein? Du hattest doch sonst immer ein so gutes Gedächtnis. Ich weiß es noch ganz genau.«

»Warum fragst du dann.«

»So halt. Es war im Sommer fünfundachtzig, kurz bevor du nach Berkeley bist, in Konstanz, stimmt's?«

»Stimmt. Immer noch der große Testbildtester, was?«

Sofort wieder derselbe Krampf. So, fängt das sofort genauso wieder an, wie es aufgehört hat. Warum rufe ich ihn an, was will sie von mir? Es war doch alles in Butter, aber wir kannten uns zu lange, Dorothea, meine große Liebe, meine Flamme seit der neunten Klasse, Dorothea, unerreichbar bis zur elften Klasse, da hatte der sich rausgemacht, war kein Gernegroß, sondern interessiert und ritterlich, wohlerzogen und in mich verknallt. So sehe ich das heute. Aber damals dieser Schmerz. Bauchweh, wenn sie ging, Bauchkrämpfe, wenn ich ihn einen Tag nicht sah, Dorothea, ich habe damals nicht mehr gegessen vor Glück, bin richtig dünn geworden, sah gut aus.

Wir waren ein Traumpaar.

Es war jetzt gleich halb neun. Jetzt wollen wir mal hübsch zivilisiert sein.

»Markus? Ich dachte, wo wir uns doch schon so lange nicht mehr gesehen haben und wo wir doch jetzt in derselben Stadt wohnen.«

»Ja, fünf Jahre sind eine lange Zeit.«

»Nicht ganz fünf Jahre.«

»Bist immer noch genau.«

»Ich bin doch Wissenschaftlerin.«

»Ich bin nicht an der Uni.«

»Ja, das haben mir deine Eltern erzählt.«

Weit weit fort mußte sie gehen, weit weit weg von ihm wollte ich sein.

»Was haben dir meine Eltern denn sonst noch erzählt?«

»Daß du in einem großen Möbelhaus arbeitest und oft nach Südamerika fliegst. Daß du dich selten meldest und dich nicht kümmerst und nicht mehr nett bist.«

»Aber zu dir, glaubst du, werde ich nett sein?«

»Wir müssen uns ja nicht treffen.«

Die Stiche Stiche Sticheleien, mit denen wir uns die Herzen perforierten, die schneidend scharfen Schärfen, mit denen wir uns die Seelen zerschnitten. Die spitzen Bemerkungen, mit denen wir uns gegenseitig in den Wunden stocherten, womit wir sie feucht und offen hielten. Soviel Salz haben wir hineingestreut, vielleicht sind sie noch immer nicht verheilt. Dabei haben wir uns doch aus Vernunftgründen getrennt, damit wir nicht zu Biestern würden, zu Ungeheuern der Langeweile.

»Es tut mir leid. Was hast du heute noch vor?«

»Ich habe nichts vor, ich kenne hier niemanden; ich habe gerade einen Aufsatz fertiggeschrieben.«

»Wo wohnst du?«

»In Friedenau, bei Annemarie. Handjerystraße 30, direkt am Renée-Sintenis-Platz.«

»Bei Annemarie?! Hat's die jetzt auch hierher verschlagen?«

»Ich glaube, früher oder später verschlägt's jeden hierher.«

»Ich hol' dich in einer halben Stunde ab.«

Renate
Markus

Sie nahm erst beim dritten Klingeln ab, er hatte schon befürchtet, sie sei bereits auf dem Weg zu ihm.

»Kermer.«

»Majer. Du ... ich kann leider heute abend nicht können wir das verschieben?«

»Du Kannst Heute Abend Nicht? Ich war schon fast zur Tür hinaus.«

»Es tut mir leid mir ist was dazwischen gekommen es geht nicht.«

»Wie, ›was dazwischen gekommen‹? Was, um Himmels willen, ist dir denn dazwischen gekommen?«

»Herrgott, mir ist eben was dazwischen gekommen!«

Sie wußte nicht, was schneller in ihr hochkroch, die Wut oder die Tränen. Sie hoffte, die Wut, die Großmeisterin im plötzlichen Gefühlsüberfall, würde siegen und die Tränen, die europäische Version der chinesischen Wasserfolter, auf den zweiten Platz verweisen. Sie hatte Glück, die Wut gewann im Kampf um die heutige Abendvernichtung. Sie ließ ihn gar nicht erst wieder zu Wort kommen, sondern knallte gleich den Hörer auf die Gabel.

Erst zitterte sie, bald schluchzte sie. Dann raste sie zur Tür hinaus. Weil sie jedoch nicht wußte, wo sie hinrasen könnte, raste sie gleich wieder hinein. Darauf zur Tür zurück, wo sie aber sofort umdrehte, um sich aufs Telefon zu stürzen. Sie zitterte, als sie seine Nummer wählte. Der Anrufbeantworter meldete sich. Sie rammte den Hörer ins Telefon.

Diese buchstäbliche Raserei hielt sie etwa eine Stunde in Atem. Dann hatte sie zwanzigmal auf die Wahlwiederholungstaste gedrückt und war erschöpft. Um sich abzulenken, ging sie in eine Spätvorstellung des Kinos »Filmkunst 66« in der Bleibtreustraße. Schon als sie dort ankam, hatte sie sich weitgehend beruhigt. Sie kannte solche Wutanfälle wegen verschmähter Liebe, in diesem Fall allerdings eher wegen vereitelter Taktik (weil er sie nicht sich präventiv an ihm rächen ließ), nur allzu gut. So gut kannte sie sie, daß sie sie eigentlich schon langweilten, während sie noch andauerten. Wenn sie vorbei waren, waren sie ihr sehr peinlich, weil sie sich eben nie änderten, weil es immer dasselbe war, weil ihr nie etwas Neues einfiel. Will sagen, sie hatte schon aufgehört, sich an ihrer Hysterie zu erfreuen, hatte aber noch nicht angefangen, sich ihrer zu entledigen.

Reyen

DIE SEELE.

Die Seele schwinget sich auf die saffirnen Lüffte;
Mein Schau=Glaß und mein Licht sticht's Leibes=Prillen weg:
Es ist die Ewigkeit mein unverrückter Zweck /
Wenn der erstarrte Leib fällt in die schwartzen Grüffte.

Der Leib.

Was rühmt die Seele sich mit ihrer Freyheit doch!
Dein stoltzes Flügelpaar ist ja von Wachs bereitet /
Das dich zugleich nebst mir stets in den Abgrund leitet:
Der Leib ist dein Pallast / dein Kercker und dein Joch.

Die Seele.

Ja freylich hat mich das Verhängniß dir vermählet!
Doch ist die Seel' auch noch den grossen Göttern gleich.
Dich hat der Apfel nur gemachet kalt und bleich;
Du grober Unflat / hast des wahren Glück's verfehlet.

Der Leib.

Wirff nicht auff mich allein des Sündenfalles Schuld!
Du / als mein Leit=Stern / hätt'st diß besser soll'n verstehen /
Weil Klugheit und Verstand aus deinen Strahlen gehen.
Drumb tadle nicht den Leib! Hier dient mehr die Geduld.
[...]

Die Liebe.

Jhr Thörichten! zu was dient diß Gezäncke!
Kennt ihr die Göttin nicht / die Lufft / See / Gluth / und Welt
Jn Band und Ketten hält!
Die viel Legionen Hertzen stündlich krieget zum Geschencke?
Geht / Albre / doch in euch!
Erwegt mein unbesiegtes Reich!
Hat Liebe nicht den Erdkreiß selbst gegründet?
Des Adams Leib und Geist im Paradieß entzündet?
Ward mit der Seel' ihm nicht auch Liebe eingeflöst?
Jch lache nur / daß man so kindisch von sich stöst
Mein unvermeidlich Joch und Demant feste Ketten /
Aus denen Götter selbst sich niemals können retten!

Werfft / Kinder / stracks den Zänckern Fessel an /
Daß Leib und Seele schau / was meine Hoheit kan.

Die Seele. Der Leib.

Gewalt! Gewalt! Auff! Schwestern! Steht uns bey!
Macht Seel' und Leib von Liebes=Banden frey! [...]

Alle *zusammen.*

Ach Göttin! Schau / wie wir vor deinen Füssen liegen!

Die Liebe.

So kan der Liebe Macht so Seel' als Leib besiegen!

Sie tritt beyde mit Füssen.

Dorothea
Markus

Vor der Tür zu dieser fremden Wohnung steht da plötzlich Markus, der meine große Liebe war, meine Stütze, mein Halt, ich dachte, ohne sie müßte ich verrecken, und ich wäre ein anderer geworden, ja, geflohen bin ich auch vor dir, nicht nur vor diesem Land, diese großartigen Motive, und am Ende bin ich jetzt doch genau so geworden, wie ich ohne sie geworden wäre.

»Komm rein«, sagte Dorothea, »laß uns in mein Zimmer gehen, setz dich hin, ich mach' uns einen Tee«, und war schon wieder weg, das macht sie immer so, daß sie ihren Besuch erst einmal alleine sitzen läßt, immer haut sie ab, wie mir das auf die Nerven ging. Und warum ist diese Zeit mit einem Schlag wieder da, als hätte sie noch gar nicht aufgehört, nur könnten wir sie plötzlich genau verstehen?

»Nimmst du immer noch Milch und Zucker? Ich konnt's

mir einfach nicht abgewöhnen, obwohl man dafür in Kalifornien wie aussätzig behandelt wird.«

»Ja, tu alles rein. Ich rauche inzwischen sogar Zigarren.«

»Na, das paßt ja, wo du jetzt auf die Seite des Feindes übergewechselt bist und nach dem Golde drängst, an dem doch alles hängt.«

»Ich wünschte, du hättest das nicht gesagt«, wenn ich mir was wünschen dürfte (käm' ich in Verlegenheit) (was ich mir denn wünschen sollte).

»Es tut mir leid, Markus, ich hab' das nur gerade gestern wo gelesen.«

»Was? Auf die Seite des Feindes überwechseln? Was glaubst du ...« Ich wünschte, ich hätte diesen Satz nicht angefangen. (Eine schlimme oder gute Zeit.)

»Nein, das Goethe-Zitat.«

»Tut mir leid, mit Goethe hab' ich's noch immer nicht so.«

Jetzt lachen und noch einmal von vorne anfangen. Aber wie?

»Ist es nicht total aufregend, daß die Mauer weg ist?«

Das war das Stichwort. Lachen und von vorn anfangen. Sie hatten das Einheitsgesprächsthema gewählt, und Markus setzte an: »Ja, Wahnsinn. Man kann das gar nicht beschreiben. Am zehnten November stand ich an einem Grenzübergang in Kreuzberg, Heinrich-Heine-Straße, ich hab' am neunten ja nichts mitgekriegt, ich hab' überhaupt erst auf der Arbeit erfahren, was los ist, und abends stand ich da und konnte es nicht fassen. Da strömte ein Zug von elenden Menschen zurück in den Laufkäfig, das waren Leute mit bleicher Haut, fahlen Haaren und schlechten Zähnen, und wir standen da und – ich weiß nicht, ich hätte heulen können, es war so ergreifend. Als ob ich je über die DDR irgendwie nachgedacht hätte, also so wie die CDU, daß wir uns wiedervereinigen sollen und so.«

»Auch so ein Wort, Wiedervereinigung.«

»Na ja, aber wenn man es recht bedenkt, was hätten wir denn anderes tun können, nachdem die Grenze einmal offen war? Dieses Wochenende – das ganze Wochenende hat es mich da hingezogen, an die Grenzübergänge, ans Brandenburger Tor, an die Oberbaumbrücke, wo plötzlich Massen von Menschen herüberkamen, nachdem es vorher gerade dort immer besonders still war, am Brandenburger Tor, an der Oberbaumbrücke. Und alle standen da herum, und keiner konnte es fassen.«

»Und jetzt?«

»Und jetzt. Ich weiß nicht. Euphorie allerorten, Goldgräber im Karst und es wird nur noch in der Wir-Form gesprochen, und das sind Wir-in-der-Bundesrepublik. Alle reden so. Das hat uns jetzt eingeholt.«

»Also hat sich zumindest die Bundesrepublik vereinigt.«

»Das hat sie. Wie sollte es auch anders sein, wenn plötzlich alle mit dem gleichen konfrontiert sind, sich absetzen müssen gegen das andere. Und dann kommen sich auch die Armen plötzlich reich vor, wenn sie merken, daß in dem anderen auch die Reichen arm sind, bis auf ein paar wenige Ausnahmen.«

außen

Ja, so ist das jetzt. Aber lange schaut sich die Rote Armee das nicht mehr an.

Markus
Dorothea

»Und weißt du, was das Allerirrste war? Am Montag darauf, früh um neun Uhr, da war der Kurfürstendamm, auf dem drei Tage hintereinander das größte Volksfest des Jahrhunderts stattgefunden hatte, früh um neun war der Kurfürstendamm sauber wie geleckt, blankgefegt, keine Spur zu sehen von dem, was da gewesen war. Einfach meisterlich.«

»Eine Meisterleistung deutscher Reinemachekunst«, brachte Dorothea die Sache auf den Begriff, »aber sonst? Die Politik? Wird nur noch nach dem Golde gedrängt, an dem nun alles hängt?«

»Ja. Bloß wird dabei vergessen, was eigentlich dran hängt.«

»Was eigentlich dran hängt? Wie meinst du das?«

»Na ja. Es wird jetzt in einem fort die Freiheit gefeiert, und gleichzeitig kann man doch jetzt schon sehen, wie da ein ganzes Land vom Geld planiert wird.«

»Und alle singen *freedom and democracy* im Chor dazu.«

»Genau.«

Sie schauten sich an, erkennend, prüfend. Dann lächelten sie sich an. Mußten sich nicht weiter prüfen, hatten sich endlich wiedererkannt.

Wir sind schon längst in Berlin gelandet, wo Markus seine alte Freundin Dorothea in ein teures Moderestaurant führt und anschließend in das Nachtcafé Walldorf Astoria, an dessen Tür ein Zettel hängt, auf dem man eintragen kann, welchen neuen Namen das Lokal nach der nun zwangsläufig zu erfolgen haben werdenden Umbenennung tragen soll.

International sind sie doch geworden, sie haben gelernt, Diskretion zu üben, sie sprechen von Politik und teilen ihre Meinungen, sie geben anständige Trinkgelder.

»Sag' mal, mußt du morgen nicht zur Arbeit?« Es ist schon vier, so schleicht sich das Persönliche letztlich doch ins Gespräch, es beschließend.

»Laß nur, das halt' ich aus, aber ich bring' dich jetzt nach Hause. Meld' dich bald wieder. Wenn du im Büro anrufst, melde dich mit Titel, dann stellen die Zicken dich gleich durch. Es war ein schöner Abend.«

Kein Kuß zum Abschied.

Markus verspricht, sich nach einer Wohnung in Dahlem umzuhören, und Dorothea sagt Gute Nacht, und beide haben sich schon seit einer Ewigkeit nicht mehr so gut vertragen, und Markus fällt ins Bett und träumt ein schwarzes Loch, und auf Dorotheas Anrufbeantworter war eine Nachricht, der muß mitten in der Nacht angerufen haben.

„This is Amos Mann.

Gute Abend, Miss Dreifinger, we should get in touch as soon as possible su besprechen die Programme fur den summer term. Bitte rufen sie mich an so fruh als moglich, am besten morgen fruh gegen acht Uhr. Wurde Ihnen das moglich sein su tun? Mein Nummer suhause habe ich vergessen, but in the office they'll know it. Frau Klopper kommt immer um halb acht schon. Bye."

Komisch.

Dabei ist das Deutsch seiner wenigen Aufsätze so wunderschön, daß sie eine Zeitlang sogar versucht hatte, seinen Stil zu kopieren.

Adrian
Renate

Ungeübt mit Menschen, wie er war, und unwissend, begann Adrian seine Observierung auf recht penetrante Weise. Als Renate ihm seinen Tee hinstellte, betrachtete er sie eingehend und schaute ihr die ganze Zeit zu. Er schaute ihrem Gesicht zu, schaute ihren Händen zu, schaute ihren Brüsten zu, ihrer Taille, ihren Beinen, ihrem Rock und ihrer Bluse. Renate war das nicht gewohnt. Sie wurde nervös, und weil er ihre Lippen dabei betrachtete, klang ihr Gruß etwas schwach, seiner hingegen viel entschiedener als sonst, betonter:

»Guten Morgen«, sagte er, als wäre es nun wirklich sein Herzenswunsch, daß sie einen guten Morgen erlebe, *»Frau*

Kermer«, als müßte sie ihren Namen deutlich hören, um zu wissen, daß sie gemeint war. Irritiert ging sie wieder hinaus. Bevor sie die Tür schloß, drehte sie sich noch einmal zu ihm um und traf seinen Blick, offenbar hatte er ihr die ganze Zeit ins Kreuz gestarrt, sie runzelte die Stirn, war von der Achterbahnfahrt des Vorabends sowieso noch sehr erschöpft. Sie setzte sich an ihren Schreibtisch und stützte das Gesicht gegen die linke Faust. Hm, komisch, dachte sie, doch bevor ein Überlegen noch beginnen konnte, scharrte es an der Tür zum Flur, die sich gleich öffnete, und der Oberbuchhalter trippelte auf leisen Sohlen quer durch den Raum. Mit Blick und Winseln eines getretenen Hundes grüßte Herr Meisenheimer im Vorüberhuschen, scharrte an der Tür des Chefbüros und wurde knapp hineinbeordert. Er legte den Kopf auf die hochgezogene Schulter und trippelte weiter. Dieser Unmensch! dachte Renate jetzt von ihrem Chef. Überhaupt dachte sie das immer, wenn sie nicht ihn, sondern nur seine Auswirkungen sah, und jeden Tag sofort, wenn sie sich von seinem Gruß erholt hatte.

Einen Morgen später fragte er sie, ob sie eigentlich verlobt sei oder wenigstens einen Freund habe, das stülpte ihr eine Maske aus traurigem Zorn über den Kopf. Sie errötete und antwortete nicht, sondern ging schnell hinaus. Dieses Arschloch, dachte sie.

Amos
Dorothea

»Woran arbeiten Sie gerade, Miss Dreifinger?«

Er hatte tatsächlich einen starken Akzent.

»Ich bin nicht musikalisch, müssen Sie wissen.«

Auf einmal machte er richtige Sätze ohne englische Wörter drin.

»Wenn ich müde bin, strengt mich das Deutsche zu sehr an.«

»We could go on in English, if you like.«

»Nein. Ich bin jetzt ein Professor in Deutschland. As you just arrived from Berkeley, I can call you Dorothy, right?«

»I guess so.«

»I'm Amos.«

»Nice meeting you.«

»Woran arbeiten Sie gerade, Dorothy?«

»Ich habe gerade einen Aufsatz fertiggeschrieben; am besten, ich gebe Ihnen eine Kopie.«

Drei Stunden geschlafen und schlecht dazu. *The walls came tumbling down*, wo kommt das eigentlich her? Wahrscheinlich Bibel, Jericho. Er ist anders geworden, auf einmal mag ich ihn wieder, wir konnten uns ganz zivilisiert unterhalten.

»Ich will nicht lesen, was Sie gerade geschrieben haben, wenn Sie es mir auch erzählen können.«

»Entschuldigen Sie bitte. Ich habe nur drei Stunden geschlafen.«

»Das ist keine Entschuldigung. It's half past nine, that's working time, whoopi-doo. Imagine being an ordinary clerk. Sie sollen ja nur referieren, was Sie gerade fertiggeschrieben haben, das dürfte doch kein Problem sein!«

Sie saßen in dem hellen Zimmer, das hatte er zu seinem gemacht. Es war schon vollständig eingerichtet, mit Laufbahnsofa, Couchtisch, passenden Sesseln. Er lag schräg in der linken Sofaecke, für ihn war das die rechte, sie saß mit gerade nebeneinander gestellten Beinen im Sessel. Die Sonne fiel auf den kleinen Glastisch zwischen ihnen, dessen Reflexion eine Raute an die Wand über der Mitte des Sofas malte. Das Bild vibrierte, weil die Sonne durch die Windblätter flirrte. Das Bild zitterte innerlich. Warum war es so nervös? Amos drückte sich noch tiefer in die Sofaecke, blieb dabei stets auf seinen rechten

Arm gestützt, dessen Hand Pianistengymnastik machte. Aus der Faust flog ein Fächer von Fingern, in die Faust klappte sich ein Vogelflügel. Er starrte sie an.

Das kann ja heiter werden.

»Ich möchte so ungern referieren, was ich gerade geschrieben habe, weil es so kompliziert ist. Nicht vom wissenschaftlichen Standpunkt. Es ist kompliziert und delikat, und ich darf nichts davon vergessen, weil es sonst alles nicht stimmte.«

»Sie sprechen in Rätseln«, sagte er und holte einmal tief Luft. »Als Wissenschaftlerin verfügen Sie sicher über ein ausgezeichnetes Gedächtnis.«

»Ja, aber …«

»Ja aber was?«

»Hallmanns Mauritius. Ich glaube, es gibt doch ein Exemplar.«

»WO?« bellte er.

»Ich glaube, hier in Deutschland.«

»WER HAT ES?«

»Das ist es eben, das weiß ich nicht genau. Die Spur verliert sich in den USA.«

»WANN?«

»1980 ist es auf einer Auktion in New York aufgetaucht und wurde von jemandem ersteigert, der nicht genannt sein wollte. Der ›Mauritius‹ war mit einem alchimistischen Traktat zusammengebunden. Die ganze Auktion betraf vor allem alchimistische Werke.«

Der Fingerfächer blieb jetzt geschlossen, die Finger hämmerten als Faust auf die Sofalehne, dann fuhr ein Messer heraus und blieb liegen. Es war auf Dorothea gerichtet.

»Sooo?« Er hatte die Stimme wieder heruntergeschraubt. »Und wie kommen Sie darauf, daß es in Deutschland ist?«

»Das vermute ich nur, ich kann nichts Genaues sagen.

Einer meiner Kollegen war von dem Auktionshaus als Experte herangezogen worden, und der sagte, daß ihm gesagt worden sei, aber nur unter dem Mantel der Verschwiegenheit, und er selber hat es mir auch nur unter dem Mantel der Verschwiegenheit…«

»Und Sie selber sprechen auch nur unter dem Mantel der Verschwiegenheit, schon gut, weiter.«

Der redet mit mir, als wäre ich, ich weiß nicht, was. Als wäre das hier eine Vernehmung, so redet der mit mir. Gleich zeigt er mir die Instrumente. Er schloß aber statt dessen die Augen und atmete einmal tief durch. Da hat die Kleine einen Fund gemacht, und jetzt rückt sie nicht raus mit der Sprache. Freundlich sein, sonst wird sie vollends bockig.

»Entschuldigen Sie, liebe Dorothy, ich finde das nur so aufregend, deshalb bin ich so ungeduldig. Also, was hat Ihnen Ihr Kollege denn nun gesagt?«

Jetzt behandelt er mich so vorsichtig wie eine Geisteskranke. Die Müdigkeit kreiste ihr durch den Kopf, ein Schmerz pochte sich von hinten nach vorne durch den Schädel. Aber gut. Weiterreden. Arschloch. Das kann ja heiter werden. Aber gut, weiterreden, Arschloch, das kann ja heiter werden aber gut weiterreden …

»Möchten Sie einen Kaffee?« unterbrach er den Brummkreisel in ihrem Kopf.

»Oh ja, bitte.«

Er ging hinaus und bat Frau Klopper, Kaffee zu kochen. Als er sich wieder in sein Sofa warf, ging es ihr bereits besser.

»Jetzt gibt es auch gar nicht mehr viel zu erzählen. Mein Kollege vermutet, daß ein Teilnehmer an der Auktion, der vor allem Originaltexte ersteigert hat, ein Deutscher, das hat er aber auch nur zufällig mitbekommen, daß der jedenfalls auch den Hallmann, aber wegen des Alchimietraktats eben, also wird es wohl in Deutschland sein, aber wo genau, das weiß ich nicht.«

»Na, aber das ist doch schon eine Menge. Wissen Sie sonst noch was über das Buch?«

Der Gedanke an den Kaffee hielt sie aufrecht.

»Ja. Es wurde schon einmal in den USA verkauft, sehr wahrscheinlich in den dreißiger Jahren. Wahrscheinlich hat es ein privater Sammler gekauft, sonst wäre es wahrscheinlich in einer Bibliothek gelandet. Sonst weiß ich aber nichts weiter.«

Es klopfte an der Tür, die sich dann gleich öffnete. Frau Klopper steckte den Kopf durch den Spalt.

»Ja, was ist denn?« fragte Amos unwirsch.

Frau Klopper zerschrak ihren Kopf auf die halbe Größe und piepste: »Wenn ich störe, entschuldigen Sie bitte, ich wollte nur …« Sie war kaum zu hören.

»Ja, nun haben Sie uns schon gestört, also sagen Sie, was ist!« Daß die sich alle so zieren müssen, dachte Amos und schaute wütend zu Dorothea hinüber.

»Es ist nur, der Postbote ist da, der braucht eine Unterschrift«, piepste Frau Klopper weiter.

»Dann geben Sie ihm doch eine Unterschrift!« blaffte Amos sie an, auf die sich seine Wut nun konzentrierte.

»Aber darf ich das denn? Herr Professor Stiller hat immer selbst …«

»Frau Klopper! Sie dürfen allen Postboten der Welt so viele Unterschriften geben, wie Sie wollen! Sie dürfen das mit einem Bleistift tun, mit einem Kugelschreiber, einem Füllfederhalter oder einem Filzstift! Nur lassen Sie uns jetzt bitte weiterreden!«

Davon wurde Frau Klopper so klein und grau, daß sie eigentlich schon unsichtbar war, was sie nach Amos' Dafürhalten von Anfang an hätte sein dürfen. Die Tür schloß sich wieder, Amos trommelte Triller in die Sofalehne und richtete seinen haßerfüllten Blick auf Dorothea. Die grinste und sagte: »Das ist nicht aus denen rauszukriegen.«

»Was?« fragte Amos enerviert. »Was ist nicht aus denen rauszukriegen? Sie sprechen wieder in Rätseln.«

»Ich spreche nicht in Rätseln. Diese Untertanenmentalität meine ich, diesen deutschen Ordnungssinn, was Hierarchien angeht, dieser Wille, sich unterzuordnen, sich jedem zu unterwerfen, der das verlangt – und wenn er's nicht verlangt, dann nimmt man doch an, daß er's wahrscheinlich schon verlangt und …« Sie wurde immer konfuser, die Müdigkeit warf ihr die Gedanken durcheinander, und eigentlich bezweifelte sie, überhaupt welche zu haben, sie nuschelte nur Wörter aus sich heraus.

»Oh, nein!« stöhnte Amos. »Sind Sie etwa auch eine von denen?«

»Von welchen?« fragte Dorothea.

»Von diesen grundaufgeklärten jungen Deutschen, die auf der ganzen Welt herumerzählen, wie beschissen ihr Land ist, und jeden für einen Faschisten halten, der auch nur eine Spur was Gutes an Deutschland findet.«

Dorotheas Müdigkeit drehte ihr die alte Leier durch den Kopf, die sie jahrelang nicht benutzt hatte, doch kaum war sie zurück in ihrem Vaterland, schon war sie wieder da. »Na ja, meistens muß man sich schon fragen, was die so gut finden, und oft sind's wirklich Faschisten, zum Beispiel …«

»Nein!« schrie er. »Schluß! Ich will's nicht hören! Nicht diesen Quatsch!«

»Was für einen Quatsch«, wollte sie murmelnd fragen, aber er brüllte schon.

»Ihr jungen linken Deutschen! Ihr selbstgerechten Besserwisser! Die ihr dieses Land haßt, weil es nicht so wunderbar ist, wie ihr selber seid, und euch selber haßt, weil ihr trotz alledem und alledem bis zur letzten Faser eures Herzens damit verknüpft seid. Und das ist so verteufelt deutsch, dieses Hin- und Widerhassen, dieser radikale tiefe Haß, ihr Fäustchen und Mephistöffelchen. Immer in der Vergangenheit rumgraben, immer noch etwas zutage fördern, endlich einmal begreifen wollen ... Und dabei könnt ihr gar nichts begreifen, weil ihr doch schon begriffen habt, daß es nicht zu begreifen ist. Es gibt kein Entrinnen. Und das ist schlecht, und das ist gut. Sie wissen gar nicht, wie ich das liebe, diese Sehnsucht nach Klarheit, Wahrheit, nach einem konsequenten Leben. Ihr mit eurer Treue! Die ist auch schlecht und ist auch gut.«

»Wie können Sie so reden«, fuhr ihm Dorothea dazwischen, »Sie sind doch ein Produkt der Vergangenheit dieses Landes, Sie Emigrantenkind! Sie kommen doch doppelt aus dem Haß – aus dem Haß der Nazis auf die Juden, aus dem Haß ihres Vaters auf dieses gute Deutschland, das ihn so mir nichts, dir nichts vor die Tür gesetzt hat!«

»Ja, ich habe die deutschest mögliche Kindheit hinter mir. Ich sollte ein Amerikaner werden und bin darum ein deutscher Gemütsmensch geworden. Wie ich das liebe! Man kann nicht ewig vom Basketballfeld zum Nachmittagskaffee mit Hausmusik hetzen und abends Goethe auf englisch lesen, irgendwann muß man sich entscheiden. Wie ich das liebe!« Er sprang auf, riß die Arme hoch, lief im Zimmer hin und her und hörte nicht auf zu exklamieren »Wie ich das liebe!«

Der ist ja völlig durchgedreht, dachte Dorothea.

»Und vor allem«, drehte er sich plötzlich zu ihr um, »kommen Sie mir bloß nicht auf die philosemitische Tour. Die hasse nun ich wie die Pest. ›Emigrantenkind‹!« Er stützte sich auf die Lehne ihres Sessels und sprach ihr sehr deutlich ins Gesicht: »Ich habe nämlich außer meinem alttestamentarischen Namen gar nichts Jüdisches. Religion war bei uns genauso verpönt wie

Deutsch sprechen.« Er richtete sich wieder auf und sprach jetzt wie bei einem Vortrag: »Ich weiß durchaus, daß manche sich erst recht mit Religion befaßten, weil sie wissen wollten, wofür man sie eigentlich vertrieb, was an dieser Religion eigentlich ist, daß sie solchen Schrecken erregt und solchen Haß, aber meine Eltern nicht. Meine Eltern nicht.«

Wieder lief er hin und her, fuchtelte mit den Armen in der Luft herum und sprach sehr laut: »Und ich auch nicht! Ich bin kein Jude. Ich bin nicht einmal beschnitten worden.« Wieder blieb er stehen, stützte sich auf seinen Schreibtisch, hielt eine Hand vor die Stirn, fragte sich, in welchem Film er sich gerade befand, und murmelte: »Das habe ich später selber machen lassen, aus hygienischen Gründen.«

Dorothea murmelte in die andere Richtung: »So genau wollt' ich's gar nicht wissen.« Und in seine Richtung murmelte sie: »Aber warum regen Sie sich eigentlich so auf?«

»Weil Sie mich klassifizieren wollen!«, er war schon wieder dem Brüllen nah, »da soll ich mich nicht aufregen? [Was ist eigentlich passiert? Was hat sie eigentlich gesagt?] Emigrantenkind, huch, schreckliches Schicksal. Schwachsinn.« (Warum rege ich mich eigentlich so auf?)

Er warf sich wieder aufs Sofa. Wenigstens hört er mit dem Rumgerenne auf, dachte Dorothea. Die Wörter stockten für einen Moment, es entstand ein Redeloch, in das er hineinfiel. Als er untendrin lag, schaute er perplex, stützte sich dann nach hinten auf seine Hände und stemmte sich, das Becken voran, wieder hoch.

Frau Klopper huschte herein, stellte das Tablett mit dem Kaffee auf den Tisch und huschte wieder hinaus, von beiden nicht beachtet, das war ihr recht.

»Es ist kein schreckliches Schicksal, ein Emigrantenkind zu sein«, sagte er mit einer klanglosen leisen Stimme. »Eltern sind schrecklich oder nicht, Wohnungen sind schrecklich oder nicht, auch der Krieg ist nicht für alle schrecklich. Und überhaupt: lassen Sie meine Eltern aus dem Spiel.«

Nun lag er wieder im Sofa, sein Rücken beulte sich nach hinten aus, seine Beine standen in der Gegend herum, der Kopf hing zwischen den Schultern, und so von unten her starrte er die Wand hinter ihr an.

Das ist ja enorm peinlich hier, dachte Dorothea und starrte ihre Kniee an.

Es war jetzt ganz still in diesem Zimmer, und die Stille war zum Schneiden dick.

Als er merkte, daß er sich wie ein nasser Sack im Sofa fläzte, setzte er sich gerade hin und schaute dann zum Fenster hinaus.

Als sie diese Bewegung bemerkte, schaute sie zu ihm hin, der das nicht bemerkte, und weil es ihr ungehörig erschienen wäre, ihn zu mustern, ohne daß er dessen gewahr gewesen wäre, schaute auch sie zum Fenster hinaus. Dort war der Himmel zu sehen.

So kamen sie ins selbe Geleise und wendeten die Köpfe gleichzeitig zurück, um sich für einen Moment prüfend, jeweils, zu betrachten. Er war es, der das Schweigen brach.

»Ich glaube, wir werden ganz gut miteinander auskommen«, sagte er, sehr ernst.

»Ich glaube auch«, antwortete sie, ebenso ernst.

Einen Moment noch schauten sie sich so an, dann war ihr Bündnis besiegelt und die Arbeit konnte beginnen.

Schweigend goßen sie Kaffee in ihre Tassen, gaben auch Milch und Zucker hinein, sie ein Stück, er zwei, rührten gründlich um, nahmen jeder schlürfend einen Schluck, stellten die Tassen zurück und begannen, sehr sachlich, mit der Besprechung des Semesterplans.

Natürlich ist der »Mauritius« mit einem alchimistischen Traktat zusammengebunden, das ist die beste Erklärung, und ich bin all die Jahre nicht darauf gekommen; denn wer interessiert sich schon für Alchimie? Die bienenfleißigen Barockwühlmäuschen offenbar nicht, sonst hätte es doch schon längst einer herausgefunden, daß mein Vater das Buch in den dreißiger Jahren ersteigert hat, 1936. Nein, falsch, der Kollege von Miss Dorothy hat herausgefunden, daß es schon einmal versteigert worden war, halt, falsch, der war als Experte herangezogen worden, also kein Literaturwissenschaftler, halt, falsch, es war ein gutes & seriöses Auktionshaus, also doch ein Literaturwissenschaftler, nein, der hätte das doch längst veröffentlicht, da werde ich Fräulein Dorothea noch einmal fragen müssen.

Er furchte die Stirn und stellte sich ans Fenster. Der Garten war nicht sehr schön, das Gras gemäht, die Büsche kleingestutzt, sah sehr nach lustlos betriebener Nebentätigkeit des Hausmeisters aus.

Also, jetzt wieder ernsthaft. Warum hat der das nicht veröffentlicht? Aus dem Garten könnte man durchaus was machen. Für den Rest meines Lebens werde ich mir jedenfalls nicht diese vom Reinlichkeitswahn zerschundene Gartenfarce betrachten.

Den rechten Arm hatte er nach oben ans Fenster gelehnt und trommelte kleine Wirbel mit den Fingernägeln, bis er mit der Faust an die Scheibe schlug, daß sie klirrte.

Wie groß muß ein alchimistisches Werk sein, damit man es für wichtiger hält als die literarische Entdeckung, die mit dranhängt?

Ziemlich dick muß es sein, und es muß drinstehen, wie man aus Scheiße Gold macht. Und reiche Irre muß es geben, die sich so etwas ersteigern lassen. Und für Hallmann interessiert sich nun nicht einmal die Fachwelt, den halten sie ja für höchstens zweitrangig, weil er nicht in den barocken Kanon paßt und in den des 18. Jahrhunderts auch nicht.

Er lachte grimmig. So kam er nicht weiter.

Aber warum hat dieser Kollege von Miss Dorothy das nicht veröffentlicht? Das wäre doch eine Sensation gewesen, die Fachwelt hätte Walzer getanzt vor Begeisterung, in allen Zeitschriften hätten Notizen gestanden, und die Anstellung hätte er für recht lange Zeit gesichert gehabt, dieser Kollege, wer war eigentlich dieser Kollege?

Mit dieser naheliegenden Frage verpuffte die Freude, und das Leuchten fiel ihm aus dem Gesicht. Er wankte zum Sofa zurück und ließ sich hineinfallen, während das Grauen sich über ihn stülpte, und er wurde eine Fliege unter einem Marmeladenglas. Und seine Lippen wurden schmal, und seine Augen wurden starr, und seine Arme lagen weggeknickt neben ihm, er stützte sich trotzdem auf sie, was wehtat, und er wußte, wer der Mörder war. Und die Übelkeit kroch aus dem Magen hoch und kroch ihm in alle Glieder, denn dieser Kollege, das war der Dritte, der, der was verstand von der Sache, der die gedungenen Schächer ihre Totschläger benutzen ließ, während er die Bibliothek durchforstete mit seinen Augen, die bestimmt blau waren. Der war der dritte Mann im Bunde, der, der sich die Finger nicht schmutzig machte, aber für ein Buch zu töten imstande war, ach was, für ein Buch. Für Geld. Für Geld begeht man Morde, nicht für Bücher. Deswegen hatte das Schwein auch nichts veröffentlicht und es dafür später so hingedreht, als habe man ihn als Experten zu einer Versteigerung hinzugezogen. Wahrscheinlich auch ein Emigrantenkind, aber von Eltern, die nach 45 geflohen sind, nach Argentinien, und dort zu Reichtum kamen und den Sohn zum Studieren in die USA schicken konnten, nachdem sie ihn mit ihrem Nazidreck gemästet hatten wie eine Stopfgans.

Ein Stopfhirn.

Ein Faschist.

Ein Mörder.

Und mit so etwas – mit so etwas arbeitete Miss Dorothy zusammen und merkte nichts.

Machte noch Gold daraus. Einziges Exemplar, große Entdeckung usw.

Aber das muß man doch merken, wenn einer Faschistenbrut und ein Mörder ist! Das merkt man doch.

Es sei denn, man hielte es für normal, daß einer so ist. Es sei denn, man hätte überhaupt keine Menschenkenntnis.

Es sei denn, man wäre selber so.

Es sei denn, man wäre selber so.

Das Grauen hatte sich über ihn gestülpt. Es gab nur Mörder, ein ganzes Land voller Mörder, die ihre Saat über die ganze Welt ausgestreut hatten. Und er saß mittendrin und war freiwillig in die Höhle des Löwen geeilt.

Dorothea

Als Dorothea wieder an der Bushaltestelle stand, wußte sie nicht, wie ihr geschehen war, was überhaupt geschehen war, ob überhaupt etwas geschehen war. Sie war völlig übermüdet, und der Kopf war ihr zum Platzen gefüllt mit bunten Wattebäuschen, er war völlig leer, so voll war er. Sie grinste blöde vor sich hin. Ein Auto fuhr mitten durch die große Pfütze vor der Haltestelle, alle sprangen zurück, nur Dorothea nicht. Eine Redemaschine neben ihr in Gestalt einer übergewichtigen Frau um die fünfzig, die in rosa Leggings und ein Sweatshirt mit bunten Applikationen, die Daisy Duck vorstellten, gekleidet war und der eine ins Haar eingeflochtene kurze Perlenschnur ins Gesicht fiel, fand die Gelegenheit günstig, zu einer Tirade anzuheben: »Junge Frau, der hat Sie doch von oben bis unten volljespritß'! Ja, wo jib's denn sowat?«

Dorothea strahlte sie an und sagte: »Ach was, die paar Tropfen«, während ein sehr junger Mann, der auch hier wartete, um mit dem Bus in die Stadt zu fahren, keck, doch korrekt bemerkte: »Na, hier jib's sowat, dit sehnse doch«, woraufhin die Redemaschine sich ihm zuwandte und zu keifen begann.

Dabei wurden die Wattebäusche zu Luftballons und Dorotheas Kopf zur Jahrmarktsbude, sie grinste noch blöder und hörte der immer lauter, immer erregter, immer erbitterter werdenden Streiterei neben sich beglückt zu. Eigentlich ja schön, daß die Leute auch in den kleinsten alltäglichen Begebenheiten ein gewisses Benehmen einfordern, dachte sie und glaubte sich von edlen Seelen umgeben, hörte nicht Gekreisch auf der einen und spöttisches Gelächter auf der anderen Seite, sondern die moderne Form einer politischen Auseinandersetzung über Rechte und Pflichten des einzelnen gegenüber dem Gemeinwohl.

früher

Allgemeine Deutsche Biographie. Bd 10: Gruber–Hassencamp. – Leipzig: Duncker & Humblot 1879. S. 444–447: **Hallmann:** J o h a n n C h r i s t i a n H . aus Breslau, Dramatiker. Geboren etwa 1640–45, besuchte er das Magdalenengymnasium seiner Vaterstadt, studirte von 1663–66 in Jena und disputirte daselbst *de privilegiis militium.* Zu seinen Vorfahren zählen fürstlich Liegnitz=Brieg'sche Räthe; war Wohlstand und Ansehen in Folge des Krieges geschwunden? Denn von den späteren Breslauer Jahren des amtlosen Dichters wird berichtet: »weil ihm das Glück nicht fügen wollte, suchte er sich und seine Familie mit Comödienspielen zu erhalten.« Die Hoffnung durch den Uebertritt zum Katholicismus sein Glück zu machen betrog ihn, »denn er verlohr seine Patrone und Gönner, und starb endlich in höchster Armuth zu Breslau *an.* 1704.« Vgl. Gottlieb Stolle, Anleitung zur Historie der Gelahrtheit, Jena 1736 S. 201. Er war der classischen Sprachen, sowie des Französischen und Italienischen kundig, auch ein gewandter Redner, nur gemäß dem Modestil »allzu poetisch und affectiret«. Neumeister nennt ihn *grandiloquus usque ad vitium.* Der nüchterne Chr. Gryphius ärgerte sich z. B. über Hallmann's falsche Bezeichnung der Donau als »Europens Palisade«. Die gelehrte Kritik fand dann bei ihm mehr schöne Worte als Realia, und kein *judicium* in seiner Sprache. »Die Erfindung und die Einrichtung seiner Schauspiele sind nicht uneben, aber er ist zu verschwenderisch mit dem Golde, Alabaster [S. 445] und Edelgesteinen. Er bauet sogar diamantene Zimmer, und indem er gar zu hoch steigen will, fällt er offt allzutief wieder herunter.« Der schlesische Chronist F. Lucae rühmt ihn.

Seine Dichtungen erschienen in Breslau einzeln seit 1667; die undatirte Gesammtausgabe der »Trauer=, Freuden= und Schäffer=Spiele nebst einer Beschreibung aller obristen Hertzoge über das gantze Land Schlesien« (Breslau, J. Fellgibel) setzt Stolle in das J. 1672. Die Titel der einzelnen Stücke gibt Goedeke, Grdr. S. 488 f. genauer an. Theilweise für Feste geschaffen, sind sie voll bettelhafter Schmeichelei und die nicht dramatischen »Schlesischen Adlersflügel« feiern alle schlesischen Herrscher bis zu Kaiser Leopold überschwänglich in Versen und Prosa. Als Schüler der hochmüthigen zweiten Schlesier scheidet er die »ehrliebenden und gelehrten« Dramatiker von den »plebejischen und herumschweiffenden personen«, also den verachteten *poetae laureati* und Gelegenheitsdichtern der Zeit, und stellt wie Gryphius und Lohenstein seine Dramen als aus ernsten historischen Studien erwachsen hin. Er geht von den genannten Landsleuten, von Seneca und den Italienern aus, deren »sinnreiche Erfindungen« er in Uebereinstimmung mit Hoffmannswaldau rühmt. Die Lieblingsgattungen der Höfe, Ballet, Schäferei, Oper wirken auf ihn noch viel übermächtiger, als auf die vorausgehenden oder gleichzeitigen Kunstdramatiker ein. Das gibt ihm seine litterarhistorische Stellung.

»Adelheid« und »Heraclius« sind nur Uebersetzungen aus dem Italienischen, ersteres ein tragikomischer Liebeshandel hoher Personen im echten *Stilo concettuoso,* das andere (in Prosa!) eine der vielen Tyrannentragödien mit dem üblichen Apparat: Gefängniß, Feuer, Mord, Geister. Im »Antiochus« benutzt er wenigstens die »wolgesetzte Liebesbeschreibung« Assarinis.

Zwei »pastoralische Erfindungen«, »Adonis und Rosibella« (1750 in Augsburg wiederholt!) und »Urania« mischen Guarini'sche Elemente mit rein opernhaften und Gryph'schen: das Motiv des verliebten Gespenstes und des Scheintodes; oder darf man wegen unverkennbarer Aehnlichkeit im Einzelnen an das Vorbild eines »Romio und Julieta« denken? H. bringt, um zu wirken, möglichst viel und vielerlei: Musik und Tanz, sogar ein Stück im Stück, ein Singspiel (Dido) im Pastorale und »höchst lamentirliche« Ballets, schäferliche Liebeswerbungen, Jagdscenen, Anakreontisches, lange akademische Reden, Allegorien, Rasescenen und derbe Bauernintermezzi im schlesischen Dialect (vgl. Gryphius, Die geliebte Dornrose). Er hat auch die lustige Person, den Scaramutz. Also ein kleines Compromiß mit der volksmäßigen Dramatik, aber nur für diese Schäfereien. Derlei steht im stärksten Gegensatze zu den übrigen verzuckerten, in Tropen und mythologischen, auch historischen Parallelen ausgehenden Reden, deren übermäßige Sinnlichkeit den Hoffmannswaldau überbietet. Der Dialog ist Lohensteinisch, nur viel üppiger.

Seine Tragödien und Tragicomödien zeigen mehr Berührung mit den älteren Kunstdramen aus dem Zeitalter des großen Krieges. »Sophia« (1671) ist ein Martyrium schlimmster Art. Eine standhaft duldende christliche Glaubensheldin, von Hadrian mit Liebesanträgen verfolgt. Man denke an Gryph's Katharina und Chach Abas und Aehnliches; nur daß H. nichts von Gryph's stoischer Ethik weiß. Die Allegorie fehlt nicht (die Töchter Fides, Spes, Charitas). H. führt die duldende englische Königin Katharina vor. So ist »Mariamne« (1670) die leidende Schönheit in dem gleichnamigen lärmvollen Intriguenstück, das mit all seinen Verschwörungen, Verleumdungen und seiner Tyrannencaricatur nur ein unverkennbares Geschick äußerlicher Mache verräth. Die Tyrannentragödie »Die göttliche Rache oder der verführte Theodoricus Veronensis«, sein schwächstes Werk, läßt die geschlossene Composition noch empfindlicher vermissen, da es nur leeres [S. 446] Gerede und Marterscenen enthält. In einem Mischstück (»Trauer=Freuden=Spiel«) »Antiochus und Stratonica« behandelt H. die bekannte Liebe des Königssohnes zu seiner Stiefmutter, indem er die tragischen Consequenzen spielend verwischt, die unerläßlichen Hinrichtungen nebenher abthut und den Vater Seleucus entsagen läßt. Der historische Stoff ist völlig undramatisch, Hallmann's Ausführung bei manchen löblichen Scenen sehr uneinheitlich und weitschweifig. Im dritten und vierten Act ist von den Hauptpersonen kaum je die Rede. Man spürt deutlich, daß er im Anschluß an eine erzählende Dichtung gearbeitet hat; und die Haupteffecte der poetischen, jedoch zu matten Liebesgeschichte, wie daß der Arzt an dem beim Eintritt der Stiefmutter wechselnden Pulsschlag des kranken Antiochus die Ursache seiner Krankheit erkennt, sind keine scenischen.

Die Anlage aller Stücke ist schematisch. Stets eine warnende Frauengestalt, ein vordeutender Traum. Die von Lohenstein schon arg übertriebenen Mittel Gryph's werden von H. übernommen und noch gesteigert. Beim Todtenmahl in der »Sophia« sieht man drei Gläser voll Blut und die blutigen Häupter der Töchter. Oder Theodoricus erblickt statt eines Fisches das blutige Haupt des Symmachus auf der Schüssel. Hinrichtungen, Kerkerscenen, Geistererscheinungen, Foltergreuel in Menge. »Streut Saltz aufs rohe Fleisch und kützelt sie mit Bürsten« u. dgl. erinnert an die »Epicharis«. Im »Theodoricus« erscheinen acht Geister, vier Bischöfe verhungern unter symmetrischen Klagen mit Refrains (2,2) und fluchen natürlich im fünften Acte dem schlafenden Tyrannen, was damals stereotyp ist. Aber H. fügt noch ein »knallendes Feuerwerck« hinzu.

Solche Wirkungen auf die Sinne hat er der Oper abgelernt. Verkleidungen sind häufig. Hadrian naht sich der Sophia als Schäfer. Die Töchter werden durch Amoretten versucht (heil. Antonius). Ueber dem Haupte der betenden Märtyrerin halten zwei Engel eine diamantene Krone. Geister schweben in der Luft. Zwei Todte tanzen ein »höchst trauriges« *pas de deux*. Jeder Sterbende singt eine »höchst lamentirliche« Aria, wie denn jede Gelegenheit zum Gesang gierig ergriffen wird. Die Christen in den Katakomben klagen chorisch. Die Chöre sind noch mehr als bei Lohenstein zu förmlichen Zwischenspielen ausgewachsen, in deren einem etwa Fleisch, Welt, Tod und Teufel auftreten. Wie in Jesuitendramen singt der Berg Kidron oder die christliche Kirche. Innerhalb des Actes sind die Choreuten thätiger und die Klagescenen, die *tutti* ausgebildeter. Die »Reyen« erfordern bei ihm viel größeren Prunk.

Nicht nur darin und in den eingelegten Arien, auch in der

ganzen Dialogführung verräth sich das maßlose Uebergewicht der Oper. Gryphius hatte von Seneca etc. Stichomythie und Responsion anzubringen gelernt. H. zählt oft nicht nur die Verse, sondern die einzelnen Worte ab. Manchmal haben neun Alexandriner nach einander dieselbe erste Halbzeile. Oder die zweite bildet die erste des nächsten Verses. Wiederholungen in großer Zahl. Die Schlüsse verlaufen in Vaudevilles, in genau vertheilten correspondirenden Stichomythien, die drei= bis viermal herumgehen und mit *tutti* enden. Die Alexandriner werden gelegentlich dem von der Oper und dem ganzen sirenenhaften *marinescare* verweichlichten Ohr zu Liebe durch andere Maße abgelöst.

H. ist ein weitschweifiger und geschmackloser Rhetor, der sich seine effectvollsten Tiraden verdirbt, und gleich Lohenstein, vor dem er einige ursprüngliche Begabung voraus hat, uncharakteristisch überall dieselbe überladene Sprache zeigt. Er benutzt natürlich den angesammelten Tropenvorrath der Zeit. Es ist interessant, für einzelne Ausdrücke, oft auch für ein ausgeführtes Bild die directe Nachahmung italienischer Muster zu verfolgen. Liebesritornelle, wie im »Antiochus«, sind unsinnig schwülstig. Seine Tropen wetteifern mit den Lohenstein'schen, z. B. »Die Sprütze der Vernunft lescht der Begierden Flammen«, »Der [S. 447] Ehre Leib=Standart kehrt sich in einen Molch«, der Schwur: »daß Mariamne nie den Demant=festen Thamm des Eh=Betts überfahre mit geilen Liebes=Wagen«, oder die Umschreibung für »wenn sie nicht etwa schläft«: »wo nur ihr Sinnenschiff auff Morpheus Fluth nicht fähret.« Alles damals Gewöhnliche auch bei ihm: die Farben, Blumen, Wohlgerüche, Rubin, »der Lefftzen Scharlachkleid«, Marmelschoß; Marcipan, Marmelade, Zucker und zahllose Composita, die stereotypen bitteren Coloquinten (auch Aloe), der kühlende Julep, die Bilder von Donnerknall und Blitz. Das Böse als »Gift«; dies

Gift hat immer einen grünen Schaum. Zur Bezeichnung des Lebensendes braucht er stets Verbindungen mit »Lebensgarn« und »Lebensdraht«, besonders auch den »Sterbekittel«; Lebende tragen den »Unschuldsrock«, den »Ehrenrock.« Das »Uhrwerck« spielt eine große Rolle. Manches davon ist ihm eigenthümlicher und bei anderen seltener zu belegen. Erich Schmidt.

Wir fassen zusammen:

– Das Buch existiert.

– Es befindet sich wahrscheinlich in Deutschland.

– Amos Mann ist sehr daran interessiert.

Das hat Dorothea herausgefunden.

Für Amos stellt sich die Sache so dar:

– Es wurden Mörder gedungen, um es seinen Eltern zu entreißen.

– Der wissenschaftliche Begleiter der Mordexpedition gab sich später als unabhängiger Experte bei einer Versteigerung aus.

– Er war allerdings so unvorsichtig, Dorothea davon zu erzählen.

– Es gibt keinen perfekten Mord.

– Deutschland ist voller Nazis. Sie haben blaue Augen und ihre Saat über die ganze Welt verstreut. Auch wer sich für fortschrittlich, links und aufgeklärt hält, hat kein Gespür dafür, sondern arbeitet sogar mit den Mördern zusammen und ist im Grunde selber einer (vgl. »Schreibtischtäter«).

– Zwei –

die Höhle des Löwen

Ich sehe es alles vor mir, den Frühling, die Sonne, die Stadt, nicht wahr, ich sehe, wie Kurt Marschner kurz vor sechs Uhr früh am Zimmer seiner Frau vorbeigeht, wo die Tür nur leicht angelehnt ist, aus der ganz leise Radiomusik herausweht, so leise, daß man nicht hören kann, was da gespielt wird, nur, daß da was gespielt wird, damit sie trotz Ohrenklingen schlafen kann (aber das kann ich gar nicht sehen, davon kann ich nur wissen), ich sehe, wie Kurt Marschner durch diesen dunklen Flur ins Badezimmer geht, aber nein, ich sehe den dunklen Flur, die hellbraunen Wände mit den kolorierten Kupferstichen, Szenen aus dem Preußen Friedrichs des Großen, die Türen, die man in den fünfziger Jahren eingebaut hatte, elfenbeinweiß, vergilbtes Elfenbeinweiß, das aber vor zwei Jahren erst aufgebracht wurde, vergilbt von Anfang an. Ich sehe diesen kleinen Flur, er ist gar nicht dunkel, er ist indirekt beleuchtet seit zwei Jahren, eine verblendete Lichtleiste geht an der Decke entlang, die ist nur zwei Meter fünfzig hoch, ich sehe die Badezimmertür in derselben Farbe, im selben Stil, leichte Stuckandeutungen auf dem Türblatt, ich sehe das Badezimmer mit seinem schwarzweißen Mosaikfußboden, den alten weißen Kacheln, den Fenstern mit schräg gerafftem Spann-Store, drei Fenster nebeneinander, links das Waschbecken, rechts die Badewanne, draußen ist der Morgendämmer schon milchig geworden, Vögelgetschilp, das alles sehe ich. Aber Kurt Marschner selbst sehe ich nur von hinten, sehe dichte graue Haare, sehe einen mittelgroßen kräftigen Mann, den man nur wegen der Haare für fortgeschrittenen Alters hält, denn Kraft ist um diesen Mann, Kraft in den Hüften, in den Schultern, in den riesengroßen Händen. Dieser Mann steigt nun in die Badewanne und zieht, als er drinsteht, im Umdrehen den Vorhang vor. Nun kann ich nur noch seine Umrisse erkennen, mir wird zu warm hier im Badezimmer, ich trete in den Flur zurück und schließe die Tür. Inzwischen muß der Wecker geklingelt haben, es muß nach sechs Uhr sein, denn Helene Marschner hat ihr Radio schon auf normale Lautstärke eingestellt, der SFB sendet Nachrichten und anschließend »Klassik zum Frühstück«.

Jetzt zieht Kurt Marschner den Duschvorhang zurück und steht als wasserglasierter Felsblock in Form des Mannes vor uns, die muskulöse Bauchpartie in leichtem Bogen klassisch geschwungen, ein umgekehrtes Zelt über dem hängenden Zipfelchen, mäßig doch regelmäßig von Körperhaar beflockt, er greift nach einem Handtuch, und wieder kann ich nichts mehr sehen. Doch seine Frau Helene tritt nun zur Tür herein, die sieht durch das Handtuch hindurch und tätschelt ihm die Lenden, entbietet mit einer Stimme, die noch in Schlafestiefen wurzelt, den zärtlichen Morgengruß. Und weiter?

Weiter legt der Mann die rechte Hand an die Wange seiner Frau, grinst sie an, verhehlt nicht Zärtlichkeit, spricht mit einer Stimme, aus der die Liebe fließt: »Gut geschlafen, meine Kleine?«

»Aber ja, wo ist denn mein Shampoo?« antwortet sie, die den Blick schon gewohnheitsmäßig durchs Badezimmer schweifen läßt.

»Weiß nicht. Hab's auch nicht gesehen«, sagt der Mann und ist wieder mit sich selbst beschäftigt, trocknet sich weiter ab, während seine Frau den Badezimmerschrank öffnet und ihre rosa Shampoo-Flasche findet. »Da hat sie's hingeräumt.«

»Hingeräumt, weggeräumt, umgeräumt, aufgeräumt, eine angenehme Morgentoilette wünsche ich«, küßt er sie in den Nacken, den Morgenmantel wieder übergeworfen, und verläßt das Badezimmer.

Es war viertel nach sechs, der Tag drängte sanftmächtig heran aus dem rosenfingrigen Dunst, gebar sich selbst aus Nacht und Dämmer, Helene wusch sich die Haare, der Mann im Ohr klingelte ihr ein Lied dazu, das war ihr wohlvertraut. Darauf fönte sie die praktische Kurzhaarfrisur für die patente Frau, die sich beim Reiten, Gärtnern, Tennisspielen nicht um ihre Haare sorgen will, klopfte das mit einem Schwamm aufgetupfte Make-up sorgfältig ins Gesicht, zog einen sanften Lidstrich, bürstete die Wimpern mit Mascara, legte einen hellrosa Lippenstift auf, zog ein Polohemd an und eine Hose, dreiviertel sieben, und bevor sie zum Frühstück in die Küche ging, machte sie einen großen Gang durch den Garten.

Derweil saß ihr Mann in seiner Bibliothek, im Geheimen, im Unaufdringlichen. Dort las er keine Bücher, sondern Antiquariatskataloge, Briefe mit sachlichen Mitteilungen anderer privater Sammler oder sammelnder Institutionen (Bibliotheken, Archive) sowie Rechnungen, dort schrieb er in gut lesbarer eckiger Schrift Postkarten, die den Erhalt eines Buches bestätigen (die einzige Korrespondenz, die er selbst erledigte, darum mit der Hand geschrieben, Chefs können nicht maschineschreiben). Dann setzte er sich in seinen Lederlesesessel und wiegte den neuesten Zugang in den Händen, nachdem er ihn sorgsam aus dem Karton, in dem er gekommen war, geschält hatte, betrachtete mit Wohlgefallen Titelblatt und Impressum, studierte das Inhaltsverzeichnis, blätterte das Buch auf Bilder durch, streichelte noch ein bißchen über das Leder des Einbands und legte es dann auf den kleinen Tisch, auf dem die Bücher lagen, die noch katalogisiert werden mußten, was eine Arbeit fürs Wochenende war.

Wenn keine Bücher zu katalogisieren waren, überdachte er sein Katalogisierungssystem. Oft genug fielen ihm dabei Mängel auf. Und wenn nicht, überlegte er, ob das System nicht insgesamt verbesserungswürdig sei. So war ihm seine ganze Bibliothek immer präsent. Eigentlich hätte er gar keinen Katalog gebraucht, wußte er doch blind, wo jedes einzelne Buch stand, aber ohne Katalog wäre es keine Sammlung gewesen, ohne Katalog hätte er nichts herzuzeigen gehabt, ohne Katalog würde er sie keiner Staats- oder Landesbibliothek anbieten können, auf daß diese sie nach seinem Tod ihrem Bestand einverleibe. Denn darauf zielte das Sammeln. Sicherer als in seiner Firma, wesentlich sicherer als in seinen Kindern würde er in seiner Sammlung fortleben. Angst vor dem Tod – aber nein, Angst war kein ihm bekanntes Konzept. Überwindung des Todes, darum ging es: Kurt Marschner bereitete seine unausweichliche Unsterblichkeit vor. Hierin würde er ewig weiterleben, in diesen Büchern, die darum nicht ein jedes für sich in seinen Regalen standen, sondern jeweils nur als Bestandteil seiner Sammlung. Das machte sie wertvoll; jedes neue Buch vergrößerte sein Reich um ein unschätzbares Stück mehr.

Ansonsten war diese Bibliothek ein Bücherspital, denn die Bücher mußten hier gar nichts tun, sondern konnten sich erholen vom Gelesenwerden. Leichte Leinenvorhänge schützten sie vor direktem Sonnenlicht, wenn die Stahlrollos hochgezogen waren, und außer Kurt Marschner bewegte sich niemand in diesen Räumen. Zwar kam auch sein ältester Sohn hierher, aber das war zu vernachlässigen, denn der lag hier nur auf dem Boden herum. Abgestaubt wurde nur unter strengster Überwachung und selten, an manchen Sonnabenden, wenn der Herr der Bücher Zeit hatte, wochenlang vorher geplant, die

Putzfrau extra einbestellt. Das neue Buch, das neue alte Buch hielt er noch in seinen kräftigen Händen, wärmte es vor seinem muskulösen Bauch, damit es sich erholen konnte vom Ausgepacktwerden, das neue alte Buch.

»Kurt!« rief seine Frau durch die offene Tür, »Frühstück ist fertig!« und ging gleich wieder. Halb acht. Er legte das Buch zu den zu katalogisierenden, ließ die Hand noch einen Moment darauf ruhen, dann ging er zur Tür hinaus, leise, damit die Bücher weiterschlafen konnten, todesähnlich und traumlos.

Renate

Am Morgen, bevor sie das Haus verließ, war Renate unruhig, etwas fraß an ihr, was fraß an ihr? Sie schob es auf den Kaffee.

Amos
Dorothea

Amos stak in der Armierung und wartete auf den Flüssigbeton. Seine Augen blickten durch Schlitze, und wenn sie auf andere trafen, senkte er den Blick. Dorothea wollte diesen Zustand länger nicht ertragen und hatte darum Maßnahmen beschlossen, um ihn von einer leeren Rüstung in einen Menschen zurückzuverwandeln. Darum trödelte sie jetzt in sein Zimmer hinüber, wobei sie sich eine womöglich durchaus nötige Absprache darüber, wie es mit »In medias tempora« weitergehen solle, als Vorwand, ihn zu stören, vorgenommen hatte. Zugleich wollte sie ihn ein bißchen über die Bibliothek seines Vaters aushorchen, von der hie und da gemunkelt wurde, denn wie groß die wirklich war, und was sie enthielt, wußte bislang keiner. Was hingegen jeder wußte, war, welch schreckliches Ende sein Vater und seine Mutter genommen hatten, so daß sich diesem Thema natürlich nur mit größter Zartheit und höchstem Feingefühl zu nähern war. Es traf sich gut, daß

Amos just im Begriffe war, in ihr Zimmer hinüberzuschlendern, um sie seinerseits, unter dem Vorwand eines kollegialväterlichen Plausches, ein bißchen weiter über ihre Buchverfolgung auszuhorchen, in der Hoffnung, endlich den Mörder seiner Eltern zu finden.

Vor Frau Kloppers Schreibtisch trafen sie sich, und da mußte sogar Amos lächeln. Sie holperten ein paar Wörter heraus, die waren zu Frau Klopper hingesprochen, um Erstaunen vorzutäuschen, was diese mit einem zuckersüßen Lächeln quittierte, mit dem hinwiederum sie ihren Unglauben zu überspielen vortäuschte. Amos winkte Dorothea in sein Zimmer hinüber, wo sie dann beide eine kleine Weile vor sich hinkicherten, bis ihm, »Bitte, setzen Sie sich doch«, einfiel, daß sie wohl irgendetwas besprechen wollten oder müßten. Er setzte sich jedoch an seinen Schreibtisch, er gab die Festung noch nicht verloren, aber Dorothea ignorierte das freundlich und drapierte sich schräg in einen der Sessel, ihm zugewandt.

»Also«, fing Amos an, »wir müssen uns mal besprechen«, und »ja«, antwortete Dorothea, »deswegen bin ich ja gekommen.«

»Das ist gut«, sagte er.

»Ja«, antwortete Dorothea.

»Es ist nämlich wichtig«, sagte er, »ja« sie, »man muß nämlich immer im Gespräch bleiben« er, »ja« sie, »es geht um die Zeitschrift.« »Ja« er, »das ist wichtig. Gut, daß Sie das ansprechen.« »Ja« sie, »das ist doch meine Aufgabe«, »ja« er, »ich bin doch dafür verantwortlich« sie. »Ja« er, »natürlich.« »Nicht wahr« sie.

»Für die nächste Nummer habe ich nämlich gerade heute zwei Angebote bekommen«, sagte sie, während er sagte: »Mich würde nämlich interessieren, was Sie nun genau über den ›Mauritius‹ wissen.« Wo anfangen? Wer darf zuerst?

»Sie, bitte«, wollte Dorothea ihrem Vorgesetzten den Vortritt lassen.

»Nein, ladies first«, gab der väterlich freundlich zurück.

»Nein, nein, das hat Zeit«, erwiderte sie charmant zivilisiert.

»Also gut«, nahm nun er amerikanisch praktisch den Faden auf, »also das Buch. Also 1980 wurde es versteigert, nicht wahr?«

»Ja, 1980«, bestätigte Dorothea.

»1980«, nickte er. »Und in den dreißiger Jahren wurde es schon einmal verkauft, nicht wahr?«

»Ja«, sagte Dorothea, »soviel weiß ich.«

»Tja, aber wissen Sie denn auch, daß das genau 1936 war? Hm?« und jetzt beugte er sich etwas vor und lächelte sie verschmitzt an.

»Nein«, flüsterte sie und starrte ihn mit großen Augen an.

»Ja, sehen Sie, aber ich weiß das.«

»Dann wissen Sie ja doch ...« wollte sie beginnen, aber er ließ sich nicht unterbrechen, denn er glitt wohlig im Kahn aus alten Mären, aus denen uns Wunders viel geseit, über den Großvaterstrom, »ja, 1936 war das und auch in New York und auch eine Auktion. Tja, sehen Sie, ein bißchen was habe ich selber schon herausbekommen.«

»Oh«, ploppte Dorothea, »aha!« Der Flitzebogen war in Bruchteilen von Sekunden zum Zerreißen gespannt. »Das«, fügte sie scheinheilig hinzu, denn in der Kommandozentrale ihres Wissenschaftlerhirns blinkten jetzt sämtliche roten Lichter auf einmal, »das konnte ich ja nicht ahnen.«

»Tjaha«, lehnte Amos sich, greisenhaft inzwischen, in seinem Stuhl zurück, »da können Sie mal sehen. Nicht wahr.«

»Oh, oh«, verstellte Dorothea sich zum Urenkelkind, »ja. In der Tat, da kann ich mal sehen.«

»Es ist nämlich so«, und jetzt reden wir mal wie vernünftige erwachsene Menschen miteinander, »es ist nämlich so, daß ich mich sehr für dieses Buch interessiere.«

Nicht doch.

»Es ist nämlich so«, da fiel der Schmerzensvorhang vor ihm nieder, er wurde ganz grau und seine Stimme dünn wie das Seil einer Garotte, »dieses Buch, müssen Sie wissen, gehörte meinem Vater«, das schlug auf Dorothea felsenschwer, sie wurde auch ganz grau.

»Ihrem Vater?«

»Meinem Vater«, bestätigte er tonlos.

»Ihrem Vater, der ...?«

»Meinem Vater, der«, schnitt er sich die Kehle mit der Handkante durch. Dann nickte er zur Bestätigung einmal.

»Sind Sie sicher?« fragte sie.

»Sicher?« Da stieg die Wut ihm hoch. »Natürlich bin ich sicher«, sagte er leise und gefährlich.

»Ich frage nur«, stotterte Dorothea, »weil Sie sich nirgends dahingehend geäußert haben.«

»Dahingehend?« fragte er, »wohingehend?«

»Dahingehend, daß Ihrem Vater, ich meine, Sie ... äh, Sie ...«

»Ich, äh, ich?«

»Sie hätten das doch einmal vielleicht, Sie hätten das doch vielleicht, ich meine, Sie hätten das doch veröffentlichen können.«

Oh, wie dumm.

Oh, wie außerordentlich dumm, dachte Amos, mit dieser Dummheit macht sie alles kaputt. (Mit dieser Dummheit meißelte sie ein Relief in seine Wut.) (Die wird jetzt ganz kalt.) »Veröffentlichen«, sagte er mit präziser Betonung, »Sie meinen ›publish and perish‹?«

»Nein, nein, natürlich nicht, nicht so«, Dorothea brach der Schweiß aus, »nicht so.«

»Ich sagte«, wiederholte er, »›publish a n d perish‹, nicht:

›publish o r perish‹. ›Publish a n d perish‹ sagte ich.« Er starrte sie an, die Kiefer ineinandergehakt, den unteren etwas vorgeschoben, seine Wut zwei Eisenstangen, die ihr den Kopf an den Schläfen zusammenpreßten.

»Ich wußte nicht«, fing sie an, starr von seiner Wut hochgezogen, »ich wußte nicht ...« Dann sank sie in sich zusammen.

Was hatte sie nicht gewußt? Warum sinkt sie zusammen? Warum ist das ihre Rettung?

Weil diese Geste Amos ergreift, ihn wieder umlenkt in Richtung einer milden Stimmung.

»Entschuldigen Sie«, sagte Dorothea leise und kroch auf allen vieren zur Tür hinaus, wobei er ihr fassungslos ins Kreuz starrte.

Seinem Vater gehörte das Buch, dachte sie später, als sie wieder zur Besinnung gekommen war, seinem Vater. Warum ist das so schlimm?

Meinem Vater gehörte das Buch, dachte er später, als er noch immer nicht zur Besinnung gekommen war, warum begreift die nicht, was das bedeutet?

Was hat das zu bedeuten, dachte sie, daß seinem Vater das Buch gehörte? Nun ratterte die Maschine wieder, das geölte Hirn. Was ist daran so schlimm? Er hat's verkauft, als er in die USA kam, ist doch logisch. Das Mosaik setzte sich zusammen, nein, zusammen noch nicht, einen weiteren Stein nur hatte sie gefunden, Stein, Steinchen. Und warum, warum aber bricht der in Wut aus, wenn ich ihn frage, warum er nicht darüber geschrieben hat? Taktlosigkeit meinerseits vermutlich, und natürlich verstehe ich nichts vom Emigrantenschmerz, und natürlich ist es schrecklich, daß man seine Bücher verkaufen muß, wenn man vorher schon vertrieben wurde. Taktlos. Ich muß mich entschuldigen.

Amos mahlte noch immer die Kiefer ineinander, saß als

Stein gewordener Giftzwerg in derselben Stellung noch immer hinter seinem Schreibtisch, als Dorothea klopfte und auf sein Grunzen hin eintrat. Bei ihm mußte immer angeklopft werden, das hatte er von Anfang an so verfügt. Keine blöde amerikanische Lässigkeit mit stets geöffneter Tür. Die sei Terror, hatte er gesagt, in Wahrheit die ständige Kontrolle, wenigstens in Deutschland. Das hatte er allerdings nicht gesagt. Aber wenn es klopfte, grunzte er doch immer »herein«.

Da stand sie, die Arme hängend wie Holzstöcke, Verlegenheit des Kindes.

»Ja?« fragte er, musterte sie schlechtgelaunt, sah ihre Augen nicht, denn die hatte sie an die Vorderkante seines Schreibtischs geheftet.

»Ich möchte mich entschuldigen«, sagte sie, die Hände vor dem Leib ineinandergefaltet, »es tut mir leid.« Jetzt sah sie ihn an, da wurde aus dem Stein wenigstens Lehm. »Ich war unbedacht«, fuhr sie fort, »ich hätte wissen müssen, daß Sie das schmerzt, an Ihren Vater zu denken.« Da stand sie vor dem Gottesgericht. Ich hätte wissen müssen, hat sie gesagt, denkt er, wissen müssen.

»Warum wissen müssen?« fragte er, bevor er noch überlegt hatte, ob er das fragen wollte. Jetzt schaute sie ihn forschend an, ob das eine weitere Prüfung sei, »Warum wissen müssen«, fragte er noch einmal, dann wies er wieder auf den Sessel, und sie folgte dem Befehl sofort.

Wieder saßen sie einander gegenüber, wieder mit drei Metern Abstand, aber der Raum zwischen ihnen war leer. Dorothea sah zum Fenster hinaus, was will er noch?, er sah auf ihre Knie, was will ich noch?

»Warum wissen müssen«, murmelte er noch einmal, »warum wissen müssen«, wiederholte sie. Dann setzte sie zu einem kleinen Vortrag an:

»Neulich, erinnern Sie sich, sind wir aneinandergeraten, weil Sie es nicht leiden wollten, daß ich meine Landsleute alle zu unterwürfigen Kryptofaschisten erkläre. Und heute – sehen Sie, das ist die andere Seite der Medaille. Unsereins denkt, er müsse nicht nur wissen, daß seine Väter Schmerzen zugefügt haben, sondern müsse auch den Schmerz selbst noch wissen. Den Emigrantenschmerz in diesem Fall, was es bedeutet, wenn man seine Bücher verkaufen muß, weil man in der Fremde …«

»Wie?« schrak er hoch, »wie, ›verkaufen‹? Was meinen Sie mit ‹Bücher verkaufen‹?«

Sie blickte erstaunt zu ihm hinüber, hinauf, sie zögerte, was war das nun? »Na ja, verkaufen, versteigern lassen. 1936 in New York versteigern lassen, das meine ich.« Und weiter unter Hochspannung verfolgte sie die Erdbeben, die über sein Gesicht liefen.

»Aber das stimmt doch nicht!« rief er schließlich, »das ist doch ganz falsch!«

»Was?« erschrak nun sie.

»Das stimmt doch nicht!« rief er noch einmal, »es fehlt doch erst seit … seit … [Seit wann? Seit wann?] Seit 1978! [Seit sie tot sind! Seit sie tot sind!]«

»Seit 1978?« fragte sie, ungläubig, was meinte er nur, »warum seit 1978 erst? Es ist doch 1936 versteigert worden, sagen Sie, und wenn Sie sagen, daß es Ihrem Vater gehörte, dann hat er es doch versteigern lassen, weil er Geld brauchte, oder nicht? In der Emigration. Daher, dachte ich, der Schmerz.«

»Der Schmerz. Geld brauchte. Emigration.« Es klapperten die Wörter aus seinem trockenen Hals, klipp klapp, klipp klapp, klipp klapp. New York, Emigration, Versteigerung, nein, nein, das ist die falsche Geschichte. Klipp klapp, »aber nein!«, klipp klapp, »es waren doch die Mörder!«

»Die Mörder«, sprach sie ihm nach, und nun klapperte es in

ihrem Hirn: Nazipest, Faschisten, Polen, Gaskammern, klipp klapp, keine Worte, klipp klapp.

Die Mörder.

»Die Mörder meiner Eltern«, sagte er, tonlos wieder, leiser noch, es klapperte nicht mehr, er würde sonst kein Wort mehr sagen.

Sie saß erschüttert da und schaute ohne Fokus in die Ecke neben dem Sofa. Sie versuchte zu denken, aber es ging nicht, bis sie schließlich, ohne es überlegt zu haben, zu ihm hinging und ihm leicht, ganz leicht!, eine Hand auf die Schulter legte. Er saß noch immer stocksteif da und rührte sich nicht.

Weiter traute sie sich nicht. Leicht, ganz leicht klopfte sie ihm auf die Schulter und ging, husch und leise, schnell und ohne Laut, wieder zur Tür hinaus, schloß sie fest, als schliefe er und dürfe nicht geweckt werden. Und er hockte in sich drin an seinem Schreibtisch, regungslos. Er dachte nichts; nichts. Als sich schließlich doch etwas in ihm zu regen begann, richtete er dieses Regen sofort auf etwas ganz Einfaches. Ich will so hier nicht sitzen bleiben, beschloß er nämlich, sondern mich lieber in den Sessel setzen und von dort aus die Wand anstarren.

Dann öffnete sich die Tür ein weiteres Mal, wiederum ganz leicht und ganz leise, und Dorothea materialisierte sich wieder herein, schloß die Türe, ganz leicht und ganz leise, schwebte zum Sofa und setzte sich, beugte sich vor, schaute ihn genau an, der angestrengt an ihr vorbei die Wand anzusehen versuchte.

»Amos?« fragte sie, »Amos?« und legte ihm leicht die Hand aufs Knie, er zuckte zur Seite, die Hand klopfte noch einmal an, »Amos, bitte, sagen Sie mir«, sie sprach sehr vorsichtig, »bitte, sagen Sie mir: glauben Sie etwa, der Tod Ihrer Eltern habe irgendetwas mit dem Buch zu tun?«

Etwa. Habe zu tun.

»Ich weiß es nicht mehr. Vielleicht.«

»Ja«, sagte sie, und dann noch einmal: »Ja?«

»Lassen Sie uns ein andermal darüber sprechen«, bat er.

»Ja«, sagte sie. Noch immer die Hand auf seinem Knie, weiter der prüfend besorgte Blick.

»Ich bitte Sie«, sagte er, sie zog die Hand zurück.

»Are you okay?«

»Sure«, antwortete er, »sure. I'm okay. Sure. Go now.«

Da latschte die kleine Dorothea in all ihrer jungen Neugierde und frisch promovierten Vorwitzigkeit, das Dorolein in all seinem Forscherdrang, latschte Frau Dr. Dreifinger betrübt in ihr Zimmer zurück, wobei sie Frau Kloppers gespannter Aufmerksamkeit zwischen zwei Anschlägen auf ihr uraltes Triumphgetüm mit absoluter Nichtachtung begegnete. Als sie an ihrem Schreibtisch saß, begann sie sich mit dem Brieföffner die Fingernägel zu reinigen. Der reine Wahnsinn, dachte sie, in diesen Mann ist der reine Wahnsinn eingefahren, nein, sitzt tief schon drin. Das hat ihn wahnsinnig gemacht, daß man ihm die Eltern erschlagen hat, wahnsinnig. Als würde man einen Mord begehen wegen eines Buches, das auf der ganzen Welt vielleicht zweihundert Leute interessiert, höchstens, wenn überhaupt. Mord wegen Buch, Groschenroman. Oder Donnerstagskrimi. Der Schmerz umgeschlagen in Wahnsinn. Und ein leibhaftiger, gegenwärtiger Schmerz, kein historischer, kein Nachschmerz von früher, kein Phantomschmerz, ein leibhaftiger Schmerz so groß, daß er in Wahnsinn umschlägt.

Sie schloß die Augen und massierte sich die Stirn mit den Fingerspitzen, um die Gedanken zu vertreiben. Sie wünschte sich, fürs erste gar nichts mehr zu denken.

Renate
Markus

Renate schluckte die Eifersucht hinunter, das ging schwer, aber sie schluckte mit großer Anstrengung, da ging es doch, und fragte mit einer Stimme wie Falschgeld: »Und warum habt ihr euch dann getrennt, wenn es die große Liebe war?«

Ach, Renate, warum stellst du immer solche Fragen, auf die man wie ein ungeübter Messerwerfer antworten muß? Immer in Sorge, knapp daneben zu treffen, denn knapp daneben kann tödlich sein.

»Ach, Renate, was fragst du nur immer? Es ist doch so lange her«, und es geht dich einen Scheißdreck an, weil nun wir uns doch seit Wochen schon voneinander trennen wollen.

Renate schluckte noch einmal und kniff ihren Mund zusammen, damit nichts wieder hochstieg, schluckte noch einmal und fragte, schmallippig, noch einmal, warum Trennung, wenn große Liebe? Und Markus antwortete wie ein ungeübter Messerwerfer: »Ja, na ja, ich glaube, am Ende, ich dachte … am Ende dachte ich, es war wohl ein gesellschaftliches Problem. Dorotheas Vater war Tierarzt, und Dorotheas Mutter hatte eigentlich Konzertpianistin werden wollen, und weil mein Vater Kfz-Mechaniker war und meine Mutter einen Zeitungskiosk hatte … deswegen war es dann so. Dachte ich.«

»Und mein Vater hat Schicht gearbeitet und meine Mutter Akkord«, sagte Renate und war dem ungeübten Messerwerfer das nervöse Ziel.

»Ja, ich weiß«, sagte Markus, und ach, nun schau, das Messerlein, wie es fliegt! Schau, dein Ohr, wie es blutend an der Zielscheibe festgesteckt ist. Ja, ja, schon gut, ich wollte es nicht, aber du warst so hibbelig. Je, jemine. Ich zieh' das Messer gleich heraus und ramm' es dir ins Herz. Dabei, liebe Renate, will ich dich doch gar nicht umbringen, sondern mich bloß trennen von dir, vielleicht ginge das auch mit Anstand. Oder geht es nicht mit Anstand? Meine liebe Renate, du liebst mich doch gar nicht, du erträgst doch bloß das Alleinsein nicht.

»Renate – du liebst mich doch gar nicht, du erträgst doch bloß das Alleinsein nicht.« Jetzt schiebe ich auch noch ihr die Schuld in die Schuhe. »Und ich liebe dich doch auch nicht, das weißt du doch schon längst, und wir suchen doch beide schon seit Wochen nach einer Gelegenheit, uns zu sagen, daß wir uns trennen sollten.« Jemine, nein, ich will alles auf mich nehmen. »Ich weiß, ich benehme mich schlecht, aber bitte, laß es uns jetzt beenden, du weißt, lieber ein Ende mit Schrecken als ein Schrecken ohne Ende.« (Diese Arie jedoch, mein lieber Markus, kannst du dir sparen, denn wo wäre hier ein Ende?)

Er wußte nicht, was er noch sagen könnte, sie sank in sich hinein, ganz schnell und still sank sie sich auf den Grund, dann drehten sich die Tränen hurtig nach oben, durch den Hals hinauf, durch Augen, Mund und Nase geschwind hinaus: »Ja, tritt mich nur!« schluchzte sie ihn jäh mit diesen Tränen an, »tritt mich nur, tritt mich nur«, jetzt heulte sie, heulte, »Männer müssen treten«, heulen, heulen, »immer treten«, heulen, heulen, »und wenn euch dann die Füße wehtun, dann wißt ihr wenigstens, worüber ihr jammert! Tritt mich nur! Na los, mach weiter! Tritt mich!« Sie rollte sich auf dem Sofa zusammen, ließ Schmerz und Tränenflut sie durchpeitschen mit starken Schlägen, so daß ihr Körper aussah, als würde er gerade von einem hysterischen Anfall gebeutelt, was allerdings den Tatsachen entsprach, bis ihrem Kopf das auffiel und sie sich aufrichtete, um die Kissen nach ihm zu schleudern. Um Himmels willen, was soll das, erschrak er. »Bitte«, sagte er, »was soll das. Mach es uns doch nicht so schwer.«

Mach es doch nicht so schwer, mein Mädchen, mach es leicht, meine Fee, du bist das Mädchen, du mußt lieb sein,

Mädchen müssen immer lieb sein, und ich bin der Bube, und Buben sind böse, das weißt du doch, darum bin ich immer böse, auch wenn ich es gar nicht will, so ist das halt, ich kann nicht anders. Aber du sei lieb. Komm. Mach es leicht.

Da machte Renate es ihm leicht, als wäre das nichts. Alle Zaubertricks des Leichtmachens führte sie vor als große Erleichterungsjongleuse. Als erstes setzte sie sich gerade hin, rutschte auf die vorderste Polsterkante, schneuzte sich heftig und trocknete sich die Tränen mit einem aus der Handtasche gewühlten Papiertaschentuch, das sie sich anschließend, naßgerotzt und vollgeflennt, wie es war, tief in den Ärmel stopfte, eine Angewohnheit, die ihn immer angewidert hatte. Er bemühte sich, es zu übersehen, aber Renate machte gleich noch ein Taschentuch feucht und schmierig mit ihren Augen, ihrer Nase, ihrem Lippenstift und hielt ihm den Arm mit dem Ärmel, in das sie es stopfte, gerade vors Gesicht. Sie machte es ihm sehr leicht!

So übermäßig schwer war's ihm allerdings gar nicht gewesen, und auch ihr wurde es nun leichter.

Als nächstes sammelte sie die Kissen wieder ein, die sie selbst einst ausgesucht und ihm eigenhändig geschenkt hatte, drei Stück, sie stellte sie gerade aufs Sofa hin und hieb in jedes einmal hinein, was sie sonst aus Gründen des guten Geschmacks vermied, was ihr jedoch großes Vergnügen bereitete. Jetzt hatten die Kissen Ohren und wirkten akkurat leger, sie wollte halt es nicht so schwer ihm machen. So griff mit einer Hand von oben in die Gläser sie, daß sie aneinanderklirrten und fast zerbrechen wollten, mit der anderen Hand bemächtigte sie des Aschenbechers sich, der Flasche. Alles brachte sie in die Küche, und als sie zurückkam, sagte sie laut und unmoduliert: »Puh, hier ist es vielleicht verqualmt!«, ging zum Fenster und riß beide Flügel weit auf. Als sie dann wieder an ihm vorbeiging, griff er nach ihrer Hand, aber die zuckte zurück, die entzog sie ihm, die schüttelte sie aus, sie war schon auf dem Weg in die kleine Diele seiner schönen teuren Wohnung. Dort schaute sie in den Spiegel, kämmte sich und zog die Lippen nach, schon im Mantel, er kam ihr hinterher, da stand er dann und starrte sie an. Schon im Mantel? Sie stand ihm gegenüber dann und wartete einen Moment, ob er noch etwas sagen würde, aber er sagte dann gar nichts, sondern glotzte nur betreten. Besonders schön jetzt bin ich leider nicht, dachte dann sie, und schon im Mantel, deswegen dann wollte schnell sie gehen.

»Na, jetzt habe ich's dir doch wirklich nicht so schwer gemacht«, sagte sie in einem munteren Ton und fügte nicht »du Saftsack« hinzu oder sonst etwas in dieser Art, nein, nein, die bösen Wörter sagte sie nur in Gedanken und lächelte dabei ganz besonders freundlich, während sie dachte, daß Frauen doof seien und sie ganz besonders, er sagte noch immer nichts. Waschlappen, dachte sie, schon im Mantel. Ihr Lächeln machte schon mal die Türe auf. »Tschüß«, sagte sie. Sie drehte sich um, sie ging zur Tür hinaus, ihr Lächeln ergriff sofort die Flucht. Als sie schon im Auto saß, fing sie an zu zittern, aber schnell, bevor das Heulen wieder anfing, fuhr sie los; das würde daheim schlimm genug werden, dachte sie und wunderte sich später, als sie überhaupt nicht mehr heulte.

Was weiter geschehen soll:

Renate weinte nicht wegen Markus, denn wer wird denn aus Liebe weinen? Es gibt doch mehr als nur den einen. Es gibt so viele, aber lachen konnte sie auch nicht. Sie stand auf einer Scheibe, die war ihr Leben, und die Scheibe lag auf einer Kugel, die war die Welt und Renate beständig darauf konzentriert, das Gleichgewicht zu halten. Das ging schwer, aber mit breiten Beinen auf den Rändern der Scheibe zu stehen, was das Balancieren erleichtert hätte, wollte ihr nicht gelingen. Es war eine Zirkusnummer, aus der sie nicht aussteigen konnte. Was jenseits der Scheibe, was unter der Kugel sich befand, wußte sie nicht, glaubte jedoch, es sei das Nichts. Markus hatte für einen Moment Unruhe gebracht, als er von der Scheibe sprang. Jedoch war er zuvor schon so leicht geworden, daß sein Absprung keine Gefahr barg. Renate fing sich sofort wieder. Das Leben. Was für ein Leben? Ein Leben halt. Oder ein Lebkuchen. Ein flaches Unglück halt, dieses Leben.

Zwei Wochen lang wartete sie jeden Tag auf den Zusammenbruch, aber er kam nicht. Erst hielt sie das für die Ruhe vor dem Sturm und vermutete irgendwelche besonders hinterhältigen, extrafiesen, supergemeinen Tricks des psychischen Apparats dahinter; schließlich atmete sie auf und tief durch und sagte: »außer Spesen nix gewesen«, und wischte das Liebes- und sonstige Leid so routiniert von sich ab wie sonst bei der Schönheitspflege die abgestorbenen Hautschüppchen mit dem gesichtswassergetränkten Wattebausch.

Wie von tödlicher Krankheit genesen fühlte sich Renate in den Wochen nach der Trennung von Markus. Sie hatte die Liebespest überlebt! Sie trug auch keine Male an sich, es war nichts zu sehen, äußerlich sowieso nicht, und da sie auch innerlich nichts sah, blühte sie auf und sah bald blendend aus, das Drachenbaby bemerkte es wohl.

Markus hingegen sank in sich zusammen. Das fing schon am Abend der Trennung an, wo er in einen Sessel hineinsank und eine halbe Stunde lang drin liegen blieb, dabei eine Flasche Wein leerend. Er fand die Sache im Prinzip schon ziemlich traurig irgendwie, darum quälte es ihn, daß er's gar nicht war.

Rührt mich das denn gar nicht?

Trifft's mich nicht?

Rührt mich denn jetzt gar nichts mehr?
Trifft mich denn jetzt gar nichts mehr?
Habe ich denn gar keine Gefühle?
Ist denn nichts geschehen?
Habe ich denn keine Niederlage erlebt?

Hat sich denn nicht einmal wieder gezeigt, daß ich bindungs- und liebes- und womöglich auf menschlichem Gebiet überhaupt unfähig bin? Ach, was hat es zu bedeuten, daß ich so gar nicht traurig bin?

Adrian

Seine Frau, die Mutter seiner vier Kinder, saß gerade auf dem Sofa, die Beine nebeneinandergestellt, einen Arm auf der Lehne, und sah sich einen Film im Fernsehen an. Adrian hielt die Zeitung in den Händen, die Ellbogen in die Sessellehne gebohrt, auch er hatte die Beine gerade nebeneinandergestellt. Er raschelte nicht mit dem Papier. Wenn er eine Zeitung gelesen hatte, sah sie danach immer noch so frisch aus, daß man sie noch einmal hätte verkaufen können. Mal schaute er nach links zu seiner Frau hin, mal warf er einen Blick nach rechts in den Fernseher hinein.

»Corinna!« sprach dort eine junge Frau ihre Freundin an, »Helmut hat mich in die Oper eingeladen!« und zeigte lachend ihre regelmäßigen Zähne.

»Aber«, sagte die andere Frau mit weit aufgerissenem Augenpaar und gleichfalls großem Zähneblecken in der Fresse, »Monika! Das ist ja wundervoll!« So glotzten sie sich an.

Adrian senkte den Blick. Warum ist das wundervoll? fragte er sich. Warum strahlen die so dabei? Es runzelte sich seine Stirn, er hob den Kopf und sah zu seiner Frau hinüber, Antwort heischend. Die aber rührte sich nicht, die hatte gar keinen Ausdruck in ihrem Gesicht, die sah auch gar nicht zu ihm hin, die schaute sich einen Film im Fernsehen an. Dort stand die zuvor als Monika bezeichnete junge Frau höchst aufgeputzt auf der Treppe der Oper an der Place de la Bastille, und ihre Mundwinkel waren an den Ohren festgesteckt.

Adrian las zwei dpa-Nachrichten. Die eine berichtete vom Bürgerkrieg in Afghanistan, die andere von Morden an Rucksacktouristen in Australien.

Als nächstes bestellte die Frau im Fernsehen ein Dessert. »Monika«, sagte der Mann, der ihr gegenübersaß, und die Frau haute sich gleich wieder die strahlend weißen Zähne quer durchs Gesicht. »Ach, Helmut!« klappte sie dann ihr Gebiß auseinander, »Sie wissen gar nicht, wie glücklich es mich macht, mit Ihnen hier zu sein! Und Paris ist eine so wunderbare Stadt!«

Wieder runzelte Adrian die Stirn und senkte den Blick hinunter in seinen Schoß. Er las gar nicht mehr. Er faltete die Zeitung sorgsam zusammen und so leise, als bestünden ihre Blätter aus Flügeln von Schmetterlingen, legte sie neben sich, kreuzte die Hände und sah erneut zu seiner Frau hinüber, die weiterhin keinerlei Regung zeigte. Im Fernseher lagen in einem morgenlichtdurchfluteten Schlafzimmer die als Monika bezeichnete Frau und der als Helmut bezeichnete Mann in cremefarbenen Laken. Adrian sah zu seiner Frau hinüber, die sich weiterhin nicht bewegte.

»Ich geh' jetzt schlafen«, sagte er.

»Gute Nacht«, sagte seine Frau. Den Kopf drehte sie zu ihm hinüber, ihr Gesicht bewegte sie nicht. Dann sagte sie: »Schlaf gut« zu ihrem Mann, den sie nie mit seinem schönen Vornamen ansprach, obgleich er der Vater ihrer vier Kinder war.

»Ja«, sagte der Mann. Er war aufgestanden und zu ihr hingetreten. Von der Seite her beugte er sich über sie und drückte ihr fast einen Kuß auf die Wange, sie hob den Arm, man weiß nicht, zur Abwehr, zur Begütigung, will sie winken? Er drehte sich um und ging hinaus, man hörte es kaum, sie schaute sich einen Film im Fernsehen an.

Nachdenklich stieg er die Treppe hinauf, doch wußte er nicht, worüber er nachdachte. Also mit entleertem Kopf. Im Schlafanzug verharrte er neben seinem Bett, strich sich durch den Bart. Das Fenster öffnete er, um einmal die Luft zu atmen, dann riegelte er es in Kippstellung ein. Er lag auf dem Rücken, die Hände über der Bettdecke gefaltet.

Er schloß die Augen.

Er drehte sich ganz unter die Decke, hielt die Knie umschlungen.

Er lag wieder auf dem Rücken.

Er war schon immer schwer eingeschlafen. Wenn er aber schlief, dann wie ein Stein. Er hörte, daß die Bäume rauschten. Es ging wohl ein Wind. Wenn kein Wind ging, konnte man manchmal den See schlagen hören.

Ich werde wohl Frau Kermer einmal zum Essen einladen, dachte er zuletzt und seufzte erleichtert auf.

Endlich kam der Schlaf über ihn.

außen

Für einen außergewöhnlich guten Service war Mauritius schon seit langem bekannt; daran hat sich auch bis heute nichts geändert. Neben strahlend weißen Sandstränden, türkisfarbenen Lagunen und einer reizvollen Berglandschaft lockt das sanfte Klima der Subtropen auf die 1865 Quadratkilometer große Insel 20 Grad südlich des Äquators. Hier, wo einst die Kulturen dreier Kontinente zusammenflossen, ist ein faszinierendes Völkergemisch entstanden, das europäische, afrikanische, indische und chinesische Einflüsse vereint.

Für den Touristen angenehm ist die Sprachgewandtheit

der Insulaner. Unterhalten sie sich miteinander weitgehend in Creole, so ist doch ihre Amtssprache Englisch – übernommen von ihren letzten Kolonialherren. Als Erbe ihrer ersten Kolonialherren beherrschen sie außerdem Französisch. Im Hotelgeschäft wird sogar hier und da etwas Deutsch gesprochen.

Kurt

Durch jeden Tag ist ein roter Teppich gerollt, immer der gleiche, er reicht von dreiviertelsechs Uhr früh bis halb elf am Abend. Jeder Tag ist Aufstehen Duschen Anziehen Bibliothek Frühstück Büro Zeitung Abendessen Bibliothek Schlafengehen. Und es schwindelt ihm nie. Er läuft nie zu schnell durch einen Tag, nie zu langsam. Jede Nacht wird der Teppich ausgeklopft, jeden Morgen wieder unter die Füße geworfen. Er tritt immer mit dem gleichen Druck auf, nie zu leicht, nie zu fest. Mit federndem Schritt, gespannt und voller Gleichmut, läuft er geradeaus durch sein Leben. Ihn drückt nichts. Auf einem geraden Weg, auf einem roten Teppich, voller Freude fraglos von der Geburt bis in den Tod.

Adrian
Renate

Auf der Fahrt im Aufzug hielt er die Augen fest geschlossen, ohne die Hand darüberzulegen. Die Stirn strebte nach der Mitte hin, dort hob und senkte sie sich in sanfter Dünung. Er bemerkte es nicht gleich, als der Aufzug anhielt. Als er die Augen aufschlug, stand mit offenem Mund und voller Entsetzen die Aushilfsstudentin aus der Personalabteilung vor ihm. Die Aufzugtüre schloß sich wieder. Er klappte die Augen ein paarmal auf und zu, um sich aus der Konzentration zu lösen, und drückte auf den Knopf, der die Tür wieder öffnete. »Guten Morgen, Frau Steffen«, sagte er den Namen, der sich neulich in ihm verheddert hatte, und nickte verbindlich. Frau Steffen gurgelte schreckensbleich, wich zurück, gab den Weg ihm frei.

Beim Eintritt in sein Vorzimmer richtete er Aufmerksamkeit und Augen entschlossen auf Renate, ein leichtes Lächeln in den Lippenspitzen, das indes kaum zu sehen war unter dem wüsten Bart, und sagte in gefaßtem Ton: »Guten Morgen, Frau Kermer.«

Renate hob langsam den Kopf aus dem Brackwasser ihres verunglückten Liebeslebensleids, Verwunderung faßte ihr unters Kinn und drückte es sachte hoch, Unglaube noch in den Ohren. Dann lächelte sie auch. »Guten Morgen, Herr Marschner.«

Der nickte zur Bestätigung und straffte sich voller Stolz. »Guten Morgen. Ja. Guten Morgen. Nicht wahr.« Er konnte sich kaum wieder fassen und strahlte fast, er schlurfte auch nicht wie sonst, sondern schritt schier majestätisch in sein Zimmer, wo noch gar kein Telefon geklingelt hatte, als Renate ihm den Tee hinstellte, wobei sie ihn verständnislos musterte. Er aber, voller Begeisterung, wurde geradezu redselig und fragte sie nach ihrem Wohlergehen, was sie sehr verwirrte. Wie gerne hätte sie nun auf ihr entsetzliches Unglück hingewiesen! Doch da es gerade fern war, blieb ihr nur, der Nachfrage zu danken, ja, es gehe ihr gut, wie zivilisierte Menschen stets angeben, und war auch nicht gelogen.

»Ach, das freut mich«, sagte Adrian, der zu ihr aufblicken mußte, über den Tisch hinweg, das Gesicht ganz offen, die Augen unverstellt, keine Papierwand zwischen ihm und dem Leben, das hier Renate hieß und das Weiche war, das er gerne auf sich spüren, von dem er gerne beschwert sein wollte, »das freut mich«, sagte er ihr hinterher, als sie sein Büro wieder verließ und auch die Tür hinter sich schloß, diesem Weichen hinterher, das über ihn kommen, ihn umfangen und hell sein sollte. Unendlich sollte es sein, unsagbar größer als er, um ihn fallen wie der erste Schnee und ihn leichtmachen, indem es ihn am Boden barg.

Renate hielt sich währenddessen ganz gerade auf dem ergonomisch vorbildlich konstruierten Bürostuhl hinter ihrem leeren Schreibtisch. Viel Arbeit hatte sie sowieso selten, und wenn doch, dann stürzte sie lawinengleich aus einer Laune ihres Chefs heraus.

Sie hatte so aufs Unglück gesetzt, und nun kam es nicht. Es war gar nicht schlimm, daß sie Markus im selben Gebäude und nur wenige Türen entfernt wußte. Es lastete ihr nichts auf der Seele, keine dunklen Wolken zogen ihr leise durchs Gemüte. Sie fühlte sich auch nicht erleichtert. Das Leben ging geradeaus weiter, unbeirrt vorwärts Marsch.

Dorothea
Markus

Markus wuchtete sich in den Spalt zwischen Tisch und Wand, stützte die Arme auf die Stuhllehnen und verhakte die Finger vor seinem Bauch fest ineinander. Er wippte mit dem rundgebogenen, doch angespannten Oberkörper und starrte an Dorothea vorbei zu irgendwelchen fernen Tischen. Sie betrachtete ihn aufmerksam.

Es hatte Wochen gedauert, bis diese Verabredung zustandegekommen war. Mindestens fünfmal war sie ein oder zwei Stunden vor dem vereinbarten Termin ans Telefon gegangen, um ihn sagen zu hören, er hätte soviel zu tun, er müsse im Büro bleiben, er hätte schnell nach Leipzig fahren müssen, er stünde gerade im Stau auf der Autobahn, er könne nicht rechtzeitig am vereinbarten Ort sein und müsse sowieso erst noch ins Büro, es täte ihm leid. Wie ein Wunder kam es ihr vor, daß es heute geklappt hatte; sie hatte sich schon die

Bücher zurechtgelegt, die sie in der freigewordenen Zeit lesen wollte.

»Ich habe mich nämlich von Renate getrennt«, sagte er, wippte weiter hin und her, stülpte die Lippen vor, bleckte die Zähne, biß sich auf die Lippe, kniff den Mund zusammen, grimassierte ein Grinsen, trainierte dann die restlichen Gesichtsmuskeln.

»Ja, und?« fragte Dorothea, aber er verstand, weil ihm das besser gefiel: »Das tut mir leid«, und fuhr darum fort:

»Das muß dir nicht leid tun, das wurde einfach nichts mit uns. – Einen Schümli-Kaffee, einen Hennessy, ein Glas Wasser und ein Stück von dieser Champagnertorte oder wie die – genau, Marc de Champagne, und eben ein Glas Wasser.«

»Für mich einen Kakao«, sagte Dorothea.

Markus stülpte die Lippen vor. Dann drehte er den Kopf in Dorotheas Blick und erstarrte, als wolle er eine wichtige Mitteilung machen. Er machte aber keine, sondern wandte den Kopf wieder ab und wippte weiter.

Dorotheas Stirn lag über zwei erstaunt prüfenden Augen in Falten. »Du hast gar nicht gehört, was ich gesagt habe«, stellte sie fest, doch er wich von seinem Konzept nicht ab:

»Sentimentales Geschwätz. Es wurde nichts mit uns, weil nichts werden konnte. Die lebt doch in einer ganz anderen Welt.«

Dorothea versuchte es aufs Geratewohl mit: »Du bist vielleicht ein Arsch.«

Er drehte den Kopf zur Seite, der leer war, aber zum Heulen schwer, denn er tat alles, was man von ihm verlangte, ohne Fragen zu stellen. Wie er bis vor kurzem alle paar Wochen zum Flughafen gefahren war, Tage im Flugzeug verbracht, kaum geschlafen hatte und, von den Zeitumstellungen durchgemahlen, tagelang nicht mehr zu sich gekommen war, so fuhr er jetzt ständig nach Leipzig, mindestens zweimal die Woche, verbrachte Stunden im Stau, telefonierte ins Büro, wurde von dort angerufen, hörte endlos Radio, vergaß alle Nachrichten sofort wieder, vergaß alles, was nichts mit der bezahlten Arbeit zu tun hatte. Manchmal traf ihn ein Blitz aus Erinnerung und ließ ihn mit rasendem Herzen im Autositz zusammensacken. Erinnerung an einen Tag mit Dorothea, Erinnerung an ein paar Wochen mit den Sandinisten in Nicaragua beim Bau und der Verteidigung eines Gemeindehauses, Erinnerung an die erste Zeit mit Renate, die ihm damals wie die glücklichste seines Lebens erschienen war – er und Renate dem Mahlstrom des Alltags affirmativ ergeben, gelenkt nur vom unverrückbaren Willen mitzumachen, auf jeden Fall mitzumachen und dabeizusein, wenn die Stücke vom großen Kuchen verteilt werden, komme, was da wolle, und mit keinem anderen Wunsch für die Feierabende und die Wochenenden als beieinanderzuliegen, wenn nicht im Bett, dann vor dem Fernseher, und miteinander zu gehen, durch den Wald oder über Flohmärkte –, wie ein Faustschlag gelegentlich die Scham über seine Schäbigkeit, wie er sie alleine ließ und vorgab, sie könnten doch nichts miteinander anfangen, er nichts mit ihr und sie nichts mit ihm. Sie hatten lange genug sehr viel miteinander anfangen können. Er starrte mit offenem Mund in eine den Blicken entzogene Ferne, er war so müde.

Die Kellnerin entlud ihr Tablett vor ihm. Er hakte die Finger auseinander, setzte sich gerade in die Polster und begann konzentriert mit der Zuführung der vor ihm aufgebauten Genußmittel. Er trank einen Schluck Wasser, schüttete Zucker und Milch in den Kaffee, rührte um, nahm einen Schluck Kaffee, einen Schluck Wasser, einen Schluck Cognac, hieb die Gabel in die Torte, sperrte dabei den Mund schon auf, schob die Gabel hinein, machte ihn beim Kauen nicht zu, fraß so weiter.

Das hat er schon immer so gemacht, dachte Dorothea, er benimmt sich immer so schlecht, wie es ihm geht. Sie hatte kein Mitleid.

»Ja, suhl dich nur in deinem Unglück«, sagte sie, »bloß nicht nachdenken. Bloß nichts ändern. Bloß kein Mensch werden.« Sie redete an ihm vorbei die Wand an. »Bloß nicht glücklich werden.«

Er zuckte und schüttelte die Anspannung ab, drehte sich zu ihr, starrte zu ihr zurück, angewidert, den Mund flach ins Gesicht gebügelt; er war fertig mit dem Tortengemetzel und dem Cognac, kippte den restlichen Kaffee hinunter und winkte der Kellnerin. »Noch einen Kaffee, bitte, und ein Stück Sachertorte und noch einen Hennessy.«

Nur nicht nachlassen, nur nicht weichwerden.

Er lehnte sich zurück, legte den Kopf in den Nacken, trainierte nunmehr die Augenpartie. Dann schaute er plötzlich ganz normal.

»Entschuldige«, sagte er.

»Ich entschuldige«, sagte sie.

»Ich wollte dich aus einem bestimmten Grund treffen«, sagte er.

»Ach was«, sagte sie, wie blöd, dachte sie, was soll das, »schieß los«.

»Ja, ich schieß' los.«

Aber nichts schoß, er glotzte wieder an ihr vorbei, glotzte durch den ganzen Tag zurück, das war langes Stehen im Stau auf den Berliner Straßen, die eigentlich breit genug waren, um viel Verkehr bewältigen zu können, an deren Kreuzungen jedoch die Ampelschaltungen der unvermuteten Neuausrichtung der Fahrtziele ihrer Benutzer noch nicht angepaßt worden waren, während das Radio dudelte; auf den meisten Sendern der Gute-Laune-Beat, auf anderen die Klassik ohn'

Unterlaß, auf zweien hochernste Betrachtungen der Weltlage und ein jämmerliches Hörspiel, alles in einer Minute durchgehört, von einem Sender zum anderen schalten und schließlich einen Parkplatz suchen und zu spät im Café ankommen, und dann sitzt sie schon da und grinst spöttisch, und gerade das konnte er gerade überhaupt nicht gebrauchen. Die Kellnerin entlud wieder ein Tablett vor ihm, sammelte das gebrauchte Geschirr ein, er glotzte weiter, bis der liebe Gott an der Strippe riß und ihn aufschreckte. Er betrachtete sein neues Stück Torte und während er Milch und Zucker in die neue Tasse Kaffee schüttete, während er umrührte, begann er zu sprechen.

»Ja, es geht um das Drama von diesem Hallmann. Mein Chef sammelt doch alchimistische Schriften, und da hat er nun eine gekauft, die mit einem Drama von diesem Hallmann zusammengebunden ist, und da dachte ich, das würde dich doch gewiß sehr interessieren, wenn ich mich recht an den Gegenstand deiner Dissertation erinnere.«

Er nahm einen Schluck Kaffee und stach zierlich die Gabel in die Sachertorte. Dorothea stierte ihn völlig entgeistert an. Als er das bemerkte, hob er die Augenbrauen.

»Doro, was ist denn? Du bist ja ganz blaß geworden«, und schob sich auf einmal wie ein normaler Mensch ein weiteres Tortenstück in den Mund.

Sie starrte ihn weiter an, er betrachtete sie aufmerksam. Sie winkte der Kellnerin und bestellte ein Glas Asbach Uralt.

»Ich muß jetzt auch Cognac trinken«, sagte sie. Dann schloß sie die Augen und lehnte sich zurück. Öffnete die Augen wieder und beugte sich vor.

»Das ist ja der Hammer«, sagte sie und war wirklich sehr blaß. Ein Glas Weinbrand wurde vor sie auf den Tisch gestellt, sie nahm es und stürzte es in einem Zug hinunter, wovon sie husten mußte. Sie sammelte sich mit geschlossenen Augen und begann zu lächeln. Öffnete die Augen wieder und strahlte ihn an.

»Markus!« sagte sie, »Markus! Das ist der Hammer!«

Er lachte. Da saß sein kleines Dorolein und war ganz aufgeregt, weil sie soviel zu erzählen hatte und gar nicht wußte, wo sie anfangen sollte.

»Spuck's aus«, sagte er, »was ist los?«

»Was los ist?« fing sie an, »was los ist? Nach diesem Buch fahnde ich seit Jahren! Es war zweihundertfünfzig Jahre lang verschollen. In diesem Jahrhundert ist es plötzlich wieder aufgetaucht, auf zwei Auktionen, 1936 und 1980. Danach war es wieder verschollen. Und jetzt ... Wo hat dein Chef es denn her?«

»Weiß ich nicht«, sagte Markus, »aber nach dem, was er erzählt, steht er mit allen Antiquaren der Welt in Verbindung. Wenn er's nicht kriegt, dann kriegt es keiner, würde ich mal annehmen. Der hat da so seine Kanäle.«

Kanäle. Gräben. Gruben, Gräber. Von hinten legte sich eine Kralle um Dorotheas Kopf und zog ihr die Gesichtshaut zu den Ohren.

Und wenn Amos nun doch recht hätte?

»Redest du denn oft mit ihm über seine Sammlung?« fragte sie Markus, dem es von den Torten und dem Mineralwasser, den Kaffees und Cognacs gerade kotzübel wurde. Nun war er bleich, es standen ihm kleine Schweißperlen auf der Oberlippe, und er antwortete nicht gleich, weil er in seinen Magen kroch, um zu versuchen, die von dort drohende Erhebung niederzuschlagen. Er fürchtete, daß es ihm nicht gelingen würde. Dorothea fing an zu zittern, ein Verdacht stieg in ihr hoch, was war er nur verstockt.

»Markus!« zischte sie, »antworte. Redest du oft mit ihm über seine Sammlung?«

Markus versuchte, den Streit zwischen Tortenbrei, Cognacjauche, Kaffeegülle und Mineralwassergespritz zu schlichten, ihm zog es nicht nur die Gesichtshaut nach hinten, sondern den ganzen Kopf, das Kinn drückte es ihm an den Hals.

»Markus!« zischte sie wieder.

»Nein«, preßte er hervor.

»Aber diesmal«, stellte sie fest.

»Ja«, gab er zu.

»Und hast du ihm von mir erzählt?« fragte sie streng.

»Nein. Er hat mir von seiner Sammlung erzählt, ich habe an dich gedacht.«

»Aber wie ist er an das Buch gekommen?« fuhr sie ihn an, »wo hat er das Buch her?«

Sein Mageninhalt erfuhr nun Unterstützung von der Wut auf Dorothea, die von unten kräftig mitkitzelte. Was stellt die sich so an?

»Doro!« gurgelte er, »ich habe keine Ahnung. Es war ein Gespräch nach Tisch. Er erzählt von seinen Sachen, ich denk' an dich, was ist denn da dabei?« Dann stöhnte er leise auf und drückte die Hand auf den Bauch, aber das half nicht ihm, sondern dem wirbelnden Speisebrei, der ans Licht wollte, zur Sonne, zur Freiheit. »Ich muß …« sagte er noch, dann schoß er von seiner Polsterbank hoch, warf den Tisch fast um und hastete zu den Toiletten. Dorothea verstand erst nicht. Dann doch. Kotzen muß er. Von dieser Fresserei. Das verstand sie gut. Daran ist er selber schuld. Aber daß er ausgerechnet jetzt kotzen muß, wo ich ihn was Wichtiges frage. Das verstand sie nun nicht. Und wenn Amos doch recht hätte?, fragte sie sich noch einmal.

Als Markus zurückkam, sah er wieder gut aus. Er hatte sich den Mund lange ausgespült und das Gesicht gewaschen, seine Haare waren feucht. Er legte ihr die Hand auf die Schulter, drückte ein bißchen hin und her. »Komm«, sagte er, »raus hier. Ich muß an die Luft.«

Sie fuhren zum Spazierengehen in den Tiergarten, Markus atmete tief, sie schlugen immer die schmalsten Wege ein, Markus küßte sie beim Schlendern auf die Schläfe.

»Warum bist du vorhin so aufgefahren?« fragte er sie.

»Ach«, seufzte sie, »es ist was Komisches um dieses Buch. Jahrhundertelang ist es verschollen, dann komme ich ihm auf die Spur, und plötzlich erzählt mir mein Chef, es habe seinem Vater gehört. Mir kommt das auch einleuchtend vor, bloß glaubt er nicht, daß sein Vater es 1936 versteigern ließ, um zu Geld zu kommen, in der Emigration, was doch einleuchtend wäre, sondern er glaubt, seine Eltern, seien deswegen – stell dir das bitte vor: seien *deswegen* erschlagen worden! Wegen eines Buches!«

»Seine Eltern sind erschlagen worden? Das ist ja schrecklich.«

»Ja, erschlagen. 1978. Der Rest der Familie ist im KZ umgekommen.«

»Oh Gott.«

Er legte ihr den Arm um die Schulter, aber nur für einen Moment. Denn ihr Verhältnis, das war nicht mehr so.

»Ich glaube, das hat ihn verrückt gemacht. Deswegen glaubt er ja auch, seine Eltern seien wegen des Buches erschlagen worden. Wegen eines Buches! Stell dir das vor! Das ist doch wahnsinnig.«

»Das hat er dir so gesagt?«

»Nicht direkt, nein. Nicht direkt, aber … so, wie er mir davon erzählt hat, glaube ich schon, daß er das glaubt. Wegen dieser absoluten Dringlichkeit, mit der er mir das erzählt hat. Jedenfalls wüßte ich jetzt wirklich gerne, was es mit diesem

Buch auf sich hat, und nicht mehr nur aus wissenschaftlichem Interesse, sondern auch aus menschlichem. Und deswegen wäre es halt sehr wichtig zu wissen, wo dein Chef das Buch herhat.«

»Schon klar. Ich will versuchen, dich mit ihm zusammenzubringen.«

»Mit wem?«

»Mit meinem Chef. Nicht mit deinem.«

»Ach so«, sagte sie blöde, mit offenem Gesicht. Dann verdrehte sie die Augen. »Sehr witzig.«

»Mitte August gibt er immer ein großes Fest zu seinem Geburtstag. Wenn du willst, nehme ich dich mit. Dann könntest du ihn mal, sozusagen unverbindlich, kennenlernen.«

»Gut«, nickte sie, »gut. Wie alt wird er denn?«

»Zweiundfünfzig.«

»Zweiundfünfzig? Das ist ja noch gar nicht so alt.«

»Na ja«, antwortete Markus, »das ist alt genug. Aber noch nicht so alt, das stimmt. Eben darum ist er im Moment total aufgekratzt, weil er jetzt, wo die DDR offen ist für den freien Warenaustausch und bereit, sich mit Geld zuschütten zu lassen, noch einmal von vorne anfangen kann und eben noch nicht zu alt dafür ist. Also neues Geschäft aufbauen und so, aber aus der sicheren Position des bereits aufgebauten Geschäfts. Riesengeschäfts.«

»Damit gewinnt das alles auch eine menschliche Note«, sagte Dorothea, es klang nachdenklich (weil sie gerade über etwas anderes nachdachte), und weil Markus nicht wußte, ob sie sich über ihn lustigmachte oder das nur so eine Bemerkung war, schwieg er nun.

Aus alter Gewohnheit, die ihre Körper sofort wiederaufgenommen hatten, gingen sie sehr nah nebeneinander her. Jedoch wußten ihre Hände nicht recht, was das sollte, und tändelten darum so miteinander herum, einander anstoßend, mit den Fingern kurz durch die andere Hand da neben der eigenen fahren. Ihre Finger wußten nicht recht, was hier jetzt eigentlich los war und was sie miteinander anfangen sollten.

Zwanzig Meter weiter sagte Dorothea: »Das mit dem Fest ist lieb von dir, daß du mich dahin mitnehmen willst. Aber bis Mitte August sind es noch fast zwei Monate hin.«

Sie war froh, daß er darauf nicht antwortete und sie nicht undankbar schalt. (Denn solcherart waren ihre allerletzten Gespräche gewesen, bevor sie das Gespräch für beendet erklärten. Da wurde grundsätzlich alles mißverstanden und immer nur das Unvorteilhafteste angenommen.)

»Andererseits«, fuhr sie fort, um die letzte Bemerkung wieder wegzubügeln, »was sind schon zwei Monate nach so vielen Jahren, nach zehn, nach vierundfünfzig, nach zweihundertfünfzig, nach ... du weißt schon.« Sie griff ihm um die Hüfte und drückte sie einmal kurz an die eigene.

Markus lächelte, ihm tat das alles gut. Die Luft tat ihm gut. Der wohlbekannte Körper, der an seinen tickte, tat ihm gut. Vor allem das Tändeln, das Schlendern, das Ändern des Verhältnisses zueinander taten ihm gut. Er atmete tief. Seit jenem Abend mit Renate war das der erste Moment, da er wieder tief atmete.

»Weißt du, daß Annemarie jetzt völlig durchgedreht ist?« öffnete Dorothea dann die Bühne für ein neues Drama, und während sie ihm von Annemaries aktuellen Berufsplänen erzählte, war er glücklich. Denn er war aus der Gegenwart hinausgefallen und in die Vergangenheit hinein und in einer Zeit gelandet, die ihm sehr sehr lange zurückzuliegen schien und sich, im nachhinein betrachtet, als erstes durch eine allumfassende Sorglosigkeit ausgezeichnet hatte. Das war eine gute Zeit gewesen. Sie waren damals schon komplett erwachsen, aber, vom eigenen Wohlergehen abgesehen, noch für nichts, für gar nichts weiter verantwortlich gewesen.

außen

Der Himmel trug ein immer helleres Blau, als er den Sommer erklomm.

Renate
Adrian

»Sie sind so leicht«, sagte er, »ich spüre Sie kaum.«

Sie waren zu Renate gegangen. »Wollen wir es gleich einmal versuchen?« hatte er gefragt, kaum daß sie in ihrer Wohnung standen.

»Gut, warum nicht«, hatte sie geantwortet und ihm den Weg ins Wohnzimmer gewiesen.

»Hier«, sagte er, »ja«, zog sein Jackett und die Schuhe aus und legte sich auf den Teppich, richtete sich aber gleich wieder auf, um den Couchtisch ein Stück zur Seite zu rücken.

»Nein, lassen Sie das Licht aus. Lassen Sie nur das in der Diele brennen, das wird reichen.« Dann legte er sich hin und atmete tief durch und spürte seinen Körper wenigstens an all den Stellen, wo seine Knochen den Boden berührten – am Hinterkopf, zwischen den Schultern, an den Armen, am Steiß, an den Waden, an den Fersen. Die Augen hielt er geschlossen.

Renate stand noch so in den Türrahmen gelehnt, wie sie immer in Türrahmen lehnte: die linke Schulter am Rahmen, mit der rechten Hand griff sie über sich hinweg nach dem Türstock. Mit ausgedehnten Augenbrauen unter der gefalteten Stirn betrachtete sie die chefmäßige Selbstverständlichkeit, mit der er sich auf ihrem Wohnzimmerfußboden einrichtete. Ganz ohne Anstand, dachte sie. Und es gefiel ihr.

»Jetzt bitte«, sagte er, ohne die Augen zu öffnen, ohne sich zu rühren. Seine Arme lagen neben ihm, er atmete ruhig.

»Ja«, zagte ein Stimmchen aus Renates Rücken hervor, »ja, ich bin gleich bei Ihnen.« Sie holte tief Luft. Dann holte sie gleich noch einmal tief Luft, zog ihre Schuhe aus und ging neben ihm in die Hocke. Vorsichtig kragte sie ein Bein heraus und streckte es in seitlicher Arabeske über ihn. Mit den Zehenspitzen zuerst suchte sie Halt auf der anderen Seite seines Körpers. Auch den Arm hatte sie hinübergestreckt, mit dem stützte sie sich ab. Sie berührte ihn nirgends, sondern war eine große Krake und starrte hinunter auf die Stelle, wo sein Gesicht sein sollte, doch sie sah nur Haare, kaum eine Kontur.

»Haben Sie Angst?« fragte es aus den Haaren heraus.

»Ich kann Sie gar nicht sehen«, kümmerte ein Stimmchen in ihrem Hals und klang weinerlich.

»Haben Sie keine Angst, bitte«, sagte er und hob einen Arm, als wolle er besänftigend den ihren streicheln, langte aber nur halb hinauf, kehrte in der Bewegung um und legte den Arm wieder neben sich auf den Boden.

»Sie sollen mich gar nicht ansehen, Sie sollen mich nur beschweren«, beruhigte er sie.

»Sie wissen doch, wie ich aussehe«, setzte er nach kurzer Überlegung hinzu. »Übrigens kann ich Sie auch nicht sehen, ich habe die Augen zu.«

Was für ein Schwachsinn, dachte Renate, während sie sich ganz langsam, um ihn möglichst spät erst zu berühren, auf ihn hinuntersenkte. Den Kopf hielt sie neben seinem, die Unterarme und Unterschenkel lagen flach auf dem Boden, sein Bart kitzelte sie etwas, sie rückte den Kopf ab.

»Liegen Sie jetzt wirklich auf mir?«

Renate machte sich noch steifer.

»Aber das müßten Sie doch spüren«, sagte sie.

»Nein«, sagte er, »Sie sind so leicht, ich spüre Sie kaum.«

Renate wartete. Entweder bricht mir gleich das Kreuz durch, dachte sie, oder es wird sich die Erde auftun und uns verschlingen. Sie spürte ihre Knie, die sich in den Teppich bohrten, der ihr zugleich ein kratzendes Muster in die Handflächen schnitt. In der Küche sprang der Kühlschrank an. Immerhin waren sie in ihrer Wohnung.

»Ich habe fünf Kilo Übergewicht«, sagte sie.

»Das glaube ich nicht«, flüsterte es von unten herauf.

»Doch«, verteidigte Renate die eigene Unzulänglichkeit, »doch. Ich bin einsfündundsechzig groß, und das Idealgewicht ist Körpergröße minus hundert minus fünfzehn Prozent, und da müßte ich fünfundfünfzigkommazweifünf Kilo wiegen, ich wiege aber sechzig.«

»Das glaube ich nicht«, flüsterte es wieder.

»Aber wenn ich es Ihnen doch sage!« Sie erwartete Trost oder Verdammnis, aber er wurde kleinlich.

»Wenn Sie fünfundfünfzigkommazweifünf Kilo wiegen sollten, tatsächlich aber sechzig wiegen, dann haben Sie doch gar nicht fünf, sondern nur vierkommasiebenfünf Kilo Übergewicht.«

»Na, auf das halbe Pfund kommt's doch wohl nicht an!« protestierte sie und hatte vergessen, daß sie gerade noch erwartet hatte, die Erde würde sich auftun unter ihnen und sie verschlingen. Wo es um die Verteidigung ihres Versagens vor den an sie gerichteten Schönheitsanforderungen geht, vergißt die Frau sich, sowieso.

»Aber Frau Kermer«, brummte es nun eher, als daß es geflüstert hätte, »ich spüre Sie trotz Ihres Übergewichts kaum. Es ist, als wären Sie nur ein Hauch. Liegen Sie denn wirklich auf mir? Sie beschweren mich nicht, aber gerade das habe ich mir doch gewünscht. Daß Sie mich beschweren.«

Da stockte sofort die Litanei zum Beweise ihrer Häßlichkeit, denn sie hatte sich, indem sie den Wunsch des Mannes nicht erfüllt hatte, eines Vergehens weit größerer Art schuldig gemacht und deutlich versagt. Darum erstarrte sie noch mehr und wurde noch leichter davon, entfernte sich von ihm, und ihr Kreuz war ein Stock, leicht nach oben gebogen.

»Ich wäre leicht? Nur ein Hauch?«

»Ich hatte es mir anders vorgestellt«, sagte er, nicht flüsternd, aber leise.

»Ja, aber wie denn?« fragte sie erschrocken, »was soll ich denn machen?«

»Eben gar nichts sollen Sie machen. Schwer sollen Sie sein, auf mir liegen sollen Sie. Um mich zu beschweren. Nicht leicht machen. Schwer. Lassen Sie alles los, haben Sie keine Angst«, sprach er mit seiner Guten-Morgen-Frau-Kermer-Stimme, die ihr das Herz schon oft erweicht hatte. Aber noch war sie starr. Noch schwebte sie über ihm, noch war sie die Krake und berührte ihn nur an den Kleidersäumen.

»Haben Sie keine Angst«, nebelte seine Stimme wieder empor, »ich tu' Ihnen nichts. Kommen Sie. Kommen Sie zu mir.« Er klappte jetzt doch den rechten Arm hoch und legte ihn ihr leicht auf den verspannten Rücken. Sie ließ den Kopf hängen. Seine Hand auf ihrem stocksteifen Kreuz tat ihr gut, ihr Rücken wurde etwas wärmer davon und etwas weicher, so daß sie ihren Körper leichter in sein Fleisch hinuntersenken konnte. Bis sie sich nicht mehr selbst senkte, sondern sank und sich sinken ließ, hinunter, in das erwartungsfrohe Fleisch unter ihr.

Sein Bauch war straff, aber nicht angespannt. Ihr Bauch wölbte sich wie seiner, der das Gefäß des ihren war. Seine Hand auf ihrem Rücken drückte nicht, aber sie verbreitete genügend Wärme um sich, um Renate immer weiter nachgeben lassen zu können. Als ihre Bäuche schon so eng aufeinanderlagen, daß kein Messer mehr dazwischengepaßt hätte, sagte er:

»Und jetzt machen Sie sich ganz schwer.« Seine Hand bewegte sich einmal zart wie ein Federwisch, und Renate lockerte jeden Muskel einzeln. Er atmete tief aus.

Jetzt konnte er nicht mehr fortrollen, jetzt würde aus der Welt er nicht mehr stürzen, jetzt lag er drunter und drin.

Er atmete weiter, sog die Luft tief ein, blies sie weit hinaus. Renate hob und senkte sich mit ihm, bei jedem seiner Atemzüge wurde ihr leichter, während ihr Körper immer schwerer wurde. Sie atmete gegen seinen Atem. Wenn er ausatmete, dann atmete sie ein, bis sie spürte, daß sie ganz in ihm lag. Das Gesicht hatte sie zu ihm hingewandt, er behütete es mit seinen zu vielen Haaren.

»So habe ich es mir gewünscht«, hauchte er, »so«, denn nun konnte er sich nicht mehr bewegen. Er ließ die Hand von ihrem Rücken rutschen und breitete die Arme auf dem Boden aus. Renates Beine waren um seine leicht gespreizten geschlungen, sie atmeten beide in tiefen Zügen. Renate legte ihre Arme auf seine, langte nach seinen Händen, schlang ihre Finger um die seinen, die die ihren sofort fest umklammerten. Auch sie konnte sich nicht mehr rühren. Der Kühlschrank schüttelte sich und hörte auf zu brummen. Renate war innen ganz leicht und außen ganz schwer, fast schlief sie ein. Dann sprang eine heiße Weite zwischen ihren Beinen auf, als sie spürte, wie sein Geschlecht sich ausgedehnt hatte, aber sie folgerte nichts daraus. Sie war so voller Schlaf, sie hätte schnurren mögen. Und aus ihm war alle Unbestimmtheit gewichen. Er drückte ihre Hände, wie ihr Gewicht ihn zusammendrückte, und lächelte. Er war glücklich, und Renate dachte an gar nichts mehr, das war auch wie Glück.

Später, als sie sich voneinander gelöst, sich gedehnt, geschüttelt und ihre Kleider gerichtet hatten, später, als er sich verabschiedete, hielt er sie an den ausgestreckten Armen.

»Wir machen das wieder, ja?« fragte er mit weichreibender Stimme.

Renate schaute ihn an, dann nickte sie leicht und oft.

»Ja«, sagte sie, es war ein leichtes Keuchen, »wir machen das wieder.«

»Gute Nacht, Frau Kermer«, sagte er dann, die Stimmbänder noch immer sandig, »bis morgen.« Mit seinen ungeübten Gliedern zog er sie an sich, umklammerte sie für zwei Sekunden. Renate stockte der Atem.

»Bis morgen«, sagte sie.

Auf dem Treppenabsatz drehte er sich kurz um und nickte ihr noch einmal zu.

Sie schob ihre Hand in der Luft hin und her, sie winkte wie ein Kind.

außen

Und als der Sommer im Zenit stand, da war das Blau nicht mehr zu beschreiben, da lag es um sie, daß sie es gar nicht mehr spürten.

Amos
Dorothea

»Dorothy.«

»Amos?«

»Dorothy, lomir sich iberbetn bei einem Bier in der Luise. Kommen Sie.«

Die Steine Bäume Himmel dufteten schwer, kein Mensch auf der Fabeckstraße.

»Jetzt im Sommer merkt man besonders, daß Berlin schon

fast in Polen liegt«, sagte Amos. »Hier fängt Osteuropa an, die Weite fängt hier an. Diese Stadt ist so flach, so platt hingeschüttet, und der Sommer knallt sich auf sie drauf, und dann ist Sommer, und das ist ein drei Monate währender Missionarsfick, Sie entschuldigen.«

»Aber was hätte ich zu entschuldigen, nichts Menschliches ist mir fremd«, antwortete Dorothea, auch sie müde angestachelt und in der Umklammerung des Sommers inwendig schwül.

»Die Fabeckstraße ist auch noch so kerzengerade, und schier glaubt man sich auf dem Dorf.«

Unter großen Kastanien, an ein paar Villen, auf Kopfsteinpflaster, am Museumseingang vorbei in die Luise, den einzigen Biergarten weit und breit.

»Hier bin ich fast in Polen«, wiederholte Amos, »fast in Polen. Ich will Ihnen alles erzählen. Es wird mir schwerfallen.«

Sie saßen sich am Biertisch gegenüber auf wackligen Bänken, allein an einem Biertisch. Der Garten, in dem während des Semesters nur schwer ein Platz zu finden war, war nur halbgefüllt, und es dämmerte schon ein wenig. Sie bestellten jeder ein großes Alsterwasser.

»Ich will Ihnen von meinen Eltern erzählen und von dem unglückseligen Buch, auf das Sie es so hartnäckig abgesehen haben, liebe Dorothea, ich will, ich will, ich will bestimmt. Haben Sie bitte Geduld mit mir.«

»Sie müssen mich nicht um Geduld bitten, wir haben alle Zeit der Welt. Das Gewitter kommt erst in drei oder vier Stunden, so lange wenigstens können wir hier sitzen bleiben.«

Er schaute sie mißtrauisch an.

Zahn um Zahn,

Aug' um Aug'.

Wenn Sie nur nicht immer so penetrant verständnisvoll wären, dann.

Hätten Sie schon viel früher zu sprechen angefangen, ich weiß. Aber da wären Sie zynisch gewesen und hätten mir nur die Hälfte gesagt, nicht wahr?

Wahr, wahr, war einmal ein Kind, wollte tanzen, wollte singen. Wollt' leuchten, wollt' leuchten.

Zitate helfen Ihnen nicht, wenn Sie sprechen wollen.

Sprechen sprechen, wenn ich sprechen will. Ich weiß gar nicht, was ich hier zitiere, aber wie kommt es, daß man sprechen sprechen will, weil man sprechen sprechen muß, um nicht wahnsinnig zu werden, und dann gerade nicht kann, how come?

Das liegt an der Sprache. Das liegt daran, daß alle Wörter allen zur Verfügung stehen und keiner für sie bezahlen muß, und daß die Wörter immer dieselben sind, immer haben sie dieselben Buchstaben, will ich sagen, aber sie sind nur die gleichen in Wahrheit, nicht dieselben, weil jeder Mund sie mit anderen Lippen formt, jeder Kopf sie mit anderen Hirnzellen denkt.

Aug' um Aug',
Herz um Herz.

Er stierte sie noch immer an. Sie waren drei Lichtjahre voneinander entfernt, zwischen ihnen standen tausend Planeten. Dorothea dankte der Kellnerin, die gerade ihre Gläser hinstellte, mit einem Lächeln. Sie wollte die Planeten mit einer Handbewegung wegstreichen, aber die Kellnerin blieb da stehen und forderte neun Mark zwanzig. Dieselbe Hand fuhr schnell in die alte Handtasche, fischte blind einen Zehnmarkschein heraus, nur die Augen nicht senken, nur das Lächeln nicht beenden, Amos hatte die Arme vor der Brust verschränkt, er bog sich langsam nach hinten, es bog, es bog ihn langsam rückwärts, die Kellnerin grapschte den Geldschein und wollte umständlich in ihrer Börse zu wühlen beginnen, Dorothea heftete sich energisch in Amos' Blick, sie sagte »Stimmt so«, die Kellnerin klappte sich ein »Dankeschön« ins Gesicht und schlurfte über den Kies davon.

Jetzt wische ich die Planeten fort, jetzt sitzen wir wieder nur einen halben Meter voneinander getrennt, und Amos bog sich zurück nach vorn, stützte die Ellbogen auf, legte die Stirn in die Hände.

»Entschuldigen Sie«, sagte Dorothea, er hob den Kopf, nahm sie durch die Finger ins Visier, »entschuldigen Sie«, sagte Dorothea. Ich bin nicht nur penetrant verständnisvoll, ich bin auch noch auf geradezu ekelerregende Weise fürsorglich, entschuldigen Sie alles, ich möchte Sie so gerne sprechen hören.

Amos lächelte ihr zu. Er nahm die Hände aus dem Gesicht, legte sie um sein Glas. Er prostete ihr zu: »Auf dich, du junges ernstes Land!« und nahm einen großen Schluck. Dann begann er zu sprechen.

»Sie werden die Geschichte in Teilen schon kennen. Sie handelt von meinen Eltern. Meine Eltern haben alles erlebt, was dieses Jahrhundert zu bieten hatte. Sie waren reich und waren arm, sie waren geachtet und wurden angespuckt, sie wollten sterben und wurden erschlagen. Wissen Sie, liebe Dorothea, sie waren meine einzigen Eltern, ich habe keine anderen, es ist eine einzigartige Elterngeschichte, aber ich weiß, daß es so viele, so viele gibt wie mich, die von ihren Eltern die gleiche Geschichte, fast dieselbe Geschichte erzählen können. Diese Geschichte ist doppelt schrecklich, weil sie neben ihrer Schrecklichkeit auch noch so gewöhnlich ist, nur das Ende ist anders als bei den anderen, das ist ungewöhnlich und allein schrecklich, nur schrecklich, einmal schrecklich nur. Einmalig schrecklich. Es stand ja auch schon alles in den Nachrufen, was Sie wissen müssen. Mein Vater, Siegfried Mann, geboren 1905 in Berlin-Mitte, aufgewachsen in Wilmersdorf, promoviert mit einer Arbeit über Moscherosch und so weiter, junge große Hoffnung damals, mein Vater. Mein Vater. Die Barocksammlung hatte schon mein Urgroßvater begonnen, ein Vermögen ist die jetzt wert. Ein Vermögen. Es fehlt nur das eine Buch. Ich habe sie in einem Banktresor untergebracht, aber lieber wüßte ich sie in Fort Knox, und ich will, daß sie dort liegenbleibt, bis eine Zeit gekommen sein wird, die von unserer Zeit nur noch eine dunkle Ahnung hat, eine Zeit, in der den Kindern über unser Jahrhundert drei oder vier Daten eingebleut werden. Vierzehn, achtzehn. Neununddreißig, fünfundvierzig. Neunundachtzig.«

Es war ein bißchen feucht geworden im Garten. Der Sommer war schon ein gesetzter Herr geworden, dem gelegentlich die Nase tropfte, die Hitze ereignete sich nur noch als Kurzbegattung, und der Herr Sommer schwitzte immer sehr danach, war ermattet und atmete schwer. Ein kleiner Schmerzenskiesel rollte über Amos Manns Stirn, rollte nicht sehr weit, er war so klein.

»Mein Vater kam aus einem reichen, völlig assimilierten Hause, meine Mutter Elisabeth desgleichen. Sie heirateten am 20. Januar 33 und brachen gleich zur Hochzeitsreise auf. Dann kamen der 30. Januar und der 27. Februar, da waren sie knapp sechs Wochen verheiratet und fürchteten sich vor ihrem Land. Mein Vater dachte sich ein Forschungsprojekt aus, und sie blieben in Avignon. Oder war das von vornherein so geplant gewesen? Alles, was vor 45 stattfand, hat er uns nur ein einziges Mal erzählt, als er die offizielle Bestätigung … da war ich zehn. Mein Bruder wurde in Avignon gezeugt.«

Er trank sein Glas in ein paar wenigen Zügen leer und hob es hoch, nach der Kellnerin Ausschau haltend. Dorothea erspähte sie, winkte ihr mit dem ganzen Kopf, deutete auf das Glas, die Kellnerin nickte. Amos hielt das Glas hoch wie einen abgeschlagenen Kopf, als Trophäe eines Sieges, der ihn überraschte wie entsetzte. Er sprach ja schon, sprach auf einmal, er ließ von Dorothea nicht die Augen, sie die ihren nicht von den seinen.

»Dorothy, why do I like your name so much? Because it's bilingual to me? But that's not true. No. I translated your name, right, your name ain't Dorothy, it's Dorothea like Dorothea Schlegel and the like.«

Der schwer atmende Sommer, die paar Gramm Alkohol, seine Konturen waren aufgeweicht.

»Mein Bruder ist nämlich schon lange tot, mein Bruder ist in Frankreich mit dem Auto von einer Klippe gefallen. Sie müssen wissen, daß ich der letzte der Familie bin, sonst sind alle tot, alle eines gewaltsamen Todes gestorben, nur ich bin geblieben, und ich will im Bett sterben, und ich habe keine Kinder, weil meine Ehefrauen mich beide verlassen haben, bevor es hätte gemütlich werden können, das ist auch schon lange her, schon lange.«

Es hängen so viele Fädchen aus dem großen Tuch der Geschichten. In mein Geschichtentuch sind besonders viele schreckliche Geschichten eingewoben. Wenn ich an einem Fädchen ziehe, springen auch die anderen alle heraus.

Die Kellnerin kam wieder angeknirscht. Das Glas, das sie auf den Tisch knallte, war naß. Dorothea gab ihr sofort ein Fünfmarkstück. Amos betrachtete das Glas. Er saß auf seinen Händen, er wollte keine Fädchen mehr zupfen.

»Ein andermal, liebe Dorothea, ein andermal. Ich erzähle Ihnen alles, aber ein andermal.«

Dorothea war enttäuscht und schämte sich dafür. Sie wollte das Buch, das Buch, und dafür sollte er die schrecklichste aller schrecklichen Geschichten erzählen. Vielleicht war das Buch soviel nicht wert, vielleicht noch viel mehr, das Buch. Sie dachte an das Buch, sie schämte sich, sie wollte ihn nicht quälen, aber sie wollte das Buch. Sie steinigelte sich ein.

»Ich vermute es in Berlin, das Buch. Ich werde Ihnen alles erzählen, aber nicht heute.«

»Aber bald müssen Sie es mir erzählen«, nuschelte sie schnell. Vielleicht hört er es nicht, wenn ich so undeutlich und so leise spreche. Natürlich hört er es, kann aber nicht steinerner als Stein werden, ist schon ein Granitblock.

»Ich.

Ich.

Es tut mir leid, Amos.« Jetzt sprach sie deutlich. »Es tut mir leid. Aber ich.

Ich.

Ich bin am Samstag bei Marschner eingeladen. Zu seinem Geburtstag.« Sie senkte den Blick, und es sank der Mut, der Kopf hing ihr zwischen den Schultern. Er fixierte ihren Scheitel. Dabei sah er sehr böse aus und war doch froh.

»Dann muß ich also die Geschichte gar nicht erzählen?«

»Nicht im Detail.«

»Wie kommt es, daß sie bei Marschner eingeladen sind? Woher kennen sie ihn?«

Sie hörte ihn sprechen wie in einem Alptraum mit Polizeiverhör.

»Mein früherer Freund«, murmelte sie, dabei wollte sie gar nicht mehr nuscheln, »der arbeitet dort. An leitender Stelle. Ich finde es auch zum Kotzen. Aber.«

»Aber?«

»Aber das Buch. Irgendwie. Wir brauchen doch einen Beweis.«

»Wer ist ›wir‹?«

»›Wir‹ ist wir zwei beide. ›Wir‹ ist Sie und ich. Vielleicht. Vielleicht ist Sie und ich ›wir‹. Wie auch immer …«

»Wie auch immer.«

Amos grinste, dann fing er an zu kichern. Schließlich lachte er und hörte auch nicht damit auf, als er nach der Kellnerin rief.

»Bringen Sie uns einen Schnaps, na, irgendeinen, wir müssen jetzt nämlich Schnaps trinken, es ist zu komisch.«

Dorothea starrte ihr halbvolles großes Glas voller Bier und Limo auf dem abgenutzten Holzbohlentisch an. Es war nunmehr sie, die auf den Händen saß, während Amos die seinen sich vor den Kopf schlug, er konnte nicht aufhören zu lachen, er gluckste, er hielt sich den Mund zu, Dorothea kam sich reichlich bescheuert vor. Ich mit meiner Rücksichtnahme, ich mit meinem so außerordentlichen Verständnis, ich überaus sensible blöde Kuh, der lacht über mich, der lacht mich aus.

Die Kellnerin stellte zwei Gläser Schnaps hin und verlangte sechs Mark achtzig. Amos zog die Geldbörse aus der hinteren Hosentasche, was ihm schwerfiel, weil ihn gerade wieder ein Lachanfall überwältigte. Dorothea hätte im Erdboden versinken mögen, die Kellnerin glotzte mit halboffenem Mund nur auf seine Hände, sie wollte ihr Geld. Amos gab ihr acht Mark und sagte »Stimmt so«. Dann vergluckerte sein Lachen. Er schlug Dorothea auf die Schulter. »Kopf hoch, junge Frau! Ich höhne Sie nicht, ich bin nur köstlich amüsiert. Haben sie vielen Dank für das Amüsemang! Greifen Sie zum Glase, trinken Sie! Prost!«

Er leerte sein Glas in einem Zug, Dorothea glotzte ihres verbissen an. Dieser Sack, dachte sie, dieser Sack, kippte den Schnaps hinunter und setzte sich sofort wieder auf ihre Hände.

Amos brüllte durch den ganzen Biergarten: »Wirtschaft! Noch zwei Schnäpse, doppelte diesmal, aber schnell!«

Dann fing er wieder an zu kichern, und sie griff schon nach

dem neuen Schnaps, während Amos noch die dreizehn Mark sechzig, die er auf fünfzehn aufrundete, bezahlte, und schüttete ihn hinunter.

»Bringen Sie gleich noch zwei Doppelte!« sagte nun sie der Kellnerin.

Sie hatten fünf Schnäpse getrunken (einen einfachen, zwei doppelte), bevor sie sich wieder in die Augen sehen konnten. Als der sechste (wieder ein einfacher) vor ihnen stand, fragte Dorothea:

»Warum lachen Sie die ganse Seit so blöd?«

Da lachte er erst recht. »Dorothea!« rief er, »Dorothea! Wie alt sind wir eigentlich? Ich bin dreiundfünfzig, und Sie sind – wie alt sind Sie?«

»Eindreißich geworn im Mai.«

»Einunddreißig! Aber das ist ja eine Schnapszahl! Darauf lassen Sie uns trinken, cheers! Wollen wir uns duzen?«

»Mir egal«, sagte Dorothea, der inzwischen eigentlich alles egal war. »Eindreißichs keine Schnapßahl. Aber macht nix. Es rengt jeß bald«, sagte sie.

»Ich sag' jetzt du zu dir«, sagte Amos.

»Ich sach auch du su dir«, sagte Dorothea und hätte von der Bank fallen wollen, ihr war so wohl, weil alles egal; Amos hätte auf sie drauffallen wollen, er war so glücklich, er war geradezu verliebt in was hier gerade stattfand. In diesen Zustand. Diesen Moment.

»Was wolln wirn jeß machng?« fragte Dorothea.

»Wir gehen jetzt mal weg hier«, sagte Amos.

Sie schwankten zum Ausgang. In dem Kies, mit dem der Weg bestreut war, kam Dorothea sich vor wie ein Schiff beim Aufdocken. Es war schon dunkel und in der Ferne rollten ein paar kleine Donner. Sie latschten fünfzig Meter weit, dann lehnte sie sich an eine Mauer und atmete durch.

»Das Gewitta komm bald«, sagte sie und machte ein betrübtes Gesicht.

Dann wurde sie von Amos Mann geküßt. Er umarmte sie, zog sie an sich, drückte sie fest und küßte sie, bis sie die Arme auch um ihn schlang, ihn umkreuzte und nicht mehr wußte, warum sie sich so wohl fühlte, ob das von den vielen Schnäpsen kam oder von diesem kleinen festen Körper und den warmen Händen, die ihr über den Rücken strichen. Sie umklammerte ihn, legte ihren Kopf auf seine Schulter.

»Ich komm mir vor wie sechßehn«, sagte sie, »was wolln wirn jeß machng?«

Amos lächelte. Er werde jetzt ein Taxi rufen, sagte er, damit sie sicher nach Hause käme, und das leuchtete ihr vollkommen ein. Er hielt sie fest im Arm an seiner Seite, und tatsächlich kam auch bald ein Taxi, und es hielt auch an, als Amos ihm winkte. Er öffnete die hintere Tür, Dorothea noch immer fest im Arm haltend, doch als er bemerkte, daß sie keine Anstalten machte, sich in das Auto zu setzen, daß sie sich nicht von selbst bewegte, sondern offenbar bewegt werden mußte, schob er sie nicht in das Auto hinein, sondern bewegte sich mit ihr gemeinsam. Als sie beide auf dem Rücksitz saßen, knäulte sich Dorothea sofort zusammen, und er sagte: »Handjerystraße«.

»Hausnummer?« fragte der Taxifahrer.

»Weiß ich nicht«, sagte Amos, »fahren Sie einfach los, wir kriegen es schon raus.« Dann sah er zu Dorothea hinüber, und als er sah, wie sie mit geschlossenen Augen den Kopf hängen ließ, lehnte er sich auf seiner Seite ans Fenster und sah nach draußen. Mit der linken Hand aber hielt er ihren Arm, damit sie nicht umfiele. Kein gutes Ende, dachte er.

»Dreißich«, nuschelte Dorothea,

»wie bitte?« fragte Amos.

»Dreißich«, wiederholte sie, »Hausnummer. Renée-Sintenis-Plaß.«

Der Taxifahrer grunzte bestätigend, als Amos das weitergab.

Er brachte sie bis zur Haustür, nahm ihr den Schlüssel aus der Hand, als er sah, daß sie mit dem nichts anzufangen wußte, er schloß die Tür auf und umarmte sie noch einmal. »Schnaps ist Schnaps, und Arbeit ist Arbeit«, sagte er ihr in die Haare, worauf sie sich von ihm löste und durch die Haustür mehr fiel als schritt. Er wartete, bis im Treppenhaus das Licht anging. Dann ging er zu dem wartenden Taxi zurück und ließ sich nach Hause fahren. Er war ganz leicht.

Er war jetzt angekommen in Berlin, einer ins Warschau-Berliner Urstromtal zwischen Jungmoränenplatten hingebreiteten Stadt, von der aus es nur achtzig Kilometer bis zur polnischen Grenze sind.

– Drei –

Adrian sah Herrn Majer, den aktuellen Lieblingsknecht seines Vaters, hereinkommen. Er kam äußerst pünktlich, als erster der wenigen Firmenangehörigen, also der Mitglieder der Geschäftsleitung, die zu diesem Fest eingeladen waren, dessen privater Anlaß in der Fülle der fürs Geschäft wichtigen, brauchbaren, nützlichen Gespräche, die geführt, der Kontakte, die geknüpft oder vertieft, der Strategien, die erdacht oder einfach mal so als Idee in den Raum gestellt wurden, gar nicht mehr zu erkennen war. Das war aber ganz natürlich, da es für Kurt Marschner sowieso keinen Unterschied zwischen Privat- und Geschäftsleben gab. Keine schönere Art, seinen Geburtstag zu feiern, konnte er sich denken, als diese. Seine alten, neuen und potentiellen Geschäftspartner, die Leute aus den Behörden und der Politik, seine gesamte Familie und die Freunde, nein, der Freund, er hatte ja nur einen, waren schon anwesend, denn sie waren – in wohlbemessenem Abstand voneinander – ab dem frühen Nachmittag einbestellt worden.

Für dieses Fest waren das sonst ungenutzte Eßzimmer sowie das normalerweise ebenso überflüssige Wohnzimmer seiner Eltern in Betrieb genommen worden, aber alle Türen zum Garten standen offen, und dort wie hier war alles voller Leute, die sich in Trauben um mit weißen Tüchern bedeckte Tische versammelt hatten. Es gab auch eine Reihe von Stehtischen, deren Tischdecken bis zum Boden reichten und so aussahen wie die Unterleiber von Bräuten. Darauf lehnten leinengewandete Männerarme und sonnengebräunte Frauenellbogen und standen leergetrunkene Gläser und abgegessene Tellerchen, aber immer nur ganz kurz, weil eine Armee von Kellnern in langen Schürzen in einem fort und mit stets beladenem Tablett durch die Menge schritt. Es waren auch Kellnerinnen darunter, die ihr Haar streng zurückgebunden hatten, alle trugen lange schwarze Schürzen, sie waren die Bräutigame der Tische. Es wurde in diesem Haus nur einmal im Jahr ein großes Fest gefeiert, und damit es wirklich groß würde, wurden eben restlos alle eingeladen, noch die entferntesten Familienangehörigen, aus den hintersten Ecken des Weddings herausgekratzt, dazu alle Möbelfabrikanten Ostwestfalens und Südbadenwürttembergs sowie die deutschen Vertreter der indischen, pakistanischen, thailändischen und chinesischen Firmen, die den größten Teil der Kleinmöbel sowie die Teppiche, Vorhänge und Bettüberwürfe lieferten, die das Sortiment der momentan drei Möbelhäuser komplettierten und weggingen wie warme Semmeln.

Herr Majer war in Begleitung einer unspektakulären Frau mit glattem blonden Haar, das kurz über den Schultern gerade abgeschnitten war. »Aha«, dachte Adrian. Warum er diese Frau jedoch unspektakulär fand, hätte er nicht sagen können, denn dazu hätte er selbst eine Frau sein müssen, und zwar eine aus seinen Kreisen. Dann hätte er nämlich klar erkannt, daß diese Frau keine französische Luxusmarken- oder sonstwie vor allem teure Kleidung trug, zudem nur andeutungsweise geschminkt war (sie hatte nur die Wimpern leicht getuscht, und ihr Lippenstift war kaum mehr als eine getönte Fettpflege), und darum war nichts an dieser Frau, das irgendeine Aufmerksamkeit auf sich gezogen hätte oder vielmehr auf sie. Sie war weder auf jene Weise geschmacklos gekleidet, welche die aus dem Wedding angereiste Verwandtschaft pflegte, noch auf jene, welche den zahlreich anwesenden Gattinnen der Neureichen unter den Möbelfabrikanten zu eigen war. Sie wirkte, als wolle sie gar nicht weiter beachtet werden. Als Frau hätte Adrian daraus irgendwelche Schlüsse gezogen, aber so fielen ihm nicht diese Details auf, sondern nur, daß diese Frau irgendwie anders war als die anderen hier anwesenden. Sie paßte nicht hierher, und das war nun eigentlich doch spektakulär. Ein Wesen aus einer anderen Welt!

Dorothea trug ein mittelblaues Hemdblusenkleid aus einem leichten Baumwollstoff, das sie in einem Thrift-store in San Franciscos Northside gekauft hatte und das weder über Muster noch Dekoration verfügte (keine Schleifen, keine Rüschen, keine Applikationen). Mit diesem Kleid hätte sie auch ins Büro gehen können (und tatsächlich ging sie auch damit ins Büro; sie besaß kein Kleidungsstück, das mehr als ordentlich und praktisch zugleich gewesen wäre; sie legte Wert darauf, korrekt gekleidet zu sein, alles andere scherte sie nicht) (dachte sie).

Adrian sah Herrn Majer zu, wie er sich zu orientieren suchte und in einem fort den Blick schweifen ließ, denn er hatte das Geburtstagskind, eher: die Geburtstagsmächtigkeit noch nicht entdeckt. Die spektakulär unspektakuläre Frau folgte ihm willig und lächelnd; ihr machte diese Szenerie in seinem Elternhaus offenbar keine Angst, obwohl sie doch gar nicht hierherpaßte. Das war nun auch sehr interessant. Vielleicht paßte sie gerade darum nicht hierher, wegen ihrer Angstlosigkeit. Denn außer der Weddinger Verwandtschaft, seiner Mutter und den Frauen der thailändischen Firmenvertreter hatten auf diesen Geburtstagsfesten immer alle Angst. Deswegen wurde dabei immer so viel getrunken und nicht allein, weil der Vorrat nie zur Neige ging, da sein Vater ein sehr großzügiger Gastgeber war, da sein Vater seinen Geburtstag für das wichtigste Ereignis des Jahres hielt, da sein Vater nicht anders zu denken war als im Übermaß.

Kaum hatte Herr Majer seinen Chef geortet, eilte er schnurstracks auf ihn zu. Als könne er es nicht erwarten, neue Anweisungen zu erhalten, dachte Adrian, wie ein Hund. Und er glaubte auch ein freudiges Hecheln zu erkennen, und den wedelnden Schwanz vertraten die erwartungsfroh nach vorn gestreckten Arme. Die Oberarme lagen eng am Körper, nur die Unterarme stachen heraus und, wie zwei aufgeblasene Kastanienblätter, die Hände. Der Oberkörper war steif und etwas zurückgelehnt. Aber auch das hätte Adrian nicht benennen können, er sah nur, daß Markus irgendwie komisch aussah, lächerlich – daß er sich lächerlich machte. Und er beschloß, Herrn Majer hinkünftig zu verachten, weil nichts an ihm war, das ihn irgendwie bemerkenswert oder gar liebenswürdig gemacht hätte, außer seinem alliterierenden Namen. (Es kann natürlich sein, daß er voreingenommen war, weil Renate ihm erzählt hatte, daß da mal was war, gewesen war, und zwar bis vor kurzem, zwischen ihr und Herrn Majer, es kann sein, daß Adrian durchaus eine Eifersucht post festum verspürte, auch wenn ihm das Prinzip der Eifersucht selbstredend unbekannt war und darum nur unbewußt in ihm wirken konnte. Immerhin war Renate die erste Frau in seinem Leben, um deren nähere Bekanntschaft er sich selbst bemüht hatte, und überhaupt erst die zweite Frau in seinem Leben, mit der er in engere Verbindung getreten war, wenn auch nur körperlich. Er war ja erst achtundzwanzig.)

Dorothea indessen ignorierte alles, was um sie herum stattfand. Sehr wohl bemerkte sie, daß Markus sich sehr unangenehm benahm, aber sie dachte nur an das Buch, das sie in diesem Haus zu finden hoffte, und konzentrierte sich allein darauf, ihr frisches Lächeln im Gesicht zu behalten, einen guten Eindruck zu machen, nicht weiter aufzufallen. Markus tat ihr leid in seiner Beflissenheit, und die wäre ihr zu Recht peinlich gewesen, wenn er noch auch im übertragenen Sinne der Mann an ihrer Seite gewesen wäre. Aber so war das alles egal, ging es hier doch nicht um ihr Lebensglück, sondern um ihre wissenschaftliche Neugier (und damit auch um ihre wissenschaftliche Laufbahn, doch war sie noch zu jung und enthusiastisch, um die und ihr Lebensglück für ein und dasselbe zu halten, sie war ja kaum älter als Adrian [dies von der Zukunft her gesehen, von der Warte des beginnenden Alters aus, so, wie sie sich später an diese Zeit erinnern würde. Noch dachte sie nicht darüber nach, was welches Alter bedeutet, was wann wichtig ist, wie die verschiedenen Möglichkeiten des Glücks überhaupt miteinander zusammenhängen]).

Als Markus und Dorothea/als Herr Majer und diese auffallend unauffällige Frau bei seinem Chef/bei seinem Vater angelangt waren, wandte dieser sich, nicht sofort, aber auch nicht mit allzu großer Verzögerung, von seinem chinesischen Gesprächspartner ab, ergriff jedoch nicht die weiterhin nach vorn gereckten Hände des einstigen Geliebten/seines aktuellen Lieblingsknechts, sondern legte ihm die Hand auf die Schulter, um sie gleich wieder herunterzunehmen und ihre/die der komischen Frau zu ergreifen.

Was für eine Wahnsinnspranke das war! Eine Hand so groß wie ein Wiener Schnitzel, doch viel fleischiger und warm, dabei nicht feucht. Eine Hand, in der sich ihre sofort geborgen fühlte; darauf war sie nicht vorbereitet gewesen. Ebensowenig darauf, daß ihr dieser Mann sofort zutiefst sympathisch war und sie ihm auch sofort vertraute. Sie hätte das Gegenteil erwartet. Markus bemerkte es wohl und hatte es nicht anders erwartet. Der Charme der Krokodile, dachte er, *in the sunshine of your love,* und wäre Dorothea noch auch im übertragenen Sinne die Frau an seiner Seite gewesen, so hätte er sich jetzt dafür geschämt, daß sie so leicht zu kriegen war. Aber so war das ganz egal, wichtig war nur, daß sie gut aussah und er gewiß Eindruck mit ihr schinden konnte, Frau mit Doktortitel und so, keine kleine Maus, sondern – was auch immer.

Und die Attraktion war eine wechselseitige, denn Marschner hielt ihre Hand länger als drei Sekunden in der seinen, was gestattet war, da Dorothea ihn ja geradezu anstrahlte. Aber sie kennt solche Leute ja von daheim, dachte Markus dann, und auch diese Art von Festen. Für einen Moment brach ihm der Klassenhaß aus. Zum Glück erinnerte er sich aber gleich daran, daß der gar nicht mehr nötig war, weil er selbst doch auch schon fast dazugehörte.

»Frau Doktor Dreifinger ist Germanistin«, sagte er jetzt brav, um Dorothea zum Zweck ihres Besuchs in diesem Hause hinzuführen, und »sie interessiert sich gewiß für Ihre Sammlung« setzte er gleich hinzu, weil er wußte, daß sein Chef klare Ansagen wünschte und weder langes Fackeln ertrug, noch nicht zielführendes Gerede. Wenn man etwas wollte, dann sollte man es klar und deutlich sagen, und zwar sofort. Markus schätzte diese Eigenschaft seines Chefs sehr.

»Ach?« sagte Marschner. »Aber meine Bücher sind bestimmt viel zu alt für Sie, Sie interessieren sich doch bestimmt nur für Heinrich Böll und solches Gedöns.«

Immer nur lächeln, immer weiter lächeln. Jetzt ein ganz kleines bißchen auflachen.

»Sie unterschätzen mich, Herr Marschner« (das war der richtige Ton, jetzt war Markus geradezu stolz auf sie), »mein Spezialgebiet ist die frühe Neuzeit, genauer, die späte frühe Neuzeit, also 17. Jahrhundert, schlesischer Barock.«

»Barock?« Marschner zog die Brauen hoch und lächelte amüsiert (aber kann man bei diesem aus Machtfülle gekneteten Gesicht denn von Lächeln sprechen? Ist das denn etwas, was ein solches Gesicht tut? Eher nicht, aber es sah so ähnlich aus), »ich dachte, Barock gebe es nur in der Matthäuspassion und bei weiblichen Formen.«

Lache, Bajazzo!

»Wie Sie sehen« (genau, gut gemacht, meine Dorolein!, nicht an den Verstand appellieren, sondern an die niederen Instinkte), »sind die Formen des Barock vielfältig. In deutschen Landen war die Zeit seiner größten Blüte in der Architektur später als in der Literatur, und in der Musik noch etwas später.«

Das allerdings hätte es nun nicht gebraucht, das war zuviel Information.

Und richtig, sofort verschwand die Leutseligkeit aus des Drachen stolzem Gepränge und wich der allfälligen Geschäftigkeit.

»Da müssen Sie sich natürlich unbedingt meine Bibliothek ansehen«, sagte Marschner nun, während er mit dem erhobenen Arm jemanden herbeiwinkte, ohne in die Richtung zu schauen, in die er winkte. Offenbar wußte er auch so, wie das Volk sich verteilt hatte, wer wo in diesem Raum stand, und offenbar konnte er auch sicher sein, daß sich zu jedem beliebigen Zeitpunkt alle ganz auf ihn konzentrierten. Dorothea vergaß für einen Moment zu lächeln, dann stand plötzlich ein junger Mann neben ihnen, der irgendwie gar nicht hierher paßte, er wirkte so schüchtern und wohlerzogen, zur Schüchternheit wohl erzogen, und zugleich war sein Gesicht zugewuchert von einem erstaunlich ungepflegten Bart unter einem Schopf von fast langem Haar, mit dem sich schon lange kein Friseur mehr beschäftigt hatte, es wirkte ungekämmt, wenn auch nicht ungewaschen.

»Mein ältester Sohn«, sagte Marschner, »darf ich vorstellen? Ach was, das macht Herr Majer. Adrian, zeig der jungen Dame doch mal die Bibliothek, die interessiert sich da dafür.« Damit wandte er sich ab, wieder seinem chinesischen Gesprächspartner zu, der noch viel unerbittlicher lächeln konnte als Dorothea und die ganze Zeit strahlend neben ihnen gestanden hatte.

»Herr Li, ich habe Sie noch gar nicht meiner Frau vorgestellt«, sagte Marschner jetzt zu ihm, und schon waren sie weg und Markus/Herr Majer, Dorothea/die komische Frau sowie Marschners Sohn/das Drachenbaby eine kleine Gruppe ganz für sich allein im bunten Getriebe der Spitzenkräfte der deutschen Möbelindustrie und der Haute volée nicht nur des Grunewalds, sondern auch des Weddings.

»Herr Marschner, darf ich vorstellen«, übernahm Markus nun die Gesprächsleitung, »Frau Doktor Dreifinger, eine alte Freundin aus der Schulzeit« (hier gefror Dorothea das Lächeln ein weiteres Mal, so beleidigend fand sie diese Zuschreibung; es wäre nicht schlimmer gewesen, wenn er ihr einen Beilstiel in den Bauch gerammt hätte), »Dorothea, Herr Marschner, unser Juniorchef.«

Da verschwand gleich die Beleidigung aus Dorotheas Bauch, und es erfaßte sie ein tiefes Erbarmen mit diesem jungen Mann, der das genaue Gegenteil seines Vaters war und so fremd in der Rolle, auf die man ihn zugerichtet hatte, daß nicht eimal sein Anzug seinem Körper folgen wollte, sondern vielmehr wie ein Gerüst um ihn herumstand.

»Ach, ist das Ihre neue Freundin, Herr Majer?«, wandte Adrian sich nun an Markus, und Dorothea fragte er, aber es klang mehr wie eine Feststellung: »Also Ihretwegen hat Herr Majer sich von Frau Kermer getrennt?«

Dorothea stand der Mund offen, denn das war nun mehr wie ein Schlag auf den Kopf mit dem stumpfen Ende des Beils, als nur wie ein Hieb in den Bauch mit dem Stiel. Daß dieser schüchtern gezogene junge Mann solche Reden führen würde, war nun wirklich nicht vorgesehen in der rauschenden Welt opulenter Gastlichkeit.

Adrian hätte selbst nicht erwartet, daß er so reden würde, aber daß er etwas Unpassendes gesagt hatte, bemerkte er nur anhand von Dorotheas Entgeisterung, welche er wiederum daran bemerkte, daß sie nicht auf seine Frage antwortete. Nun wußte er nicht weiter.

»Sie sind ja gut unterrichtet, Herr Marschner«, sagte Markus ins betretene Schweigen hinein und in einem so kalten Ton, wie Dorothea ihn noch nie von ihm gehört hatte. Es klang wie eine Zurechtweisung und war auch eine, und daß Markus den Sohn seines Chefs zurechtweisen durfte, war auch seltsam. Zugleich sah sie, wie entsetzt der junge Mann selbst war, wie hilflos.

Markus indes hatte Brauch und Sitte im Raubtierkäfig schon längst zu seinen eigenen gemacht und darum die Stille auflösen können. Es war kein Engel durch den Raum geschwebt, sondern ein Elefant umgefallen.

»Frau Kermer ist Herrn Marschners Sekretärin«, erklärte er ihr.

»Ach so«, sagte Dorothea.

»Genau«, sagte Adrian.

Markus hatte tatsächlich viel gelernt in diesen letzten Jahren, da er und Dorothea sich nicht mehr kannten. Den sachlich kalten Geschäftston jedenfalls beherrschte er perfekt.

»Ja, wenn Sie Frau Doktor Dreifinger die Bibliothek zeigen wollen, dann lasse ich Sie am besten gehen. Ich habe nämlich Ihre Mutter noch gar nicht begrüßt«, beendete er seine Einlassungen und gesellte sich zu Herrn Li, und Dorothea und Adrian standen alleine da und schauten sich an und waren die beiden Fremden in diesem Gewühl von zähnebleckend gutgelaunten Monstren aus Galle, Gier und Intrigantentum.

»Wollen Sie die Goldene Stadt sehen?«, fragte Adrian Dorothea mit jener weichen Stimme, die Renate immer so ans Herz griff, und Dorothea nickte und folgte ihm durchs Gedränge ans hintere Ende des Raumes, wo er eine Tür öffnete, durch die sie in einen kleinen, schlecht beleuchteten Vorraum gelangten.

»Man kann zwar vom Haus direkt in die Bibliothek hineingehen«, erklärte Adrian, die Hand schon auf der nächsten Klinke, »aber tatsächlich gehört sie nicht zum Haus, sondern ist ein vollkommen abgetrenntes eigenes Gebäude. Ein Hochbunker. Die Wände sind aus extrem armiertem Beton, es gibt ein eigenes Belüftungssystem und eine Klimaanlage. Die Fenster sind aus schußsicherem Glas und alarmgesichert, und diese Tür hier ist aus fünf Zentimeter dickem massiven Stahl.«

»Da kann den Büchern ja nichts geschehen«, versuchte Dorothea einen Scherz.

»Es geht dabei weniger um die Bücher«, belehrte Adrian sie ernst, »sondern mehr um uns. In erster Linie um uns. Wir brauchen doch einen Bunker.«

»Sie brauchen einen Bunker«, stellte Dorothea fest und verstand nicht. »Wozu brauchen Sie denn einen Bunker?«

Adrian sprach, wie ein uninspirierter Museumsführer, ausdruckslos weiter. Vielleicht gehört er auch bloß zur Gattung der Redemaschinen, überlegte Dorothea, denn wie diese sonderte er Sprache ab, ohne daß man seinen Bezug zu ihrem Inhalt hätte erkennen können. Es war nicht zu erkennen, ob es überhaupt einen gab oder es nicht einfach ein eingelernter Text war, den er hier zum Vortrag brachte.

»Sie haben eben keinen Krieg erlebt«, fing er nun an, und Dorothea dachte: du doch auch nicht, »Sie sind wohl keine Berlinerin?« fuhr er fort.

»Ja, ich bin keine Berlinerin«, antwortete sie.

»Sehen Sie, dann wissen Sie nichts vom Krieg.«

Du doch auch nicht, dachte Dorothea wieder, und fand den jungen Mann jetzt ihres Mitleids nicht mehr bedürftig. Vielmehr fragte sie sich, warum der nicht normal reden konnte, und fürchtete zugleich, er könne ihr ansehen, wie unangenehm sie es fand, mit solch dummem Geschwätz behelligt zu werden. Lächeln durfte sie jetzt keinesfalls und hätte es auch gar nicht mehr gekonnt. Sie hoffte, er würde ihren Ärger nicht bemerken, sondern sie so aussehen, als lauschte sie konzentriert. Sie wußte ja nicht, daß Adrian sowieso nicht auf Gesichter reagierte und es darum völlig egal war, welches sie gerade machte. Er sprach mechanisch weiter.

»Wir haben hier in Berlin sehr schwere Zeiten erlebt. Bomben, Hunger, Vergewaltigungen, später die Luftbrücke und schließlich die Teilung unserer Heimatstadt. Mein Vater wollte seiner Familie weiteres Leid ersparen. Darum hat er diesen Bunker gebaut. Solange kein Krieg ist, schützt er die Bücher. Ebenso dient unser Swimming-pool zugleich als Löschteich für die Feuerwehr.«

Damit öffnete er endlich die Tür aus fünf Zentimeter dikkem massiven Stahl, und sie wunderte sich, wie leicht das ging. Gut geölt, dachte sie, doch Adrian belehrte sie, das war schon der nächste Punkt der Führung, daß diese Tür mit einem kleinen Motor versehen sei, der das Öffnen erleichtere, beziehungsweise überhaupt erst ermögliche – »denken Sie an die Servolenkung im Auto« – und den man von innen ausschalten könne, um Unbefugten den Zugang zu erschweren.

Als die Tür dann offen war, ließ er ihr mit einer leichten Verbeugung und einer offenen Hand, die sich in den Raum hineinbewegte, den Vortritt, was aber in Wirklichkeit gar nicht höflich war, weil sie ein reines Schwarz vor sich sah, Bunkerdunkel. Sie konnte gar nicht erkennen, ob da überhaupt ein Raum war und nicht vielleicht noch eine Wand, womöglich aus massivem Stahl oder extrem armiertem Beton. Darum trat sie nicht ein. Adrian sah sie ausdruckslos an.

»Es ist so dunkel«, sagte sie.

»Ja«, antwortete er, »natürlich. Die Bücher müssen doch vor der Sonne geschützt werden.«

»Könnten Sie nicht das Licht einschalten?«

»Doch, das kann ich«, sagte er und drückte blind auf einen Schalter innen neben der Tür, worauf die Rolläden vor den Fenstern hochfuhren und die Sommersonne sich mit ungebremster Emsigkeit in dem Raum vor ihnen ausbreitete, und da war Dorothea nun doch verblüfft.

Hätte ich mir allerdings denken können, dachte sie; immerhin befand sie sich hier in den Privatgemächern des Oberhaupts eines Möbelimperiums.

Es war dies nämlich eine ganz bezaubernde kleine Bibliothek, aus dem Bilderbuch so eine. Der Raum, in dem sie jetzt standen, war etwa fünfzig Quadratmeter groß, etwa drei Meter hoch, und alle Wände waren vom Boden bis zur Decke mit Büchern in Regalen aus Nußbaumholz dicht bestanden. Alle Bücher hatten Lederrücken und altmodische Formate; manche waren relativ klein und besonders dick dabei, andere ziemlich groß und ihre Rücken mit auskragenden Bünden über den Nähten strukturiert, als bräuchten sie Griffleisten. Dazwischen französische Fenster, durch die die Sonne floß, das Licht, und durch die man ins Grüne schaute – auf der einen Seite auf mächtige alte Birken, auf der anderen auf einen großen Garten, dessen Wiese bunt bevölkert war von sommerlich gekleideten Leuten ohne äußere Makel und bestanden mit Tischen im Brautgewand.

»Die Fenster sind von außen beschichtet«, erläuterte Adrian weiter, »man kann nicht hereinschauen.« Seine Stimme klang schon fast normal. »Nur das Licht kommt herein, sonst nichts. Gewiß werden Sie sich nun fragen: ›Französische Fenster in einem Bunker, wie kann das denn sein?‹, und das ist eine berechtigte Frage.«

Dorothea hatte sich zu Adrian umgedreht und starrte ihn an. Sie hatte sich nicht gefragt, warum ein Bunker über französische Fenster verfügte. Adrian starrte zurück und sprach weiter.

»Ich kann Sie beruhigen. Es ist dies noch gar nicht der eigentliche Bunker, sondern nur der Vorraum. Die Fenster sind, wie Sie gesehen haben, durch Stahlrollos gesichert, aber das wäre im Ernstfall natürlich nicht genug. Sie sehen dort eine weitere Tür, ebenfalls aus fünf Zentimeter dickem massiven Stahl, und die führt in den eigentlichen Bunker. Dessen Wände sind fensterlos und aus einem Meter dickem armierten Beton.«

Er starrte sie weiter ausdruckslos an, blieb nun jedoch stumm. Offenbar hatte er seinen Text zu Ende aufgesagt. Und weil er sich nicht rührte, beschloß Dorothea, sich nicht weiter von ihm stören zu lassen und trat an die Bücherwände heran. Sie mußte sich jetzt nicht mehr ans Lächeln erinnern und lächelte doch, das ging ganz von selbst, leicht verklärt, sie bemerkte das gar nicht.

Normalerweise fragten die Leute an dieser Stelle der Besichtigung, wenn sie so vor den Büchern standen, immer: »Hat Ihr Vater die denn alle gelesen?«, aber diese Frau fragte das nicht (denn dieser Frau waren solche Buchansammlungen ein vertrauter Anblick). Das gefiel Adrian sehr, und er begann sich in der Gesellschaft dieser Frau wohlzufühlen.

Das heißt, er bemerkte, daß er sich etwas weniger unwohl fühlte als zuvor, hätte den Grund hierfür jedoch ebensowenig angeben können wie für eigentlich alles in seinem Leben.

Er entspannte sich.

Sein Anzug stand nicht mehr um ihn herum, sondern hing ihm, weil etwas zu groß, einfach so von den Schultern, wie ihm seine Haare, weil etwas zu lang, vom Kopf herunter hingen.

»Haben Sie einen Katalog?« fragte die Frau nun, indem sie sich zu ihm zurückwandte.

»Einen Katalog?« Danach hatte von den Gästen seines Vaters, die er regelmäßig hierher führte, noch keiner gefragt.

»Ja, es gibt einen Katalog«, sagte er und nahm das dicke Buch von dem kleinen, im Stil des Rokoko gearbeiteten Sekretär, der neben einem der Fenster zum Garten hin stand. Sobald Dorothea ihn in Händen hielt, schnurrte sie in sich hinein und war kein soziales Wesen mehr. Sie schlug den Katalog auf, sie lächelte (ein mit der Hand geführter Katalog!) und setzte sich ganz selbstverständlich, wie nebenbei, in den großen Lederlesesessel, der auch eher zur Gartenseite hin neben einem kleinen Tischchen voller Antiquariatskataloge und unter einer merkwürdigerweise recht modernen, nämlich erst in den sechziger Jahren entworfenen großen Leselampe stand. Und war nun ganz für sich, nicht mehr ansprechbar.

Das bemerkte Adrian durchaus, und es erleichterte ihn sehr. Er hatte seine Aufgabe erfüllt und wurde nicht mehr gebraucht. Darum tat er, was er in diesem Raum immer tat, legte sich nämlich auf der Birkenseite in das flirrende Rechteck aus Licht und schloß die Augen. Nun war außer Dorotheas Blättern nichts mehr zu hören. Es herrschte eine erfüllte Ruhe aus Licht und Lederbuchrücken.

»Wo finde ich denn die schöne Literatur?« murmelte Dorothea nach einer Weile. Sie schien eher sich selbst zu fragen als ihn, was ihn an die lange zurückliegenden Nachmittage mit Brigitte erinnerte; die hatte auch gelegentlich irgendetwas gemurmelt. Er war so entspannt wie sonst nur, wenn Renate auf ihm lag, und er öffnete die Augen nicht, als er zurückmurmelte:

»Es gibt keine schöne Literatur. Mein Vater sammelt nur parawissenschaftliche Werke.«

Sie antwortete nicht sofort, sondern erst nach weiterem Blättern, und sprach weiterhin mehr so für sich, so vor sich hin:

»Das stimmt nicht ganz, es gibt durchaus auch andere Titel … hier zum Beispiel … da ist doch unsere schöne Magelone.«

Und er murmelte nach einem Moment aus dem Halbschlaf zurück:

»Wer? Wer ist da?«

Und kaum zur Antwort, sondern mehr, um so weiterzuplätschern, sagte sie:

»Unsere schöne Magelone … Oder, um genau zu sein: *Die schön Magelona : Ein fast lustige vnnd kurtzweylige Histori von der schönen Magelona, eine künigs tochter vo[n] Neaples* und so weiter, gedruckt in Augsburg im Jahre 1541.«

Wie schön das klang! Adrian seufzte auf, doch Dorothea beachtete es nicht, sondern murmelte weiter vor sich hin: »wie find' ich nur, wie find' ich nur«, und das war ein Geräusch, das die Ruhe erst vollkommen machte, denn es bedeutete nicht mehr als die freundliche Anwesenheit einer anderen Person, die vor langer Zeit Brigitte war.

Wie find' ich nur, wie find' ich nur … wie finde ich den Weg zu dir, wie find' ich nur von mir zu dir … wo find' ich nur, wonach ich such', wie find' ich nur das Buch, das Buch …

»Ha!« juchzte sie plötzlich auf, Triumph in der Stimme, »da ist es ja!«, und sprang gleich aus dem Sessel, den Katalog noch in der Hand, hin zu den Regalen. »Da ist es ja, da ist es ja«, summte sie vor sich hin, bis sie schließlich laut sagte: »da ist er ja!«

»Wer?« fragte Adrian wieder, der sich aufgesetzt hatte, »wer ist da?«

»Mein Hallmann!« jubelte sie, »der Mauritius. Er ist tatsächlich da. Der Mauritius!«

Sie hatte den Katalog aufgeschlagen auf den Boden gelegt und war gerade dabei, ein Buch aus dem Regal zu ziehen.

»Nein!« schrie er, hellwach und in Panik, »nein! Das dürfen Sie nicht!« und stand in zwei Schritten neben ihr, sie hatte die Hand weiter an dem Buch, aber sie zog nicht mehr daran, »das dürfen Sie nicht!«

»Was darf ich nicht?« fragte sie, ehrlich verwundert.

»Sie dürfen kein Buch aus dem Regal nehmen, das bringt doch alles durcheinander! Die Bücher haben doch eine Ordnung!«

»Ja, natürlich«, antwortete sie, »natürlich haben die Bücher eine Ordnung, sonst hätte ich es ja gar nicht finden können.«

»Aber wenn Sie eins herausnehmen, zerstören Sie doch die Ordnung, dann machen Sie doch alles kaputt!« Er war in heilloser Aufregung und mit einem Schlag so angespannt, daß er ihr fast in den Arm gefallen wäre; er mußte sich sehr beherrschen, um es nicht zu tun, um sie nicht zu berühren, diesen fremden Menschen. Dorothea bemerkte es wohl und bemühte sich sofort um den Anschein äußerster Gelassenheit und Leichtigkeit, um nicht so nah dem Ziele noch zu scheitern.

»Herr Marschner, beruhigen Sie sich doch«, sprach sie wie zu einem Erwachsenen zu ihm, und adressierte dann das Kind, das vor ihr stand, »haben Sie überhaupt keine Sorge, bitte. Ich weiß doch, wie man mit Bibliotheken umgeht, das ist doch mein Beruf. Schauen Sie, wir nehmen einen von den Prospekten da und stecken ihn hier an diese Stelle, von der wir das Buch nehmen, und dann wissen wir später genau, wo es gestanden hat …«, aber er war nicht mehr zu beruhigen und wimmerte fast.

»Sie dürfen das aber nicht, Sie dürfen das nicht.« Er wandte sich ab und schlug die Hände vors Gesicht. Der ist ja völlig durchgeknallt, dachte Dorothea, während sie das Buch nun doch aus dem Regal nahm und das links davon stehende ein kleines Stück herauszog, um später die Stelle wiederzufinden, wo es stand, so machte sie das mit ihren eigenen Büchern auch immer, und er drehte sich um und riß es ihr aus der Hand.

»Sie dürfen das nicht«, sagte er wieder, diesmal mit heiligem Ernst, und sie wußte nicht, was schlimmer war: daß dieser Mann so verrückt war oder daß er ihr das Buch, nach dem sie so lange gesucht, weggenommen, kaum daß sie es gefunden hatte. Ihr stiegen die Tränen in die Augen, doch verlor sie darüber nicht die Fassung, sondern langte vielmehr zu ihm hin und hielt ihn leicht, aber entschieden am Arm, so daß er es spüren konnte, sich aber nicht bedrängt fühlen mußte – geradeso, wie man es mit kleinen Kindern tut, wenn man ihnen etwas Wichtiges sagen will und sie unbedingt begreifen müssen, daß man mit ihnen spricht. Er rührte sich nicht, sondern schaute sie mit großen Angstaugen an.

»Bitte«, sagte sie, »bitte lassen Sie mich wenigstens einen Blick in dieses Buch werfen. Es liegt mir sehr viel daran. Ich habe lange nach ihm gesucht.«

Er rührte sich noch immer nicht, aber er hörte ihr zu und schien bereit, ihr zu trauen.

»Ich will nur einen Blick hineinwerfen«, fuhr sie fort, »bitte.«

»Aber warum denn? Das ist doch bestimmt wieder nur so ein Traktat darüber, wie man Hühnerdreck in Gold verwandelt.«

Sie lächelte. Er war schon auf dem Weg zu ihr.

»Nur zur Hälfte«, sagte sie, »es sind hier zwei Bücher zusammengebunden worden, eine alchimistische Schrift und ein Drama aus dem 17. Jahrhundert, das von dem Mann verfaßt wurde, über den ich meine Doktorarbeit geschrieben habe.«

»Ach so.« Er zog die Augenbrauen hoch. »Ach so, es geht nur um das halbe Buch! Das ändert die Sache natürlich.«

Warum das die Sache ändern sollte, verstand Dorothea natürlich nicht, und auch nicht, warum er jetzt mit dem Buch in der Hand an den Sekretär eilte. Er suchte in den Fächern herum, nun seinerseits »wo ist es denn?« murmelnd, »ah!«, sagte er, »da ist es ja«, und hielt ein Papiermesser in der Hand.

»Was haben Sie vor?« fragte Dorothea mißtrauisch.

»Das haben wir gleich«, sagte er, durchblätterte das Buch, bog es an der gefundenen Stelle beherzt in die Horizontale auseinander und setzte das Papiermesser am oberen Rand an, zu Dorotheas Entsetzen.

Nun war es an ihr, »das dürfen Sie nicht!« zu rufen, »so hören Sie doch auf damit!«, doch wagte sie nicht mehr, ihn zu berühren, ihm in den Arm zu fallen, denn sie bemerkte wohl, daß er nunmehr in ein anderes Extrem des Irrsinns gefallen und nicht mehr zu erreichen war. Zudem hatte er ein Messer in der Hand.

Er schnitzelte an dem dicken Ledereinband herum, »das haben wir gleich«, sagte er noch einmal, dann hielt er inne und schaute betrübt das Buch an.

»Geht nicht«, stellte er fest und überlegte.

»Natürlich geht das nicht«, erwiderte Dorothea, »das geht in jeder Hinsicht nicht, das geht ganz und gar nicht«, aber sie sprach ins Leere, denn er konnte sie nicht hören, er war woanders.

»Das haben wir gleich«, sagte er wieder und stürmte zur Tür, Dorothea ihm hinterher, denn zwar hatte er das Messer auf dem Sekretär liegengelassen, das Buch aber trug er mit sich, als er mit energischen Schritten durch die Fröhlichkeit simulierende Menge im Wohnzimmer stürmte.

»Lassen Sie mich mal durch«, tatsächlich sagte er zu den Leuten: »lassen Sie mich mal durch«, und die waren alle schon zur Seite getreten, bevor sie sich wundern konnten, und schauten darum erstaunt Dorothea an, die ihm weiter folgte, bis in die Küche hinein, wo mehrere in kochfeste Baumwolle gewandete Küchenhilfen erschrocken zur Seite stoben, als er auf den Messerblock zustürmte und das größte Messer herauszog, ein Allzweckkochmesser mit 26 cm langer Klinge, das er sodann triumphierend in die Höhe hielt.

»Wär' doch gelacht!« rief er und stürmte aus der Küche wieder hinaus, Dorothea ihm hinterher, wieder in das Menschengetümmel hinein, offenbar wollte er in die Bibliothek zurück, aber nun war der Weg nicht mehr so leicht zu bahnen, denn die Leute wichen nur widerstrebend zurück, doch beeindruckte sie das riesige Messer in Adrians Hand natürlich sehr. Allein sein Vater wählte die andere Richtung, nicht von ihm fort, sondern zu ihm hin. Adrian bemerkte es wohl und verhaspelte sich fast in seinen Erklärungen, wobei man seinen deutlichen Bezug zum Inhalt seiner Rede bemerken konnte:

»Wir müssen nur das hintere Drittel herausschneiden, mehr braucht Frau Doktor Dreifinger nicht, den Rest stellen wir zurück, Frau Doktor Dreifinger weiß genau, wo das Buch hingehört, sie hat die Stelle markiert, mach dir keine Gedanken, wir brauchen nur ein Drittel«, und während er so redete, schritt sein Vater geradeaus auf ihn zu als die Naturgewalt, die ihm seinen Spitznamen eingebracht hatte, und benutzte den Schwung seiner Schritte, um seinem Sohn eine solch gewaltige Ohrfeige zu versetzen, daß dessen Kopf herumflog. Er hob sofort die Arme vors Gesicht, dabei in den Händen noch immer Messer wie Buch, die er nicht hatte weglegen können, weil sofortiger Schutz wichtiger war. Es war dies ein in langen Jahren eingeübter Reflex, man sah es wohl.

»Bist du wahnsinnig?« spie sein Vater sein Feuer heraus, »hast du nicht mehr alle Tassen im Schrank?« Das sieht man doch deutlich, dachte Dorothea, die weiter hinter Adrian stand, was für eine überflüssige Frage! Zugleich brach von Marschner senior her die Welle seiner Wut tsunamigleich über ihr zusammen und füllte mit einem Schlag den ganzen Raum aus, so daß auch ihr ganz kalt wurde vor Angst und sie sich nicht mehr rühren konnte.

Mit Grund hatte Adrian beide Arme vor den Kopf gehoben, denn es waren weitere Schläge zu gewärtigen, war eine solche Ohrfeige doch stets der Auftakt nur für viele Schläge, die gegebenenfalls auch mit Hilfsmitteln (Gürtel, Bambusrohr) verabreicht wurden. Zugleich rührte er sich nicht, sondern war in Duldungsstarre verfallen, das Denkmal des geschlagenen Kindes. Diesmal blieb es allerdings bei diesem einen Schlag, wenngleich der gewaltig gewesen war, denn seine Mutter tat, was sie in den Jahrzehnten zuvor noch nie getan hatte, fiel nämlich seinem Vater in den Arm, den sie dann mit beiden Händen festhielt, und sagte leise: »Kurt, die Leute«, wodurch diesem bewußt wurde, wo er sich gerade befand und was er gerade tat, und er innehielt.

Adrian konnte das allerdings nicht sehen mit seinen Armen vor dem Gesicht. Er verharrte still, und ebenso blieben alle anderen, als würden sie Scharade spielen, in ihrer letzten Bewegung festgefroren. Keiner rührte sich, und für einen Moment war es still und vollkommen ruhig. Alle hielten den Atem an, weniger aus Sensationsgier, mehr, weil sie peinlich berührt waren, und weil Dorothea sich auf undeutliche Weise für dieses Unglück verantwortlich fühlte, versuchte sie, womit sie zuvor schon, in der Bibliothek, erfolgreich gewesen war, und womit auch Adrians Mutter gerade dessen Vater beruhigt hatte, langte nämlich an Adrian hin, um seine Starre zu beenden, und einen Moment später hatte sie einen langen Schnitt quer über ihr Hemdblusenkleid und durchs Dekolleté, aus dem sofort das Blut zu rinnen begann. Sie verstand nicht gleich, was geschehen war, faßte sich mehr instinktiv an die Brust, um das Kleid zusammenzuhalten, ihre Blöße zu bedecken, und bemerkte dabei erst, daß sie blutete. Es war kein tiefer Schnitt. Sie schaute von ihrem Dekolleté auf ihre blutende Hand, dann zu Adrian, der weiter vor ihr stand und entsetzter war als alle anderen zusammen. Auch instinktiv langte er zu ihr hin, schnitt ihr dabei aber auch noch in den linken Arm, weil er das Messer noch immer in der Hand hielt. Dorothea verstand noch immer nicht, was ihr gerade geschah, als Markus herbeistürzte und sich zwischen sie und den noch immer fassungslosen Adrian stellte.

»Ich wollte das nicht«, sagte der, worauf Markus sich umdrehte und ihm geradeaus mit der Faust ins Gesicht schlug. Das war ebenfalls ein in der Kindheit antrainierter Reflex, eine Verteidigungsmaßnahme, die er zuletzt in der siebten Klasse angewandt hatte. Seinerzeit war ein Zahn seines Widersachers in seiner Faust steckengeblieben, weswegen er sich seither immer um gewaltfreie Konfliktlösungen bemüht hatte. So schlimm war es in diesem Fall aber nicht, vielmehr konnte Markus gar keinen Widerstand spüren, und arbeitete darum überlegt und gründlich weiter. Erst nahm er Adrian das Messer ab und rammte es in ein nahestehendes Tischchen, dann nahm er ihm das Buch aus der Hand und schlug es ihm auf den Kopf. Jetzt verstand Adrian, was ihm geschah, er hob wieder die Arme schützend vor sich hoch, ging aber zugleich in die Hocke. Da Markus nun keine Angriffsfläche in Kopf- oder Brusthöhe mehr hatte, trat er in das vor ihm kauernde Menschenknäuel hinein und hätte das gewiß noch viele Male getan, weil das bei Schulhofschlägereien so üblich war, vor allem, wenn der Gegner eins von diesen Reichensöhnchen war (und daß er bei dieser Gelegenheit natürlich weniger den Sohn und mehr den Vater meinte, wurde ihm bei den sehr vielen Gesprächen, die er mit Dorothea über diesen Vorfall führte, bald klar), wenn Dorothea ihm an dieser Stelle nicht in den Arm, oder sollen wir sagen: ins Bein?, gefallen wäre.

Damit begann die allgemeine Bewegung wieder, der Raum wurde unruhig, ein Nest aus Regenwürmern, und Marschner senior sagte:

»Herr Majer, Sie nehmen jetzt mal sofort Ihre Freundin da und machen sich vom Acker«, was alle Anwesenden ein weiteres Mal verstummen und erstarren ließ. Doch traten sie bereitwillig zur Seite, als er sich mit der blutüberströmten Dorothea im Arm zum Gehen wandte.

»Das Buch bleibt hier!« pfiff Marschner ihn scharf an, woraufhin Markus erst bemerkte, daß er es noch in der Hand hielt, nicht mehr in beiden, wie zuvor, als er es Adrian auf den Kopf gehauen hatte, sondern in der linken, weil er den rechten Arm um Dorothea gelegt hatte. Jetzt warf er einen prüfenden Blick darauf, lenkte dann seinen kalten Haß auf seinen nunmehr ehemaligen Chef, umklammerte das Buch etwas fester, wandte sich ab und schritt durch die ihm ebenso kalt freigemachte Gasse hinaus.

Weil es Sommer war, hatten sie beide weiter nichts an und mußten darum keine Mäntel von der Garderobe holen, sondern konnten geradeaus zum Auto gehen (allerdings legte Markus Dorothea vor der Tür sein Jackett um die Schultern) und direkt zum Krankenhaus Waldfriede an der Argentinischen Allee fahren. Dorotheas kleine Handtasche, die in der Bibliothek zurückgeblieben war, wurde Markus am nächsten Tag von Marschners Gärtner nach Hause gebracht, während das fatale Buch mit der Post, ebenfalls am nächsten Tag, an Marschners Privatadresse zurückgeschickt wurde, nachdem Dorothea endlich hatte hineinschauen können und feststellen mußte, daß es sich dabei keineswegs um das von ihr gesuchte Trauerspiel »Der Bestrafte Geitz / Oder Hingerichte *MAURITIUS*, Kaiser zu Constantinopel«, sondern nur um einen weiteren Druck des ihr wohlbekannten Szenars ebendieses Trauerspiels handelte, was diese ganze Geschichte dann im nachhinein und insgesamt zu einem rechten Trauerspiel machte.

Dritter Teil:

Ende (Zukunft)

Adrian schreibt einen Brief

Sehr geehrte Frau Professor Doktor Dreifinger!

Vermutlich erinnern Sie sich an mich, weil Sie jeden Tag im Spiegel die Narbe des Schnitts sehen, den ich Ihnen im Jahr 1990 bei der Geburtstagsfeier meines Vaters beigebracht habe. Ich habe mich seinerzeit noch am selben Abend in die Irrenanstalt bringen lassen, wo ich in der Folge viele Jahre verbracht habe, aber nicht durchgehend. Es waren auch mehrere Anstalten. Man hat mich einige Male entlassen und bald wieder zurückgebracht, weil ich mich dort wesentlich wohler fühlte als bei meiner Familie. Wobei »Familie« in beide Richtungen geht, nach oben und nach unten, denn ich habe ja nicht nur Eltern, sondern auch Kinder. Die Details meiner Aufenthalte im Irrenhaus füge ich auf einem gesonderten Blatt bei.

Seit fünf Jahren gelte ich als austherapiert. Auch ich selbst fühle mich austherapiert. Ich lebe in einer eigenen Wohnung ganz für mich alleine (kein betreutes Wohnen!) und verbringe meine Zeit mit sinnlosen Tätigkeiten. Besser gesagt: mit der Suche nach einer wahrhaft und vorbildlich sinnlosen Tätigkeit. Ich habe noch keine endgültige Entscheidung getroffen, welche Tätigkeit die sinnloseste ist, und gerate manchmal sogar ins Grübeln darüber, ob es eine solche Tätigkeit überhaupt gibt.

Ich habe Sie nicht vergessen in den vielen Jahren, die vergangen sind, vielmehr habe ich sogar meine verstorbene Frau nach Ihnen benannt, bzw. nach der Frau, deren Namen Sie damals erwähnten, als Sie im Katalog der Bibliothek meines Vaters blätterten, M a g e l o n e, denn dieser Name verband sich für mich unauslöschlich mit dem womöglich zauberischen Moment, den ich damals mit Ihnen in der Bibliothek meines Vaters verbringen durfte und der mich letztendlich ins Irrenhaus brachte, was durchaus die beste Lösung für mich war, denn das Leben, das ich vorher führte, paßte nicht zu mir. Indem ich Ihnen diese große Schnittwunde beibrachte, habe ich auch im übertragenen Sinne einen Schnitt gemacht, und daß der nötig war, konnte ich nicht anders mitteilen als auf diese Weise. Sie persönlich hatten damit gar nichts zu tun. (So hat es mir der erste Psychologe, auf den ich in der ersten Klinik traf, erklärt, und die Psychologen, auch die Psychiater, von denen ich in der Folgezeit behandelt wurde, haben diese Interpretation bestätigt; ich glaube auch, daß sie stimmt.) Schon deshalb erinnere ich mich gerne an den Moment unserer Bekanntschaft. Ohne Sie hätte mein Leben nicht diese entscheidende Wende nehmen können.

Ich habe Ihre Adresse im Internet gefunden, das heißt, es ist ja nur die Ihrer Universität. Zum Glück haben Sie Ihren Namen nicht geändert, sonst hätte ich Sie gar nicht finden können! Es ist zu begrüßen, daß Sie Herrn Majer nicht geheiratet haben, denn der ist kein guter Mensch. Das dachte ich übrigens schon, bevor ich von ihm zusammengeschlagen wurde, ich meine, das hat mein Urteil über ihn nicht verändert; eher im Gegenteil, war ich eine Weile geneigt, ihn für doch keinen schlechten Menschen zu halten, weil es ja durchaus ehrenvoll ist, sich so ritterlich ins Getümmel zu werfen, um eine Dame nicht allein mit Worten, sondern auch mit Taten zu verteidigen. Aber das ist das einzige irgendwie Schöne, von dem ich wüßte, daß Herr Majer es getan hat. Er trat zuvor immer nur als Speichellecker, Ohrenbläser und Erfüllungsgehilfe meines Vaters in Erscheinung. Oder haben Sie ihn doch geheiratet, aber Ihren eigenen Namen beibehalten? Das kann man inzwischen ja machen. In den USA konnte man das schon früher.

Nun aber zum Grund meines Briefes. Ich bin vor kurzem über die Roßstraßenbrücke, die die Fischerinsel mit der Luisenstadt verbindet, gekommen, und da fiel mir eine Gedenktafel am Geländer auf, auf der u. a. ein Gedicht zu lesen war von einem Dichter namens Freiligrath. Ich habe es abgeschrieben (ich führe für solche Fälle immer ein Notizbuch mit mir), es lautet: »Es kommt dazu trotz alledem, / daß rings der Mensch die Bruderhand / dem Menschen reicht trotz alledem!« Nach meiner Einschätzung ist das nur ein Auszug aus einem längeren Gedicht, aber mehr steht nicht auf der Gedenktafel an der Balustrade der Roßstraßenbrücke. Natürlich habe ich ausreichend Informationen über diesen Freiligrath in der Wikipedia und auf anderen Websites gefunden, aber auf dem Heimweg von dieser Brücke bis zu mir (der allerdings nicht sehr lange währte, denn ich wohne quasi in der Nähe), sind spontan Sie mir eingefallen, nach so langer Zeit. Weil Sie doch vom Fach sind. Das heißt, zunächst dachte ich, ich könne Sie nach diesem Dichter fragen. Als gäbe es kein Internet! Aber das steckt eben noch in mir drin, denn ich bin vor dem Internet aufgewachsen. Noch am selben Abend begann ich mit der Lektüre eines Heftes, das ich in der Mülltonne gefunden habe, und zwar in der Hausmülltonne, wo es doch in die Papiertonne gehört hätte. Dieses Heft wurde, wie ich während der Lektüre feststellte, von einer Frau namens Renate verfaßt, und da ist mir natürlich jene Renate wieder eingefallen, an die ich damals sehr viel dachte, weil ich ein Verhältnis mit ihr hatte, wie zuvor Herr Majer eins mit ihr gehabt hatte, aber anders, also unser Verhältnis war anders, und wiederum hat es keine persönlichen Gründe, daß ich Herrn Majer für keinen guten Menschen halte. Jedoch wissen Sie gewiß besser über ihn Bescheid als ich, Sie waren ja wohl mit ihm befreundet, ich meine, Ihnen muß ich das ja nicht sagen.

Ebenfalls weil Sie vom Fach sind, finden Sie es vielleicht interessant, daß ich mich selbst auch als Dichter versuche. Ich meine das wörtlich, denn ich komprimiere – verdich-

te – Wirklichkeitserlebnisse, die mich, warum auch immer, beschäftigen. Ich lege Ihnen ein Beispiel bei, in dem ich allerdings scheinbar nur vermittelt auf die Wirklichkeit reagiere, weil es sich dabei – *scheinbar!* – nur um die Verdichtung eines Zeitungsartikels handelt. Doch hat dieser Windkraftanlagen zum Inhalt, und tatsächlich faszinieren mich diese Anlagen, die man überall in der Natur sieht, sobald man die Stadt einmal verlassen hat, ungemein, sie begeistern mich geradezu! In diesem Zeitungsartikel nun ist mein Empfinden gegenüber diesen Anlagen sehr gut getroffen, darum habe ich mich von ihm zu einer dichterischen Verarbeitung anregen lassen, und weil ich Ihnen auf diese Weise meine Vorgehensweise gut verdeutlichen kann, habe ich im Copyshop eine Kopie des Artikels angefertigt, welche ich Ihnen gleichfalls beilege, damit Sie verstehen, was ich mit *Verdichten* meine.

Mit freundlichen Grüßen
Adrian Antonius Marschner

Anlagen:
~~1: Verzeichnis der privaten Irrenanstalten, deren Insasse ich für kürzere oder längere Zeit war.~~ [von Hand gestrichen]
2: Kopie des Zeitungsartikels »Zum Lobe des Windrads« von Barbara Geyer; Märkische Oderzeitung, 29.9.2012, S. 13.
3: Dichterische Bearbeitung des Zeitungsartikels »Zum Lobe des Windrads« von Barbara Geyer.

P.S.: Ich habe Ihnen keine Mail geschrieben, weil Sie die vielleicht gar nicht erhalten hätten, da sie womöglich in Ihrem Spam-Ordner gelandet oder von Ihrem Sekretariat zensuriert worden wäre. Ein Brief erschien mir sicherer. Auch ist es so einfacher, Ihnen ~~die Liste meiner Irrenanstalten~~

~~und~~ [von Hand gestrichen] die Kopie des Zeitungsartikels sowie meine Bearbeitung desselben zukommen zu lassen.

[von Hand hinzugesetzt:]
P.P.S.: Ich habe es mir anders überlegt und schicke Ihnen das Verzeichnis der Irrenanstalten doch nicht mit. Die Namen werden Ihnen sowieso nichts sagen, Sie sind ja wahrscheinlich nicht verrückt. (Das nehme ich an, weil Sie sonst wohl nicht Professorin geworden wären.)

Anlage 2

Zum Lobe des Windrads

von Barbara Geyer

Kaum etwas vermag das Herz in diesem unseren Lande mehr zu erfreuen als eine Windkraftanlage, die nicht nur von der großen Kunst der Ingenieure zeugt, die dieses unser Land zum Weltführer in Umwelttechnik gemacht haben, sondern uns mit ihrer Form zugleich auf die Kunst- und Kulturgeschichte verweist, in die sie elegant eingebettet ist, unaufdringlich und unhintertreiblich zugleich.

Auch wer keinen Sinn für Schönheit hat, wird sich daran erfreuen, wie diese technischen Geräte Zeugnis davon ablegen, dass der Kulturraum, zu dem sie gehören, lebendig und hier im Neuen das Hergebrachte wirksam ist, indem es dieses neu interpretiert.

Diese Windräder sind nämlich eine Abstraktion der langen dünnen Figuren von Alberto Giacometti. Zwar sind sie gleichförmig und glatt, dafür aber noch viel länger. Man könnte sie eine Vereinfachung von Giacomettis Figuren nennen und bemängeln, dass die Nuancen verschwinden; man könnte sich aber auch erneut für Giacometti begeistern, der eine für die Moderne gültige Form gefunden hat. Und weil diese Form schon über ein halbes Jahrhundert alt ist, wir uns an sie gewöhnt haben und sie uns vollkommen plausibel ist, fühlen wir uns von diesen Windrädern nicht angegriffen, sondern beschützt.

Besonders schön ist das, wenn man auf der A9 von Berlin Richtung Süden fährt und, sich Leipzig nähernd, in der berückend flachen Landschaft dort den großen Windkraftpark durchquert. Das ist ein Wald aus diesen langen, dünnen Figuren, und sie drehen unablässig ihre Arme. Das tun sie, um uns die Benutzung unserer Unmengen Strom verbrauchender Geräte zu ermöglichen und damit das Leben leicht zu machen. Zugleich ist dieses ausdauernde Drehen wie ein stetiges Schwertschwingen. Nicht umsonst hielt Don Quixote Windmühlen für feindliche Ritter: sie haben so etwas.

Die heutigen Windräder nun schwingen in einem fort ihre Schwerter, um uns vor dem großen Schrecken, den ein Versiegen des elektrischen Stroms bedeuten würde, zu beschützen. Selten kann man sich geborgener fühlen als bei diesem Anblick. Besonders schön ist es in der Nacht, wenn rote Lichter an den Spitzen der Windritter entzündet sind. Dann ist es, als führe man durch einen Zauberwald voller guter Geister.

Wenn sie aber stille stehen, erkennt man ihre wahre Größe. Denn wenn die Flügel entsprechend angehalten wurden, strecken sie ihre Arme gen Himmel und verweisen, jeder Kreuzritter für sich, auf das Urbild unserer Kultur, auf Christus am Kreuz, und man erkennt die unendliche Demut, mit der sie uns dienen, klaglos und ganz diesem Einen ergeben, dem Betreiben unserer Elektrogeräte.

Anlage 3

Dichterische Bearbeitung (= Verdichtung) des Zeitungsartikels »Zum Lobe des Windrads« von Barbara Geyer:

Wehet der Wind, wagt sich der Wunsch, waltet der Wille zum Stromverbrauch. Glücklich gehalten, gänzlich geborgen in Grüntechnologie. Triumph der Kunst, Krone der Kultur.

auch Antonius schreibt einen Brief

Sehr geehrte Frau Gramschatz!

Ich habe Ihr Heft in der Mülltonne gefunden und gelesen. Ihre Adresse konnte ich im Internet nicht finden, aber Herr Sedlaczek steht im Telefonbuch, und über ihn habe ich Ihre alte Adresse, weil sie doch zugleich die weiterhin gültige von Herrn Sedlaczek ist, herausgefunden, so daß ich Ihnen schreiben kann, in der Hoffnung, daß Sie der Post einen Nachsendeauftrag erteilt haben. Herr Sedlaczek nämlich sagte mir, daß er Ihre neue Adresse zwar kenne, sie mir aber nicht geben könne, weil er nicht wisse, in welchem Verhältnis ich zu Ihnen stehe, und darum auch nicht beurteilen könne, was ich womöglich, bzw. überhaupt vorhabe. Er hat natürlich vollkommen korrekt gehandelt.

Sie haben Ihr Heft auf unserem Hof in die falsche Tonne geworfen, sonst wäre es mir gar nicht aufgefallen, bzw. wäre es mir wegen seiner auffälligen Farbigkeit vermutlich doch aufgefallen. Ich hätte es aber nicht, wie ich es zuerst hatte tun wollen, aus der Hausmülltonne herausgenommen, um es in die Papiertonne zu werfen, in die Sie es hätten werfen müssen, wenn Sie sich an die Vorschriften zur Mülltrennung gehalten hätten, so daß es mir gar nicht in die Hände, sondern nur unter die Augen gekommen wäre. Sie müssen wissen, daß ich mich bis vor kurzem mit der richtigen Befüllung der Mülltonnen zumindest auf unserem Hof beschäftigt habe. Ich habe diese Beschäftigung aber just an dem Tag, an dem ich Ihr Heft fand, aufgegeben, wobei jedoch kein ursächlicher Zusammenhang besteht.

Ob Herr Sedlaczek weiterhin den Müll kontrolliert, weiß ich nicht. Es steht jedoch zu vermuten, da er, als ich ihn antraf, sich zum einen gerade auf dem Hof in der Nähe des Müllplatzes aufhielt und zum anderen den von Ihnen beschriebenen grauen Kittel trug. Was die Beurteilung dieses mustergültig radikalen Hausmeisters und seines Tuns durch Sie betrifft, enthalte ich mich des Kommentars. Ich möchte Ihnen jedoch mitteilen, daß ich Ihre Aufzeichnungen streckenweise recht interessant fand, was daran liegen mag, daß wir uns im selben Alter befinden und ich mir zudem gelegentlich vorstelle, als Kind nicht Antonius, sondern lieber Manfred hätte heißen zu wollen. Da der Name Ihres verstorbenen Mannes schon relativ früh in Ihrem Heft auftaucht, habe ich es weitergelesen. Also, weil mir der Name Manfred sympathisch ist. Ob Ihr verstorbener Mann selbst mir auch sympathisch gewesen wäre indes, vermag ich nicht zu beurteilen, da Sie keine konkreten Informationen über ihn geben.

Ob Sie mir sympathisch sind, weiß ich nicht genau, denn ich habe darüber nicht nachgedacht, wenn es mir auch gefällt, daß Sie Renate heißen, denn ich verbinde schöne Erinnerungen mit einer Ihrer Namensbasen. Ihren Stil, das kann ich nun doch sagen, finde ich nicht durchweg gelungen. Sie neigen zu Wiederholungen und sind auch in der Grammatik nicht immer sicher, ich habe fehlende Konjunktive bemerkt.

Das wollte ich Ihnen nur gesagt haben.

Wenn Sie Ihr Heft zurückhaben wollen, was ich allerdings bezweifle, da Sie es ja weggeworfen haben, schicke ich es Ihnen selbstverständlich zu. Wenn ich es entsorgen soll, dann lassen Sie es mich wissen; ich würde es allerdings vorschriftsgemäß in die Papiertonne werfen, um es dem Recycling zuzuführen.

Mit freundlichen Grüßen

Adrian Antonius Marschner

Adrian Antonius erwartete keine Antwort auf diese Briefe. Dabei hatte Dorothea durchaus erwogen, ihm zu antworten und auch schon zu schreiben begonnen:

Lieber Herr Marschner,

es ist eigenartig, gerade jetzt von Ihnen zu hören, denn ich habe in der letzten Zeit einige Male an Sie gedacht. Herr Majer war nämlich zu Besuch aus Argentinien, wo er seit langem lebt, zusammen mit seiner Frau, besagter Renate. Ihre Tochter Rayuela, das einzige Kind (ganz auf den Vater fixiert), wollte unbedingt in Berlin studieren, sie haben sie herbegleitet. Bei dieser Gelegenheit habe ich seine Frau erst kennengelernt. Die Ehe ist nicht glücklich, wie nicht anders zu erwarten war, da sie aus Verzweiflung geschlossen wurde.

Von den Verletzungen, die Sie mir beigebracht haben, sind keine Narben geblieben. Seinerzeit war meine Haut noch jung genug, um die Schnitte fast spurlos verheilen zu lassen. Wenn man genau hinschaut, sieht man einen Hauch von Narbe, das ist alles. Außerdem, das sei nicht verschwiegen, hat Ihr Vater mir seinerzeit nicht nur eine beträchtliche Summe Schmerzens- und Schweigegeld zukommen lassen, sondern mir auch eine – wie Ihre Irrenanstalten private – Klinik empfohlen, in der ich, auf seine Kosten, sehr gut behandelt wurde.

Soweit war sie gekommen, als ihr einfiel, daß sie sich seinerzeit, mit der Annahme des Geldes, nicht nur zu strengstem Stillschweigen über diesen Vorfall verpflichtet hatte, sondern auch dazu, nie wieder in irgendeiner Form mit Adrians Familie in Kontakt zu treten und mit ihm selbst schon gleich gar nicht; darum schrieb sie nicht weiter. Es war auch schon so lange her. So lange her, es war schon gar nicht mehr wahr.

Es war schon gar nicht mehr wahr.

Darum erwartete Adrian keine Antwort, auf keinen dieser beiden Briefe, mit deren Abfassung er insgesamt zwei Wochen aus der Zukunft in die Vergangenheit verbracht hatte (jeweils drei Tage hatte ihn das Verfertigen der Schreiben selbst gekostet, jeweils vier Tage hatte er sich davon erholen müssen, aus eigenem Impuls mit ganz fremden Personen in Kontakt getreten zu sein, wenn auch die eine nicht ganz, sondern nur so gut wie ganz fremd war). Weder auf den als Adrian, noch auf den als Antonius verfaßten (wenn auch jeweils mit vollem Namen gezeichneten) Brief erwartete er eine Antwort. Er hatte beide mit derselben Leichtigkeit in den Briefkasten geworfen, mit der man sonst Sachen in die Mülltonne wirft, in welche auch immer. Der Brief an Renate Gramschatz kam nach einer Woche zurück. Sie hatte keinen Nachsendeauftrag erteilt. Sie hatte verschwinden wollen.

Seit einiger Zeit dachte er viel an seine Jugend. Er hatte natürlich, in seiner Kindheit, alte Leute schon von der ihren auf eine Weise sprechen hören, als befänden sie sich noch in ihr oder als wäre sie vor kurzem erst vergangen. Womöglich waren diese alten Leute damals aber gerade erst über fünfzig Jahre alt gewesen, so alt, wie er jetzt war. (Wann fängt das Alter an?) Vielleicht, dachte er, denkt man erst an seine Jugendjahre zurück und bewegt sich dann weiter zurück, während man in den tatsächlichen Jahren voranschreitet. Jetzt Jugendjahre, später Kindheit, und von der würde er vielleicht, sollte er welchen begegnen, Leuten erzählen, die so jung waren, daß sie noch gar nicht wußten, daß auch sie einmal alt sein würden, und sich vor allem gar nicht vorstellen könnten, daß auch er einmal jung gewesen war. Wenn er eines Tages immer der Älteste unter den Anwesenden sein würde, dann würde er von seiner Kindheit sprechen, als wäre die etwas gewesen, wovon er gerne sprechen wollte. Dabei wäre das auch dann gewiß durchaus nicht so, denn das war ja noch nie so gewesen, vielmehr hatte er sich an seine Kindheit nie erinnern, sondern sie immer nur vergessen wollen. Vielleicht hätte er sie aber begriffen, wenn er richtig alt geworden wäre, und würde darum von ihr sprechen wollen. Wäre möglich. Indes waren diese Überlegungen müßig, weil er ja nach Möglichkeit sowieso nie mit irgendwem, gleich welchen Alters, sprach.

Tatsächlich wurde er immer sentimental, wenn er an seine Jugend dachte, weil er glaubte, jetzt zu wissen, was er damals hätte tun müssen, um glücklich zu sein. (Es wäre so einfach gewesen.) Auch hätte er das damals gar nicht wirklich wissen müssen, sondern hätte nur entsprechend handeln müssen, aber das hatte er damals erst recht nicht wissen können, und hätte er es gewußt, dann hätte er es vermutlich trotzdem nicht gekonnt.

Bei ihm wurden die Erinnerungslawinen nicht von Gerüchen ausgelöst, sondern von Musik, und besonders schmerzlich war das, als er im Radio einmal eine kurze Erinnerungssendung über Victor Jara und seinen schrecklichen Tod hörte, denn es wurde ihm der Unterschied zwischen seinem aktuellen Alter und Bewußtseinsstand und seinem einstigen Alter und Unbewußtseinsstand scheußlich deutlich, als er sich daran erinnerte, daß er diese Musik kannte, weil sie zu der Zeit, als er drei Semester lang ein Studium der Betriebswirtschaftslehre aushielt und gelegentlich gezwungen war, mit den Kommilitonen in ein braungestrichenes Lokal zu gehen, in dem auf allen Tischen Kerzenstummel in vom Wachs vergangener Kerzenstummel zu Skulpturen gewordenen, bauchigen, italienischen Rotweinflaschen steckten und überfüllte Aschenbecher beleuchteten, dort stets im Hintergrund lief. Er hatte dieses Lokal (dessen Interieur seinerzeit gerade vollkommen überholt war, weil damals alle dem Zeitgeist entsprechenden Lokale komplett leergeräumt, weiß gestrichen und hell ausgeleuchtet waren) instinktiv nicht gemocht, und ebenso instinktiv hatte er diese Musik damals als einer vergangenen Zeit angehörig empfunden. Das war sie damals auch, als Victor Jara schon zehn Jahre tot war, was seinerzeit knapp die Hälfte seines eigenen gesamten Lebens bedeutete. Jetzt, in dieser Radiosendung, hörte er diese Musik zum ersten Mal bewußt und wollte weinen, weil er sie so schön fand, aber auch, weil er damals so ungerecht gewesen war, als er nicht verstand, wie ungeheuerlich dieser Tod war und es tatsächlich einen Akt der Wiedergutmachung bedeutete, wenigstens die Musik zu spielen, wenigstens die überleben zu lassen.

Es war jetzt Wirklichkeit, wo zuvor Fiktion war, daran gab es nichts zu deuteln. Es hieß nun dem gehorchen, was zuvor geschehen war, und den Wegen zu folgen, die er, warum auch immer, eingeschlagen hatte. Die mußte er nun zu Ende gehen.

Am Abend zieht sich der Himmel aus. Er schläft heute nackt, wie so oft, und die ganze Erde und alle Menschenkinder liegen unbeschützt im Weltenall, wie sie das immer tun.

Dieses Buch ist den Toten gewidmet:

Erwin J. Müller, 9.4.1920–2.4.2007
Karlheinz Hanika, 16.2.1937–18.7.2007
Ulrich Reineking, 7.2.1949–4.10.2009
Gertrud Aigner, 2.8.1962–28.1.2012
Peter Urban, 16.7.1941–9.12.2013

Saša Stanišić

Wie der Soldat das Grammofon repariert

Roman

320 Seiten, btb 73762

Aleksander wächst in der kleinen bosnischen Stadt Višegrad auf. Sein größtes Talent ist das Erfinden von Geschichten. Als der Krieg mit grausamer Wucht über seine Heimat hereinbricht, muss die Familie fliehen. In der Fremde eines westlichen Landes erweist sich Aleksanders Fabulierkunst als lebenswichtig: denn nur so gelingt es ihm, sich an diesem merkwürdigen Ort namens Deutschland zurechtzufinden und sich eine Heimat zu erzählen.

»Deutscher Buchpreis-Gewinner der Herzen!«

Gerrit Bartels, Tagesspiegel

»Diesen Roman muss man lesen, wie man Schokolade isst: nicht zu schnell und nicht alles auf ein Mal. Damit man zu jeder Zeit spürt, wie gut und besonders das ist, was man zu sich nimmt.«

Christine Westermann, WDR

btb

Stephen Uhly

Mein Leben in Aspik

Roman

272 Seiten, btb 74347

Der schärfste Familienroman des Jahres …

Die Großmutter schmiedet Mordpläne und erzählt diese, verpackt als Gute-Nacht-Geschichte, ihrem Enkel. Als der Großvater Jahre später tatsächlich stirbt, erfährt der Enkel, dass der Verstorbene gar nicht sein leiblicher Opa war und dass sein Vater einst seine Mutter mit seiner Großmutter betrog und die Frucht dieser Liaison seine Halbschwester ist, mit der er eine Affäre beginnt, obwohl sie eine Liebschaft zu ihrem eigenen Vater pflegt, was den Enkel wiederum nicht davon abhält, seine Großmutter zu schwängern, die das Kind später als das Kind ihres neuen Liebhabers ausgibt. Alles bleibt in der Familie …

»Ein fulminantes Debüt.«
Florian Illies, Die Zeit